瞳に輝く

おもな登場人物

ミシェル・カボット――――牧場主の娘
ジョン・ラファティー――――ミシェルの隣人。牧場主
ネヴ――――ジョンの部下。カウボーイ頭
イーディー――――ジョンのハウスキーパー
ラングリー・カボット――――ミシェルの亡き父。牧場主
ロジャー・ベックマン――――ミシェルの元夫
アンディ・フェルプス――――保安官代理

1

　ミシェル・カボットは父のデスクを整理していてその書類を見つけ、山ほどもあるほかの書類と同じく、なんの気なしにそれを広げた。最初の数行に目を通したところで、知らず知らず背筋がのび、指先がふるえはじめた。おののきを感じながら読み進み、ミシェルは目をさらに見開いた。

　ああ、神さま！　よりによって、なぜ彼なの？

　書類によれば、わが家はジョン・ラファティーに十万ドルもの借りがある。

　それに当然、利子もある。はたして利率は？　ミシェルは怖くて先が読めなくなり、散らかったデスクの上に書類をほうりだした。父の使っていた古びた革張りの椅子にぐったりと身を沈め、ショックと絶望感からくるめまいに襲われて目を閉じた。ただでさえ経済状態は苦しいのに、こんな借金まであったなんて。

　しかも相手は、隣の牧場を経営するジョンだ。もちろん、相手が銀行であっても、苦しいことに変わりはない。だが、少なくともこんな屈辱感は味わわずにすんだだろう。彼に会わなければならないと考えただけで、ミシェルは身が縮む思いがした。心の奥深く、これまで誰にも見せたことのない傷つきやすい部分が、むきだしにされたかのようだ。もしも彼に、そんな心の弱さを見抜かれてしまったら……。

ミシェルはふるえのとまらない手でふたたび書類をとりあげ、融資契約の詳しい内容を調べはじめた。そこには、ジョン・ラファティーはミシェルの父ラングリー・カボットに対して市場の相場より二パーセント低い利率で十万ドルを融資する、と書かれていた。返済期限は四カ月も前に設定されている。だが、返済がなされていないのはたしかだ。ミシェルは、ちょうど資産と帳簿を調べつくしたところだった。これ以外にも父が遺《のこ》した莫大《ばくだい》な負債を返すために、売れるものはすべて売る必要があったからだ。牧場だけは手もとに残すことができたが……。

牧場を持つことは父の長年の夢だった。十年前、父が突然コネティカット州の住み慣れた家を売り、フロリダ州に移住して牧場を始めたころ、ミシェルは暑くて湿気の多いこんな土地など少しも好きではなかった。しかし、時は流れ、人は変わる。ミシェルにとって牧場は、今もって夢や情熱の対象ではないものの、唯一残された生活の糧ではある。

もっとも、壊滅的な経営状態にある牧場を自力で立てなおすことは不可能に近い。ミシェルには最初からそれがわかっていた。だが、とにかくやってみなければ気がすまない。ミシェルは努力もせずに楽な道を選び、さっさと牧場を手放してしまったら、一生後悔するだろう。

しかし、さらなる債務があることがわかった以上、牧場は売りに出すしかないだろう。土地だけは残すとしても、牛はまとめて売り払わざるをえない。でも、牛が一頭もいなくなってしまったら、土地を残す意味がどこにあるだろう？　これまでも細々と牛を売りつなぐことでどうにかこうにか牧場を切りまわしてきたのだ。その収入が見こめなくなったら、どのみち牧場は売るはめになる。

ミシェルは、牧場の経営に関して希望を抱きすぎないようにつとめてきた。けれど、いつしか、このまま努力すればなんとかなるかもしれない、と思うようになっていた。そんな矢先に負けを認めるのはひどくつらい。結局わたしは、牧場の経営にも失敗することになるんだわ。娘としても、妻としても、そして牧場主としても、わたしの人生は失敗続きだ。

たとえジョンが返済期限の延長に応じてくれたとしても、きっとまた思いもしない事態が起こって返済が遅れるに決まっている。それに少しくらい期限をのばしてもらったところで、十万ドルもの借金を返せるあてはまるでない。だったら、これ以上ぐずぐず先にのばしても仕方がない。とにかく一度、ジョンと話をしよう。ミシェルはそう心に決め、壁の時計を見あげた。午後九時半少し前だ。ジョンはまだ起きているだろう。

ミシェルは彼の自宅の電話番号をたしかめ、ダイヤルした。最初の呼びだし音が聞こえるか聞こえないかのうちに、受話器を握る手に妙に力がこもり、胸が苦しくなって、心臓がどきどきしはじめた。落ち着くのよ！　こんなことじゃ、まともに話なんかできやしないわ！

呼びだし音が六回鳴ったところで、向こうの受話器があがった。電話に出たハウスキーパーに、彼は不在だと告げられた。てっきりジョン本人が出ると思って身構えていたミシェルは、刑の執行を猶予されたような気分になった。

「それじゃ、こちらまでお電話くださるよう、ご伝言いただけますか？」ミシェルはハウスキーパーに番号を言ってから、続けて尋ねた。「今夜、何時ごろお戻りですか？」

「たぶん、かなり遅くなると思いますよ。でも、どうぞご心配なく。明日の朝いちばんに、たしかにお伝えしますから」

「よろしくお願いします」ミシェルはそう言って受話器を置いた。この時間、ジョンが外出している可能性が高いことは予想できたはずだ。彼は昔からプレイボーイとして有名だ。悪名高い、という言葉のほうがあたっているかもしれない。年齢を重ねるにしたがって少しは落ち着いてきたかもしれないが、ときおり耳にする噂《うわさ》では、ジョンの欲望はまだまだ健在のようだ。鋭く光る黒い瞳に見つめられるだけで、たいていの女性は脈が跳ねあがってしまう。そのまなざしで、ジョンは多くの女性の心をとりこにしてきた。ただし、ミシェルだけは例外だ。

十年前にはじめて会ったときから、ふたりのあいだには敵意が燃えていた。関係がもっとも良好だったときでさえ、お互い武器を構えて中立を保っているような状態だった。父のラングリーがそんなふたりの緩衝材になってくれていたのだが、父亡き今、ふたりが対面すれば最悪の事態になるに違いない。ジョンは、弱みなど見せたら容赦なくつけこんでくる男だ。

といっても、今夜のところは借金についてほかに打つべき手も見つからない。デスクの書類を片づける意欲もそがれたミシェルは、早く寝ることにしてさっとシャワーを浴びた。できることならゆっくり湯につかって筋肉のこりをほぐしたいところだ。しかし、ここの水は電動ポンプで井戸からくみあげている。ささやかな贅沢《ぜいたく》はあきらめて電気代を節約し、食費にまわさなければならない。

バスルームから出たミシェルはベッドに横たわった。体は疲れきっているはずなのになかなか寝つけない。明日はジョンと話をしなければならないと思うと、ふたたび脈が速くなった。彼女は深く息を吸いこみ、呼吸を整えようとした。彼のことを考えるだけで、いつもこんなふうに息が乱れる。面と向かうと、さらに圧迫感を覚えた。おそらく、ジョンの体があまりに大きすぎるせいだろう。彼は身長百九十センチ、体重九十キロほどもある、筋肉のかたまりのような男性だ。ジョンの前に出ると、ミシェルは自分がひどく小さくなったような気がしてしまう。どこか深い部分でおびえを感じ、息さえつまるようだ。そんな男性は、ジョンをおいてほかにはいない。彼はなぜかミシェルにいらだちを感じさせ、警戒心を呼び覚まし、それと同時に、奇妙な、しかし純粋な興奮をかきたてた。

出会いの瞬間からそうだった。当時のミシェルはまだ十八歳の甘ったれた少女で、プレイボーイとして名高かったジョンには決して隙《すき》を見せまいと必死に虚勢を張っていた。今にして思えば、彼がティーンエイジャーなど本気で相手にするはずもなかったのに。わたしはなんて子供だったのかしら？　愚かで、世間知らずの、おびえた子供だった。

それも、ジョンがわたしをおびえさせたからだ。というより、彼と出会ってただならぬ反応を示した自分に、ミシェルはおびえた。ジョンはそのころ彼女のまわりにいたような少年たちとは違う、二十六歳の大人の男性だった。その若さで彼はすでに、小さな規模から出発したフロリダの牧場を、激しい労働と強い意志の力によって一大帝国に築きあげていた。背の高いジョンが上から見おろすようにして父のラングリーと牛のことを話していたときの光景は、今も脳裏に焼きついている。はじめて彼に目をとめたとき、ミシェルはみぞおちのあたりに一撃をくらったかのような気がした。

愛馬の横に立って片手をサドルに置き、もう一方の手を腰にあてていたジョンは、巨大な動物さえも思うままに支配してしまう不思議な力の持ち主に見えた。男たちはそんなジョンを〝種馬〟と呼んでねたましげに冗談を言い、女たちは恐れと期待の入りまじったささやき声で同じように彼のことを呼んでいた。ひと晩デートしただけならわからないが、ふた晩ジョンと一緒にいた女性は確実に彼とベッドをともにしたと見なされたものだ。そのころミシェルは、彼にまつわるそうした噂はすべて真実だと信じこんでいた。大人になった今も同じだ。ジョンのまなざしには、女性にそう思わせるなにかがあった。

十八歳のミシェルにとって、陽光を浴びて輝く炭のように黒い髪、くっきりした黒い眉の下の黒い瞳、きれいに手入れされた黒い口ひげは印象的だった。季節を問わず屋外で長時間働くジョンの肌はブロンズ色に焼けていた。ミシェルが見つめていると、こめかみのあたりから汗がひと筋、高い頬骨を伝い、角張った顎から流れ落ちた。ブルーのワークシャツの胸と背中は汗にぬれていたが、それでも彼のセクシーな魅力は少しも損なわれていなかった。汗や泥に汚れていても、かえって男らしい強烈なオーラを発散しているように見えた。

視線がジョンの手から腰へ、色あせたジーンズに包まれた長い脚へと吸い寄せられるにつれ、ミシェルは口のなかがからからになった。心臓が一瞬とまり、すぐに激しいリズムを刻みはじめ、全身がふるえた。生まれてはじめてそんな経験をしたミシェルは内心の動揺を押し隠し、わざととりすました顔をつくって前へ進みでて、あからさまに彼を無視した。

最初からふたりは踏みだす足を間違えた、といったところだろうか。以来、ジョンとミシェルのあいだにはいつも火花が散っている。おそらく、ジョンを前にしてそんな態度がとれる女性は彼女だけだろう。彼女は、彼に嫌われているほうが安心できた。嫌われてさえいれば誘いをかけられる心配もなく、どうにもあらがいがたい彼の魅力のとりことなる恐れもない。彼に敵意を燃やすことは、自分を守る唯一の手段だった。

でも、ジョンの魅力に決して屈しないだけの強さが、わたしにあるわけではない……。ベッドのなかでふるえながら、ミシェルは認めた。だからなおさら、少しでも惹《ひ》かれるそぶりを見せるわけにいはいかない。こちらが弱みを見せたりしたら、彼は必ずそこにつけこんでくる。長年にわたってわたしが彼を批判したり、高慢な態度をとったりしてきたことへのつけを払わせようとするだろう。自分の心を守るためには彼に嫌われたままでいるしかなく、経済的な苦境を乗り越えるためにはその厚意にすがるしかない。皮肉な状況だ。でも、彼に助けてもらうくらいなら、地面に穴を掘ってなかに飛びこみ、土をかぶって死んだほうがましだわ！

翌朝、ミシェルはじりじりしながらジョンからの電話を待った。だが、いつまでも牛をほったらかしにしておくこともできず、ついにあきらめて厩舎《きゅうしゃ》に向かって飛びだしていった。すぐに、日々こなさなければならない仕事の段どりで頭がいっぱいになった。牧場では、やるべきことはいくらでもある。何面かある牧草畑もそろそろ刈り入れの時期だ。しかし、ミシェルはすでにトラクターと干し草の梱包《こんぽう》機を手放してしまっていた。誰かに畑を貸しだして、賃料の代わりとして、刈り入れて梱包した干し草を分けてもらうしかない。飼料用の干し草の束は残り少なくなっているから、早急になんとかしなければ。

ミシェルは厩舎に小型トラックをバックで入れ、屋根裏の干し草置き場にあがった。重い干し草の束をかついで運びおろすのは女性にはきつい仕事だが、束を押して上からトラックの荷台に落とすくらいならできる。干し草の束はひとつ平均四十五キロぐらいだから、ミシェルのほうが七、八キロは重いはずだ。でも、このところ体重は減りぎみだし、干し草の重さも束によってだいぶ違う。なかには、数センチずつしか動かせないほど重いものもあった。

干し草を荷台に積みおえたミシェルは、トラックに乗りこんで南の放牧地へ向かった。見慣れた車に気づいて、牛たちがのっそりと近づいてくる。荷台に移った彼女は、干し草の束を地面にほうり投げる代わりに、縄を切ってばらばらにしてから熊手《くまで》で地面にかき落とした。そうしてひと山できあがると、トラックをまた少し前に動かし、荷台が空になるまで同じことを何度もくりかえした。

作業が終わるころには、肩も腕も筋肉が炎症を起こしているかのように痛んだ。もしも牛の数が昔のままだったら、最後まで作業を続けられなかったかもしれない。もっとも、牛を少しずつ売りに出すことなく牧場が経営できていたなら、人を雇って作業を手伝ってもらうこともできただろうが。以前はこの牧場にも大勢の働き手がいたことを思うと、ミシェルは深い絶望感にとらわれた。論理的に考えれば、わたしひとりで牧場をやっていくなんて、どだい無理な話だ。

でも、論理は論理、現実は現実だ。ミシェルはとにかく、たったひとりでやるしかなかった。人生がわたしに教えようとしているのは、頼りになるのは自分だけ、ということなのだろう。誰もあてにはできない。わたしを支え、代わりに仕事をこなしてくれる人などいない。ときにミシェルは、あまりの孤独感に心が押しつぶされそうな気がすることがあった。けれど、頼れるのは自分だけだとはじめから肝に銘じておけば、他人に期待しすぎて裏切られることもない。少なくとも、今のわたしは自由だ。恐怖におびえ、夜な夜な悪夢にうなされて目を覚ますこともないのだから……。

それからミシェルは、なにも考えずに黙々と体を動かし、作業に没頭した。体じゅうあざだらけになり、筋肉が悲鳴をあげそうだったが、おかまいなしに仕事を続ける。昔の友人たちが今のわたしを見たら、きっと驚くだろう。華奢《きやしや》で繊細なミシェル・カボットは、パーティーやショッピングが大好きで、スキーやクルージングなどの贅沢な遊びこそふさわしい、典型的な苦労知らずのお嬢さまだった。

ところが、シャンパンのグラスやダイヤモンドのイヤリングが似合うはずのお嬢さまには、今や世話をすべき牛がいた。刈り入れを待つ牧草畑があり、修理の必要なフェンスがあった。もちろん、それらは牧場の仕事のほんの一部にすぎない。牛を交配させたり、去勢したり、焼き印を押したり、出産させたりといった大仕事が山のように控えている。ミシェルはいつも途方に暮れそうになった。だから、先のことはなるべく考えず、今の自分にできることを毎日着実にやっていこうとしている。

　その夜、十時になってもジョンからなんの連絡もなかったので、ミシェルはしびれを切らして自分のほうから電話をかけた。今度もまた、受話器をとったのはハウスキーパーだった。まったく、ジョンという男性は夜をおとなしく家で過ごすことがないのかしら。

「あの、ミシェル・カボットですが、ミスター・ラファティーはご在宅ですか？」

「ええ、厩舎のほうにいますよ。今、そちらへつなぎます」

　まあ、ジョンの牧場では厩舎にまで電話がつながるようになっているのね。ミシェルはふとそんなことを考え、うらやましくなった。

「ラファティーだ」回線が切り替わる音がしたとたん、ジョンが低い声で怒鳴るように名乗った。

　ミシェルは思わず飛びあがりそうになったが、受話器をしっかり握りなおし、平静を装って話しはじめた。「わたし、ミシェル・カボットです。折り入ってご相談があるんですけれど、できれば少しお時間をいただけないかしら？」

「今はあまり時間がないんだ。雌馬が一頭、産気づいているんでね。用件は手短に頼むよ」

「そういうことなら、またあらためてお話ししたほうがよさそうね。よかったら明日の朝にでも、そちらへおじゃましていいかしら？」

ジョンはなかばあきれて笑った。「いいかい、お嬢さん、牧場の朝は忙しいんだよ。ゆっくりきみの相手をしている暇なんかないさ。それじゃ——」

「じゃあ、いつならいいの？」

ミシェルにくいさがられ、ジョンはいらだたしげに舌打ちをした。「とにかく、今はきみとのんびり話している余裕はないんだ。明日の夕方、町へ行くついでに、ぼくがそっちへ行くよ。六時ごろだ」ジョンは一方的に告げ、電話を切った。

こちらの都合もきかないで時間を決めるなんて、ずいぶん勝手ね。ミシェルはそう思ったが、文句の言える立場ではないと思いなおした。とりあえずジョンとは連絡がついたのだから、よしとしなくては。彼と顔を合わせるまでには、あと二十時間ほどある。明日は早めに作業を終えて、シャワーを浴び、髪も洗って、念入りにメイクをほどこそう。白い麻のスラックスと白いシルクのブラウスに着替え、香水をしゅっとひと吹きうなじのあたりにでもかけて出迎えれば、ジョンの目には十年前のわたしと少しも変わっていないように映るだろう。甘やかされた役たたずのお嬢さんだった、あのころのわたしと。

翌日の午後遅くになっても、ジョンの牧場には強い日差しが照りつけ、気温は三十八度近くまであがっていた。あまりの暑さに牛の群れも言うことを聞かず、汗と泥で汚れたジョンは、カウボーイたちと同様にかなり不機嫌になっていた。牛を追うのに時間をとられすぎたせいで、今日じゅうにすませる予定だった焼き印押しと予防接種はまだ終わっていない。夏空のかなたには黒い雨雲が見え、雷雨を予感させる不気味なとどろきが聞こえてきていた。嵐《あらし》が来る前に作業を終えようと、男たちは急ピッチで仕事を進めていった。

ジョンは泥まみれになることも決していとわず、カウボーイたちとともに働いた。ここは彼の牧場なのだし、牧場の仕事がきつくて汚いのはあたりまえだ。そうやってみずから額に汗して働いてきたからこそ、ほかの牧場がどこも経営状態を悪化させていくなかで、ジョンの牧場だけは利益を生みだせるようになったのだ。だが、ジョンの母親は牧場での暮らしに耐えきれず、夫と息子を捨てて去っていった。もちろん、そのころは牧場もまだ小さくて、ジョンの父にも妻に望みどおりの生活をさせてやれるだけの余裕はなかったが。

もしも今、母が立派になったこの牧場を見たら、出ていったことを後悔するだろうか？

自分たちを捨てた母のことを、ジョンは別段憎んではいなかった。今ではたまにしか会わない母のことは、考えるだけ時間の無駄だと思っている。忙しいジョンには、母とも、そして、裕福で、退屈していて、甘やかされて育ったなんの役にもたたない母の友人たちとも、つきあっている暇はない。

最後に残った子牛を追いたてたのち、カウボーイ頭のネヴ・ルーサーがシャツの袖《そで》で顔をぬぐいながら、暗くなってきた空を見あげた。「さあ、こいつでおしまいだ。あの雲が近づいてくる前に、どうにか作業が終わってよかった」それからネヴはジョンのほうに向きなおって尋ねた。「そういえば、ボス、今日はカボットのお嬢さんにお会いになるんじゃなかったですか？」

昨日ジョンがミシェルと電話で話したとき、ネヴも厩舎にいて話を耳にしていたのだった。ジョンはとっさに腕時計を見て、ののしりの言葉を吐き捨てた。ミシェルと約束していたことなど、今の今まで忘れていた。だが、そのことを思いださせてくれたネヴに感謝する気にはならなかった。できれば、彼女のことなど忘れたままでいたかった。この世の中で、ミシェル・カボットほどジョンをいらだたせる女性は、ほかにそうそういない。

「そろそろ行くか」ジョンは面倒くさそうにつぶやいた。ミシェルの話は聞く前からだいたい想像がつく。おそらく、あれほどの借金はとても返せない、と泣き落としにかかるつもりだろう。それにしても、返済期限が過ぎてからずっと連絡もよこさなかったくせに、なぜ今ごろになって電話をしてきたのだろう。どうせなら、ずっと無視しつづけていてくれたらよかったのに。

ミシェルのことを考えただけで、ジョンはうんざりした気分になった。彼女の肩をわしづかみにし、激しく揺さぶってやりたくなってしまう。ミシェルはジョンがもっとも軽蔑《けいべつ》する、わがままで甘やかされた女性そのものだ。彼女の父ラングリーは、娘に思う存分贅沢をさせるために借金を重ね、破産寸前まで追いこまれた。ひとり娘がかわいくて仕方なかったのだろう。だが、父親にそこまでしてもらっても、娘は決して満足することがなかったようだ。

　ああ、いまいましい！　はじめて会ったときから、ミシェルは癇《かん》にさわる女性だった。彼女はぼくのほうへ近づいてくるなり、高慢そうに鼻をつんとつきだし、いやなにおいでもしたかのように鼻筋にしわを寄せた。肉体労働のあかしである汗のにおいが気に入らなかったのだろう。みずから肉体を酷使して働いた経験のない者にはなじみのないにおいだ。あのときミシェルは、虫けらかなにかを見るようにさげすんだ目でぼくを見つめ、自分には用のない男だとでも言いたげにぷいと顔をそむけ、父親になにやらおねだりを始めた……。

「ボス、あのかわいらしいお嬢さんに会いたくないのなら、おれが喜んで代わりに会ってきますよ」ネヴがにやにやしながら言った。

「できれば、そうしてほしいところだがな」ジョンは苦々しげに言い、ふたたび腕時計を見つめた。家に戻り、シャワーを浴びて、きれいな服に着替える暇はなさそうだ。だいいち、ミシェルの牧場は隣にあるのだから、ここから直接行くほうがずっと近い。彼女に不快な思いをさせないためだけに、わざわざ身支度を整えていく必要はないだろう。相談があると言ってきたのはミシェルのほうなのだから、多少の汗やほこりは我慢してもらわなくては。

　ミシェルに十万ドルもの借金が返せるはずもないことは、ジョンにはよくわかっている。

あのままなにも言ってこなければ、こちらもあえてとりたてる気はなかった。今になって彼女のほうから連絡をよこしたのは、なにか別の方法で支払おうとでも言うつもりなのだろうか。それはそれでおもしろい、とジョンは思った。ずっと毛嫌いしてきた男にあの美しい体を差しだすはめになったら、ミシェルはどれほど悔しい思いをするだろうか。

長い脚を折りたたむようにしてトラックの運転席に乗りこんだジョンの頭は、一糸まとわぬ姿でベッドに身を横たえたミシェルのイメージでいっぱいになった。枕《まくら》の上にふわりと広がる透けるような金色の髪。彼の動きに合わせて揺れる、細くてしなやかな体……。ジョンは下腹部に熱い変化を感じ、ひそかに悪態をついて自分をたしなめた。この十年間、ぼくは心のどこかでミシェルをわがものにしたいと願う一方で、あの、お高くとまったわがままなお嬢さんの性根を、いつかたたきなおしてやりたいと思いつづけてきたはずではなかったか。

しかし、地元の人々は、ミシェルをわがままでどうしようもない女性だとは思っていないようだった。彼女は、気が向いたときには、そして気が向く相手には、とても魅力的な女性としてふるまえるからだ。このあたりの牧場主や農場主はそれぞれ互いに仲がよく、ほぼ毎週末、誰かの家でバーベキュー・パーティーが開かれていた。ラングリーが生きていたころは、ミシェルもよくみなを家に呼び、自慢の料理をふるまっていた。そういう席での彼女はいつもにこやかに笑い、楽しそうにダンスを踊った。だが、ジョンとだけは決して踊ろうとしなかった。健康な男性として健康な欲望をそなえているジョンは、女らしい曲線を描くミシェルの体やはじけるような笑顔を見せつけられるたび、彼女が欲しくてたまらなくなった。そんな自分に怒りを覚えながらも、ジョンの体は心とは裏腹に熱くなった。

ほかの男たちも、ミシェルには飢えたような視線を向けていた。なかでもマイク・ウェブスターはミシェルに夢中だった。もともと妻との仲があまりうまくいっていなかったマイクは、もしかしたら自分に気があるのかもしれないと男に思わせるようなミシェルのなにげない仕草や、陽気で明るいその笑い声にすっかり魅了され、彼女と出会ってすぐに心を奪われた。そのせいでますます妻との関係は悪くなり、ついに修復不可能なところまでいってしまった。だが、ミシェルはそんなことにはおかまいなく、さっさと別の男と結婚したのだ。前途有望な若い牧場主だったマイクは、哀れにも、離婚の慰謝料を払うために持てる財産をすべて売り払い、結局ひとりぼっちになっただけだった。

つまり、マイクもまたラングリーと同じく、ミシェルに人生をおかしくされたひとりというわけだ。ラングリーは、どれほど金に困っていようとも、娘にだけはシルクのドレスや宝石を買い与え、サンモリッツの高級リゾートへスキーに行かせた。ミシェルのような女性を養うのには、いくら金があっても足りないだろう。裕福で、しかも強い男でなければ、彼女の相手はつとまるまい。

今のぼくならその条件は満たしているが……。ふと浮かんだその思いが、ジョンの頭から離れなくなった。どれだけ怒りを覚えようと、どれほどいらだちを感じようと、ぼくがミシェルに肉体的な魅力を感じているのはまぎれもない事実だ。彼女には、どうしようもなく求めたくなるなにかがあった。美しい容姿にも、しゃべり方にも、身につけている香りにも、すべてに高級感が漂っている。その体もまた、同じように贅沢な味わいを感じさせてくれるのかもしれない。ジョンはその手でミシェルの肌の感触をたしかめてみたかった。シルクのようになめらかに見える肌に手を這《は》わせ、太陽に照らされて輝く髪に指をからませてみたい。やわらかそうな唇を味わい、形のいい頬の線に沿って指をすべらせ、肌の甘い香りを胸いっぱい吸いこんだら、どんな気分になるだろう。

はじめてふたりが出会った日から、ミシェルがつけている香水にまじって、そのやわらかな肌が自然な甘い香りを放っていることにジョンは気づいていた。そう、たしかに彼女は、マイク・ウェブスターのような男にとっては贅沢すぎた。一度は彼女と結婚しながら結局は離婚されてしまったという気の毒な男にとっても、やすやすとは手が届かない高嶺《たかね》の花だったのだろう。そしてもちろん、実の父だったラングリーにとっては、手に負えない娘だった。

たとえミシェルにその気はないとしても、甘い蜜《みつ》をたたえた花がただそこに咲いているだけで蜂《はち》を引きつけるように、彼女の全身から放たれる甘い香りが男心をそそり、いざなうのだ。最初からそりの合わないジョン自身でさえ、ミシェルの豊かな色香には心をまどわされそうになるくらいだ。

今のところミシェルはひとり身のようだが、いずれすぐに、彼女の面倒を見ようという男が現れるだろう。どうせなら、ぼく自身がその役を買って出ようか？　ジョンは、心のどこかで狂おしいほどミシェルを求めながら、彼女から冷たくあしらわれることに嫌気がさしていた。今のぼくが相手なら、さすがのミシェルも、ほかの男たちのように意のままにぼくをあやつることはできないだろう。しかし、彼女が贅沢な暮らしを続けたいと望むなら、それくらいの犠牲はやむをえないはずだ。

ジョンがエンジンをかけてトラックを発進させたとき、雨粒がぽつりぽつりとフロントガラスをぬらしはじめた。ジョンは目を細めて暗い空を見あげ、さらに想像をふくらませていった。口にするもの、身につけるものすべてを、ぼくに依存しなければならないミシェル。考えるだけで、なんとも哀れだ。ジョンは大きな満足感を覚えた。ぼくは燃えさかる欲望を満たすためにミシェルを利用しても、心を乱され、判断力を鈍らされるところまでは絶対に彼女を近づけさせない自信がある。

これまでジョンは、ただの一度も金を払って女性をベッドに連れこんだことはなかった。だが、あのミシェルをものにするためなら、十万ドルを捨てたって惜しくない。なにしろ、これほど欲望をかきたてられる女性は、彼女以外にいないのだから。

ついに嵐がやってきて、雨音が急に激しくなった。フロントガラスを滝のように流れ落ちる豪雨のせいで、視界がさえぎられる。ワイパーもほとんど役にたたない。吹きつける風にトラックごと飛ばされないよう、ジョンは懸命にハンドルを握った。このあたりの道は知りつくしているが、前がよく見えないせいで、危うくカボット家の牧場への曲がり道を見のがしそうになった。

どうにかミシェルの家の前までたどりついたジョンは、あたりを見まわし、暗い気分になった。降りしきる雨のなかで一見するだけで、この牧場が瀕死《ひんし》の状態にあることがわかったからだ。庭は草がのび放題で、厩舎や納屋はまるで手入れをされておらず、ほとんどがら空きらしい。以前はたくさんの牛が草をはんでいた放牧地に、今は一頭の牛もいない。ラングリーのお姫さまが暮らす王国は、見る影もないありさまだ。

トラックは母屋のすぐそばにとめたのだが、雨が容赦なくたたきつけるせいで、ポーチに駆けあがるまでのあいだにジョンは全身ずぶぬれになった。ストローハットを脱いで、ひさしにたまった水を切る。それを片手に持ったまま、ジョンはもう一方の手でドアをノックしようとした。だが、その前にドアが開き、ミシェルが彼を出迎えた。見覚えのある冷ややかなグリーンの瞳が、まっすぐにジョンを見あげた。一瞬彼女は、カーペットをぬらされるのはいやだとでも言いたげな表情を浮かべてから、ゆっくりとドアを開けて彼を招き入れた。十万ドルの借りがあるせいでぼくに好意的に接しなければならないのが、彼女にとっては胃のあたりがきりきりするほど屈辱的なことなのだろう。

ジョンがなかに歩み入るとき、ミシェルはとっさに身を引いた。体にはふれてほしくないというわけか。そんな態度でいられるのも今のうちだ。いずれは、単に肌が軽くこすれあうどころか、ぴったりと体を重ねあわせることになるのだから。今はミシェルも鼻をつんとつきだし、生意気そうな態度をとっているが、ひとたび生まれたままの姿でぼくの下に横たわれば、甘い歓喜の渦にのみこまれて、みずからすがりついてくるだろう。ぼくが求めるのと同じぐらい狂おしく、彼女にも心を乱してほしい。男を好きなだけ利用してきた彼女にはそれが当然の報いだ。

どうせなら、今ここでミシェルがなにかぼくの気にさわることでも言ってくれたら、すぐさまその肩をつかんで揺さぶってやれるのだが……。理由はなんであれ、彼女にふれたくてたまらなかった。そのやわらかなぬくもりを、てのひらに感じたかった。

しかし、ミシェルはいつものようにつっかかってきたりせず、大きな金色のバレッタでまとめた明るい金髪やうなじのあたりから香水を漂わせながら、廊下の奥の部屋へジョンを案内した。

「父のオフィスでお話ししましょう」

真っ白なスラックスと優雅なシルクのブラウスに身を包んだミシェルは、近寄りがたいくらいだった。汗と泥で汚れたうえ、びしょぬれになっているみすぼらしいぼくと、なんて好対照なのだろうか。もしも今、ぼくがミシェルをこの腕に引き寄せ、あのブラウスにしみでもつくったら、彼女はいったいどう思うだろう？　いや、それ以前に、指先さえもふれさせてくれないに違いない。

「さあ、そちらへどうぞ」部屋に入ると、ミシェルはデスクの前のくたびれた革張りの椅子をジョンに勧めたが、彼は座ろうとしなかった。「なぜわたしがあなたに電話をかけたか、だいたい察しはついているでしょう？」

「ああ。なんとなくは」

「おとといの夜、このデスクを整理していて、あの書類を見つけたの。それで、言い訳するつもりはないんだけれど、今のところわたしには――」

「時間を無駄にしないでくれ」ジョンがさえぎった。

ミシェルはぎくりとし、すぐそばに立って上から彼女を見おろしているジョンを見あげた。「なんですって？」

「よけいな話は聞きたくない。金の代わりに、別の方法で支払いたいと言うんだろう？　それならこちらも望むところだ。ただし、一度や二度ベッドでぼくの相手をすれば、それですむとは思わないでくれ。貸した金に見合うだけのものは、ちゃんと返してもらうつもりだからね」

2

ミシェルはその場に凍りついた。あまりのショックに顔から血の気がうせる。しばらく彼女は、ジョンの口にした言葉がまるで理解できなかった。ジグソーパズルのピースのように、言葉がばらばらになって、宙に浮かんでいるかのようだ。

ジョンはミシェルの目の前に立ちはだかり、いかにも男らしく頑健そうな肉体を見せつけている。背の高い彼を前にするといつも、自分がひどくちっぽけな存在になった気にさせられた。しかも今は、彼の体が発する熱と香りが、感覚をおかしくさせ、なおさら彼女を混乱させる。どうしてこの人、こんなにそばに立っているの？　そう思ったとき、ジョンの言葉が頭のなかでようやく意味をなしはじめた。ショックに代わって激しい怒りがわきおこる。ミシェルは彼からぱっと離れて、はねつけるように言った。「冗談じゃないわ！」

しまった、と思ったが遅かった。プライドの高さといつものくせで、ミシェルは彼につっかかってしまった。牧場を続けていくためにはどうしてもジョンの協力が必要なのだから、こんなふうに彼を侮辱し、挑発すべきではなかったのに。どんな反撃が返ってくるかと身構えながら、彼女は顎をあげ、挑むように彼をにらんだ。面と向かってジョンにけんかを売るのはひどく危険な行為だと、ミシェルは百も承知していた。

だが、ジョンの表情は少しも変わらなかった。細くなった目の奥で、瞳だけが燃えている。おそらく、鉄のようにかたい意志の力で、反撃したい衝動をこらえているのだろう。彼は微動だにせず、妙にやさしい声でミシェルに尋ねた。

「これが、冗談を言っている顔に見えるか？　きみはこれまで、そうやって男に助けてもらってきたんだろう？　だったら、今度はぼくがその役をつとめてもいいと言っているんだ。もっとも、これまできみがつきあってきた男たちとは違って、ぼくはきみの思いどおりにはならないけどね。その点は覚悟しておいてほしい。いずれにしろ、今のきみは、えり好みできる立場ではないだろうがね」

「えり好みって、どういうこと？」ミシェルはますます顔面蒼白《そうはく》になりながら、一歩、また一歩とさがっていった。ジョンはさっきから少しも近づいてきてはいないのに、ものすごい圧迫感がある。彼がどれほど多くの女性とつきあってきたかなんて、考えたくもないわ。そんなことに思いをはせるだけで、心が深く傷ついてしまうもの。そうした女性たちもまた、今のわたしのようにジョンの前で無力になり、セクシーな魅力に負けてしまったのかしら？　ミシェルは、体の奥底からつきあげてくる本能的な反応を抑えきれなくなっていた。これこそまさに、ずっと恐れていた事態だ。軽々しくジョンに身を任せるなんて、絶対にいや！

「ぼくから逃げないでくれよ」

ベルベットのようにやわらかくて深みのあるジョンの声が、ミシェルの耳に心地よく響いた。この声で女性の心をとろけさせてしまうのね。彼女は、女性の上に覆いかぶさるジョンのたくましい肉体を思い浮かべた。きっと彼は、やさしい愛し方をする男性ではないだろう。荒々しく、情熱のおもむくままに、力強く女性を征服するタイプに違いない。

そんなイメージを頭から振りきろうとするかのようにミシェルが顔をそむけたとき、彼は激しい怒りに襲われた。ベッドをともにするつもりがないことを、言葉で伝えられるよりも、こんなふうに態度で表されるとプライドが傷つく。彼は、長い脚で素早くデスクをまわりこみ、骨っぽいがっしりした手で彼女を胸に引き寄せた。

こうして実際にミシェルの体にふれるのはこれがはじめてのことだ、とジョンは思った。なんて華奢《きやしや》でやわらかな体をしているんだろう。強く抱きしめたら折れてしまいそうだ。ぼくの片手がまわるほど細い腕を、いつまでもなでていたい……。熱い思いがこみあげ、怒りは少し薄れた。

「氷の国の姫みたいに、冷たく鼻をつきだすのはやめてくれないか？　きみの小さな王国は、もうとっくにつぶれてしまったんだよ。昔の遊び友達だって、まるで寄りつかなくなっているんだろう？　困っているきみを、誰も助けてはくれないわけだ」

ミシェルはジョンの胸に手を押しあてて体を離そうとしたが、彼はびくともしなかった。

「わたしは誰にも助けなんか求めていないわ！　ましてや、あなたの助けなんかいらないわよ！」

「どうして？」ジョンは険しい目つきで彼女を見つめ、その体を軽く揺さぶった。「ぼくならきみを助けてやれるのに」

「わたしの体は売り物じゃないわ」ミシェルはジョンから離れたかったが、どうしても離れられなかった。それほど強く抱きしめられているわけでもないのに、不思議と彼の腕からはのがれられない。

「こっちも買う気はない」ジョンが顔を近づけてささやいた。「しばらく貸してもらいたいだけさ」

ミシェルは声にならない声をあげ、必死に顔をそらそうとしたが、頭の後ろに手をあてがわれ、前を向かされてしまった。欲望の炎が宿る黒い瞳に見つめられたと思うまもなく、ミシェルは唇を奪われ、次の瞬間には小さな動物のように、なすすべもなくジョンの腕のなかでふるえていた。まぶたをぎゅっと閉じて、体重をすっかり彼に預ける。もう何年も、彼女はジョンのキスの味を知りたいと思いつづけてきた。あの唇はやわらかいのかしら、かたいのかしら。あの口ひげは肌にこすれて痛いのかしら……。

今、その答えがわかった。ジョンの唇はあたたかくて、うっとりしてしまうほどすてきだった。ミシェルのなかで歓《よろこ》びが爆発し、情熱があふれかえる。ジョンは、厚みのある唇とやわらかい口ひげ、そして巧みに動くその舌で、彼女を陶酔させた。いつのまにかミシェルは腕をジョンの背にまわし、ぬれたシャツの上から彼の引きしまった筋肉をまさぐっていた。ぬれた服の冷たさもまるで感じない。彼女が感じているのは、彼の熱さとたくましさだけだった。彼は何度もくりかえし唇を重ねてきた。わたしのほうから身を引かなければ、いつまでも永遠にキスを続けるつもりかもしれないわ。

ミシェルのほうもキスをやめてほしくはなかった。彼女の願いはただひとつ、このままジョンとベッドになだれこんで、彼の力強い手を体じゅうで感じること……。だけど、本当にそんなことになったら、わたしの心はどうかしてしまう。ジョンを求める気持があまりに強すぎることに、ミシェルはおびえた。彼は、心も体も奪えるだけ奪い、抜け殻のようになったわたしのもとから去っていくに決まっている。彼がそういう意味で手に余る男性であることを、ミシェルは本能的に知っていた。

ジョンから顔をそむけてキスを拒むには、全身全霊の力が必要だった。もちろん、彼の大きな体を押しのけられるほどの力はミシェルにはない。腕の力をゆるめて彼女を放したのは、完全に彼の選択でしかなかった。数センチだけあとずさりをした彼が、こちらを見つめている。わたしが心を決めるのを待っているのね……。

あたりに静寂が広がった。少しも揺るがない視線に射すくめられたまま、ミシェルはなんとか自分をとり戻そうとした。だがもう、どうしようもない状況になってしまったようだ。この十年、わたしなりに用心深く計算して、ジョンとの敵対関係を保ってきたのに。こうしてじっと見つめられるだけで体じゅうの骨がとろけてしまいそうになることを、決して彼には悟られたくなかった。

なぜなら、ジョンに心を奪われ、瞳に星を輝かせて彼を見つめていた女性たちが、やがて捨てられて苦痛に顔をゆがめる姿をミシェルは何度も見てきたからだ。そういう女性たちと同じ運命をたどりたくないと思ってきた。けれど今、ずっと恐れつづけ、慎重に避けつづけてきた最悪の事態が訪れた。彼には、わたしのことを女性として意識してほしくなかった。ほかの女性たちと同じように、軽く遊んでさっさと別れられる女だと思われたくない。ただでさえ、わたしは経済的に窮地に追いこまれているのだから、このうえ心まで傷つけられては、とうてい身がもちそうにない。

相変わらずジョンは、暗い炎の燃える瞳でミシェルを見つめていた。値踏みするような熱いまなざしが、彼女の胸もとから、腰へ、脚へとおりていく。肌にまつわりつくような視線を浴びせられて、ミシェルはセクシーな予感に打ちふるえた。たぶんジョンは頭のなかで、わたしと体を重ねあわせ、歓びを与える場面を思い描いているんだわ。これほど堂々としていて、大胆で、しかも自信に満ちあふれているまなざしを向けられて、抵抗できる女性はほとんどいないだろう。ジョンの瞳は、彼の腕のなかなら女性が究極の満足感を味わえることを約束していた。彼はわたしを求めているわ。きみを必ずぼくのものにする、とその目が語っているもの。

でも、そうさせるわけにはいかないわ。言うなればミシェルは、これまでの人生を贅沢《ぜいたく》なものであふれかえる監獄にとらわれて生きてきた。最初は、娘を溺愛《できあい》する父によって、そして次に、執拗《しつよう》な嫉妬《しっと》心に駆られていた夫、ロジャー・ベックマンによって。ミシェルは今、生まれてはじめてひとり立ちし、自分の人生に責任を負うことを学びはじめたところなのだ。失敗しようと成功しようと、とにかく自分自身の力でやりとげなければ。またここで、誰かにすがるわけにはいかない。

目の前のジョンは、たしかにわたしを求めているようだ。でも、わたしのことが好きなわけでも、大切に思ってくれているわけでもなさそうだ。それならなおさら、ジョンの言うように黙って彼に身を任せ、代わりに生活を保障してもらうなんてことはできない。

ミシェルはゆっくりジョンから離れると、彼に顔を見られないよう、うつむいて椅子に腰をおろした。そしてふたたびプライドをかき集め、落ち着いた声で話しはじめた。「返済期限がとっくに過ぎていることはわかっているけれど、今すぐにあれだけの借金をお返しできるお金はわたしにはないの。それで、なにかいい解決策はないかと――」

「だから、ぼくのほうから妥協案を提示したじゃないか」ジョンが話をさえぎり、ミシェルの前のデスクに腰をおろした。

そのとき、たくましい腿がミシェルの腕をさっとかすめた。彼女ははっと息をのみ、ジーンズに包まれた彼の脚から目をそらした。すると彼が腿に両手をついて前に身を乗りだし、彼女は椅子に深々と沈みこむ格好になった。

「これ以上時間を無駄にしないで、ぼくの言うとおりにすればいい。ぼくの手の感触も、そう悪くはなかっただろう？」

ミシェルはかたくなな態度を崩さず、話を続けた。「もしもあなたが、すぐにお金を返してほしいと言うなら、今この牧場にいる牛をすべて売って、お金をつくらなければならないわ。でも、できればそうしたくないの。牛がいなくなってしまったら、牧場を切りまわしていくための貴重な収入源が断たれてしまうから。ここの土地の一部を売りに出すという手もあるけれど、買い手が見つかって契約にこぎつけるまでには時間がかかるわ。だから、もしもそれまであなたが待ってくれるなら……」

ミシェルは息をつめてジョンが承諾してくれるのを祈った。土地を売った代金で借金を返すというのが、今のところ思いつける唯一の返済方法だったからだ。

ジョンはおもむろに背筋をのばし、眉を寄せてミシェルを見おろした。「ちょっと待ってくれよ。牧場を切りまわしていくのに金が必要だと言うが、この牧場はすでにつぶれたも同然じゃないか」

「そんなことないわ」ミシェルはむっとした声で言いかえした。「牛だって、まだ少しは残っているんだから」

「どこにだい？」ジョンが疑うように言った。

「南の放牧地によ。東の放牧地はフェンスが壊れていて、まだ修理していないから……」

そこまで説明したとき、ミシェルのなかに怒りがわいてきた。どうしてこんなことまで話さなきゃならないの？　フェンスが壊れていようといなかろうと、彼には関係ないことじゃない。

「それじゃきくが、いったい誰がその牛の世話をしているって言うんだ？」この牧場にはもうカウボーイがひとりも残っていないことを噂《うわさ》に聞いているらしく、ジョンはミシェルの話を信じていないようだった。

「わたしよ」ミシェルは誇らしげに言い放った。ジョンはひどく驚いた顔をした。わたしみたいな女が牧場の仕事をやれるはずもないし、やる気もないと思っていたのだろう。

ジョンがあらためてミシェルの全身をじっくり眺めまわした。薄紫色のペディキュアを塗った足に白いハイヒールのサンダルを履き、真っ白な麻のスラックスと白いシルクのブラウスに身を包んだわたしは、彼の目にどう映っているかしら？　ミシェルはふと、ぬれたシャツを着たジョンに抱きしめられたせいで、ブラウスの前がぬれて下着が透けて見えていることに気づいた。たちまち顔が熱くなり、頬が赤く染まる。しかし、彼女は心の動揺を隠そうと、あえて堂々と顎をつきだした。どうぞ、見たいなら見せてあげるわ。

「いい光景だな」ジョンが言った。「さて、手を見せてくれるか？」

とっさにミシェルはこぶしをかたく握りしめ、ジョンを見かえした。「どうして？」

質問には答えず、ジョンは素早くミシェルの手首をつかんで、こぶしを目の前に引き寄せた。彼女はさっと手を引っこめようとしたが、抵抗もむなしく、結局てのひらを開かされてしまった。しばらくのあいだ、ジョンはじっと傷だらけの手を見つめていた。やがて彼はもう一方の手をとり、治りかけのまめのあとやたこのできているところを、指先でやさしくなぞった。

ミシェルは唇を引き結んだ。手が荒れていることなんて、少しも恥ずかしくない。肉体労働にすり傷やけがはつきものだ。それに、体を動かして働くことには、ある種の喜びだってある。けれど、名誉の勲章とも言うべきそれらの傷をジョンにまじまじと見つめられると……。ミシェルは裸を見られたのと同じように、誰にも見せたことのない心の秘密をのぞかれてしまったかのようで、気恥ずかしくなった。ジョンに同情なんかされたくないし、彼に見つめられて熱い気持をかきたてられたくもない。そしてなにより、ジョンに哀れまれ、態度をやわらげられたりしたくない……。

ジョンはふいに顔をあげ、夜の闇《やみ》のように真っ黒な瞳でミシェルを見つめた。彼女は全神経が警告を発するのを感じた。でも、もう遅い。おそらく、ジョンがポーチに姿を現した時点で、すべては決まっていたのだろう。最初からミシェルは、彼の全身に緊張がみなぎっていることを感じとっていた。なのにそれを、いつもの敵対心だと勘違いしていた。考えてみれば、欲しいと思う女性は速攻で手に入れるジョンのような男性に、わたしは、十年ものあいだおあずけをくわせつづけてきたのだ。

ミシェルが本当にジョンの手が届かないところにいたのは、ロジャーとの短い結婚生活のあいだだけ、フロリダから何百キロも離れたフィラデルフィアで今とはまったく違う暮らしをしていたころだけだった。ここへ舞い戻ってきた今のわたしには、大きな弱みがある。牧場の経営には行きづまり、助けてくれる人はなく、十万ドルの借金まであるのだから。この状況では、ジョンがたやすくわたしをものにできると考えたとしても不思議ではない。

「きみひとりで、牧場の仕事なんかできるわけがない」ついにジョンが口を開いた。さっきよりもさらに深みを増した静かな声だった。その手はまだミシェルの手をやさしく握りつづけている。やがてジョンは立ちあがり、彼女をそっと引き寄せた。

そのときミシェルは、ただの一度もジョンに痛い思いをさせられてはいないことに気づいた。彼は、わたしの意志を無視して抱きしめはしたけれど、決して傷つけたりしていない。その手の感触はあくまでもやさしく、それでいて、あらがっても無駄だと思わせるくらい力強かった。

そんなジョンの誘惑から身を守るには、軽口でもたたいてかわすしかない。ミシェルは彼に向かって明るい笑顔を見せた。「もちろんひとりでやっているわ。あなたがご親切にも指摘してくださったとおり、窮状を見かねて、大勢のお友達がわたしのもとに押しかけてくれるってわけじゃないもの」

ミシェルの言葉を聞いて、ジョンは口の端をゆがめた。〝お友達〟というのはどうせ、金と暇だけは腐るほどある有閑階級の友人のことだろう。「助けが必要なら、ぼくのところへ来ればよかったのに」

うわべだけの笑顔をジョンが嫌っていることを知りながら、ミシェルはまたにっこり笑ってみせた。「でも、あなたの言うやり方では、十万ドルの借金を返すまでにそうとうの時間がかかるわ。わたしも仕事熱心なほうだけれど、どんなに働き者の売春婦だって、ひと晩三回以上のおつとめはできないでしょう？　一回百ドルが相場だとして、毎日三回休みなく続けたとしても、最低一年はかかるのよ」

ジョンの瞳に、一瞬怒りの炎が燃えあがった。彼はついにミシェルの手を放し、代わりに肩をつかんで、熱を帯びた目で彼女の胸やヒップを見つめた。「ひと晩に三回だって？　いいね、ぼくとしても異存はないよ。だが、利子があることを忘れてもらっちゃ困るな、ハニー」

ミシェルはジョンの視線に耐えきれなくなり、思わずまぶたを閉じかけた。でも、ジョンはただ、わたしが挑発したから、わざとあんな目で見ているだけよ。彼の内に秘められた欲望があまりに強いから、あの黒い瞳に情熱的な炎が見え隠れし、そこに女性は惹《ひ》きつけられてしまうだけだわ。小さな虫が光に吸い寄せられるのと同じで、特別なことではないのよ。そう考えてミシェルはどうにか笑みを保ち、彼の手が置かれた肩をすくめることさえしてみせた。「ご忠告ありがとう。だけどわたしは、シャベルをかついで働くほうを選ぶわ」

ジョンがそこで理性を失い、仕かけたけんかを買ってくれたら、ミシェルはもっと楽に息がつけただろう。彼を侮辱し、怒らせることができたら、この身は安全だったはずだ。だが、ジョンはわずかにてのひらに力をこめたものの、相変わらず冷静さを保っていた。「そんなにつっぱるなよ」ジョンは穏やかな声で言った。「きみが本当に望んでいるものはなにか、今ここで教えてやってもいいんだぞ。それより、どうやってこの牧場をきみひとりでやっていくつもりなのか、聞かせてほしいね」

ほんのつかのま、ミシェルの澄んだ瞳に絶望の色がよぎった。肌も心なしか張りつめているように見える。しかし、すぐに彼女は口の端をわずかに持ちあげ、いつものクールな物腰に戻った。そういう態度が、ジョンをいらだたせた。

「この牧場のことに口出ししないで。あなたに関係あるのは、借金がきちんと返済されるかどうかってことだけでしょう?」

ジョンはミシェルの肩に置いていた手をおろし、デスクに軽く寄りかかると、長い脚を足首のあたりで交差させた。「十万ドルといえばかなりの額だ。あれだけの金を即金で用意するのは、ぼくにとっても大変だったよ」

そんなことは、あらためて言われなくてもミシェルにはわかっていた。たとえジョンが億万長者であろうと、牧場の資産は大半が土地と家畜で、利益は運営資金として牧場に再投入されるのがつねだから、よぶんな流動資産がそれほどあるはずがない。

「お金はいつまでに返してほしいの？」ミシェルは顎をあげ、居丈高に問いただした。

「今すぐ？　それとも、もう少し待ってくれる？」

ジョンは眉をあげてみせた。「きみが置かれている状況を考えたら、そんなふうにつっかかるような口のきき方をしないで、もっと下手に出るべきじゃないのか？　というより、牧場と牛をさっさと売りに出すほうが話は早い。そもそも、きみに牧場の経営なんて無理だ。ここを売り払ってしまえば借金も返せるし、きみを養ってくれる次の男が見つかるまで食いつなぐこともできるだろう」

「わたしにだって、牧場の経営はできるわ」ミシェルはかみつくように言った。できなきゃ困るわ。わたしには牧場しか残っていないんだもの。

「絶対に無理だって、ハニー」

「ハニーなんて呼ばないで！」自分が発した怒りの声に、ミシェルはわれながら驚いた。

ジョンはたいていの女性にハニーと呼びかける。そこに特別な意味はない。けれどミシェルは、ジョンがほかの女性とベッドに横たわり、気だるく〝ハニー〟と呼びかけるところを想像して、我慢できなくなった。

ジョンは大きながっしりした手をミシェルの顎に添えて上を向かせ、親指で彼女の下唇をなぞった。「きみをどう呼ぼうと、ぼくの勝手だ、ハニー。きみはぼくに多額の借金をしている身なんだから、文句は言えないだろう。あの金の返済方法については、ぼくにしばらく考える時間をくれ。それまでは、金のことなんか忘れて……」

そう言うやいなや、ジョンはあたたかい唇を重ねてきた。ミシェルは体の中心からわきあがってくる歓びに押し流されないよう、目を閉じて必死に耐えた。唇を押し分けて入ってこようとする舌のなめらかさを、あえて感じまいとした。しかし、ジョンのキスは前にも増して絶妙で、穏やかな自信に満ちている。顔をそむけようとしても、彼のたくましい両脚に体をはさまれてしまい、身動きができない。彼女の体はふるえはじめた。なんとかキスを拒もうと、彼の胸にてのひらを押しつけると、かえって力強い鼓動を感じ、その心地よい速いリズムに身を任せたくなってしまった。

ジョンがミシェルの頭を支え、わずかに首をかしげさせた。もう、あらがうことなどできない。ミシェルは彼のキスに屈し、そっと唇を開いた。すかさずジョンの舌がすべりこんできて、彼の味で彼女の口を満たした。

すべてを味わいつくそうとするかのように、ジョンのキスは丹念で情熱的だった。今まで何人の女性を相手にキスの訓練を積んできたのかしら？　ミシェルはふと思ったが、だからといって、このキスの魅力が薄れることはなかった。ジョンの腕にすっぽりと包まれて、ミシェルの体は歓喜と欲望に打ちふるえた。ああ、ジョンが欲しい……。わたしはずっと、心の奥底でジョンを求めていた。はじめて出会った瞬間から、その思いは消えることがなかった。だからこそこの十年間、ジョンから逃げるようにして暮らしてきたのに……。

ようやく顔をあげたジョンの唇は、ぬれて光っていた。ミシェルを見つめるその顔に、はっきりと満足感が浮かんでいる。彼女も唇を赤くはらし、ぼんやりとした表情で彼を見かえした。ジョンは彼女の腰に手を添えて支え、ゆっくりと体を離した。

いつものように上から見おろされ、ミシェルは反射的に一歩さがった。やっとの思いで自制心をとり戻し、今のキスに大胆な反応を見せてしまったことの言い訳を考える。だが、どんなふうに言いつくろったところで、ジョンには通じないだろう。もっとも、大胆さにかけては彼も負けてはいなかったけれど。とにかく、起きてしまったことはもうとり消せない。今のわたしにできるのは、これ以上先に進まないようにすることだけだ。

ミシェルはこぶしをきつく握りしめ、決然としてジョンを見あげた。「わたしは、借金を返すためにあなたと寝るつもりはないわ。もしもあなたが、今夜さっそくわたしをベッドに連れこむつもりでここへ来たのなら、おあいにくさま」

ジョンの目つきが鋭くなった。「たしかに、そういう期待はないでもなかったが……」

「残念ね。わたしはそんな女じゃないわ」ミシェルは荒く息をつきながら、屈辱的なジョンの言葉に耐えた。ここで理性を失って、怒りを爆発させるわけにはいかない。

「そりゃあよかった。ぼくもちょうど気が変わったところだからね」ジョンはのんびりと言った。

「まあ、寛大ね」ミシェルは精いっぱい嫌みっぽく言いかえした。

「いつの日かきみはぼくとベッドをともにする。でもそれは、あの借金のせいじゃない。そのうち、きみはぼくと同じくらい狂おしくぼくを求め、きみのほうからすがりついて愛を乞《こ》うことになるんだ」

ジョンの言葉が連想させるイメージが、稲妻のように鋭くミシェルの脳裏につき刺さった。彼はきっと、ほかの大勢の女性たちと同じようにわたしをもてあそび、最後には捨てるに決まっている。「いいえ、遠慮するわ。わたし、あなたのベッドでほかの女性とかちあうなんて、ごめんだもの」

どれほどミシェルが怒らせようとしても、ジョンはその手には乗らなかった。彼はミシェルの手をとって、白く筋の浮きでた関節をなではじめた。「心配はいらないさ。そのときベッドにいるのは、ぼくときみのふたりだけだ。だから、いつまでも意地を張っていないで、心の準備をしておいてくれ。それじゃ、明日また来るよ。この牧場の現状をたしかめて、どこに手が必要か調べないといけないからね」

「あなたに見てもらう必要なんかないわ。この牧場はわたしのものなんだから」ミシェルはぐいとこぶしを引いて、彼の手を振りほどいた。

「ハニー、きみひとりじゃ、帳簿の管理すらろくにできないんだろう？　いいから、ぼくにすべて任せておけよ」

役たたずだと言われた気がして、ミシェルは悔しかった。でも心のどこかで、ジョンの言うことはあたっているかもしれないと不安になった。「あなたになにもかも面倒を見てほしくなんてないのよ」

「きみは、自分の欲しいものがわかっていないだけさ」ジョンを体をかがめて、ミシェルに軽く別れのキスをした。「それじゃ、明日」

そう言い残して部屋を出ていったジョンを追って、ミシェルはポーチへ急いだ。だが、彼はすでに激しい雨のなかを走りぬけ、トラックに飛び乗っていた。

やはりジョンは、わたしのことを真剣に思ってくれているわけじゃない。でも、それはあたりまえだわ。ミシェルは戸口に寄りかかり、走り去っていくジョンのトラックを見送った。だけど、どうして今になって、彼はわたしを求めてきたりするの？　長年わたしは用心を重ねて、ジョンとの敵対関係を保ってきた。なのに、わたしを守っていた壁は、いとも簡単に打ち壊されてしまった。ジョンは貪欲《どんよく》な略奪者のように、わたしの弱みを感じとり、すかさず襲いに来たのだ。

ミシェルは静かにドアを閉めた。雨の音はもう聞こえない。静寂に包まれると、ミシェルの頭にむなしい人生の記憶がよみがえった。

奥歯をかみしめているせいで、顎がふるえたが、ミシェルは泣かなかった。涙なんか流している場合じゃないわ。なんとしてもこの牧場にしがみつき、借金を返して、これ以上ジョンを近づけないようにしなければ……。

ジョンとの距離を保つことは、なかでももっとも難しそうだった。なぜならそれは、自分の気持に反したことだからだ。正直に言えば、ミシェルは彼のたくましい腕に抱かれることを夢見ていた。欲望を満たしてほしい、誰にも許したことがない方法でこの肌にふれてほしい、と。そのとき、喉の奥のほうから罪悪感がこみあげてきた。わたしはジョンを求め、彼に心を引かれていながら、ほかの男性と結婚した。別れた夫のロジャーはいつからかそれを感じとるようになり、嫉妬にとりつかれはじめた。そのときから、ロジャーとの結婚生活は悪夢と化した……。

つらい記憶を頭から追いはらおうと、ミシェルはキッチンへ行って夕食の用意をした。といっても、ミルクをかけたコーンフレークだけだ。今朝のメニューと同じだが、ちゃんと料理をする気力はない。それを半分ほど食べたところで、ミシェルは突然スプーンをとり落とし、両手に顔をうずめた。

ミシェルは両親が四十代に差しかかるころにやっと生まれた子供だったので、それは大切に育てられた。母親はやさしく従順な人で、外で働いた経験もなく、家を守るのが女の仕事だと信じている女性だった。そして父のラングリーは、妻と娘を守って何不自由ない暮らしをさせることに、プライドをかけている人だった。やがて妻が亡くなり、ラングリーは娘のミシェルに全愛情をそそぎこむようになった。娘に最高のものを与えられなければ、父親失格だと思いこんでいたかのようだった。

昔はミシェルも、父からなんでも買い与えられる生活に満足していた。だが、ラングリーがコネティカットの家を売ってフロリダへ引っ越す決意をしたおかげで、彼女の人生は一変した。そのとき父は生涯でただ一度だけ、かわいい娘の願いを聞き入れようとせず、上品なスーツに身をかためたビジネスマンから転身をはかった。牧場主になるという長年の夢をどうしてもかなえたかったラングリーはミシェルを説得した。すぐにおまえにも新しい友達ができてフロリダが好きになるさ、と言って。

ある意味では、父の言ったとおりになった。ミシェルには友人ができた。暑さに慣れ、牧場の生活を楽しめるようにもなった。ラングリーは娘に居心地の悪い思いをさせないよう、母屋を全面的に改装してもくれた。そのうちにミシェルも父には夢を実現する権利があることを理解し、それをやめさせようとした自分を恥じるまでになった。娘の幸福を願って精いっぱいのことをしてくれる父への感謝のあかしに、彼女自身、幸せになろうと努力した。

だが問題は、ジョンに出会ってしまったことだった。以来十年間、ミシェルはジョンに反感を抱き、彼を恐れ、それと同時に、心のなかでは彼をずっと想いつづけてきたのだ。だが、ミシェルにはわかっていた。ジョンが本気でわたしのような小娘を相手にしてくれるはずはない。万一つきあってもらえたとしても、わたしには彼を永遠に引きとめるだけの魅力はない、と。

だからミシェルは、ジョンから逃げるようにして、東海岸の名門私立女子大に進学した。そして、卒業後、二週間ほど滞在していたフィラデルフィアでロジャーと出会った。その街いちばんの旧家の息子であるロジャーは、背が高く、黒髪で、口ひげを生やしていた。それ以外の点ではほとんど似ていなかったが、無意識のうちにミシェルは、彼のなかにジョンの面影を見ていたのかもしれない。

ロジャーは一緒にいて楽しい人だったので、ミシェルはやがて彼を愛するようになっていった。いや、ジョンを忘れたいと思うあまり、ロジャーを愛していると思いこんでいただけと言ったほうがあたっている。ロジャーのほうは最初から彼女に夢中だった。彼の両親にも望まれ、父のラングリーにも祝福されて、彼女はロジャーと結婚した。

それが、人生最大の間違いだった。

はじめのうちは結婚生活もうまくいっていた。だが時がたつにつれて、ロジャーは激しい感情をむきだしにするようになった。おそらく彼は、妻が心の底から彼を愛してはいないことを、敏感に肌で感じとったのだろう。そのうちにロジャーは、ミシェルがほかの男性にほほえみかけたりダンスを踊ったりするだけで、逆上するようになった。そしてある夜、パーティーの席でミシェルがひとりの男性に二度も話しかけたのを見て、ロジャーは嫉妬にわれを忘れ、人前で彼女に平手打ちをくわせた。そのときはじめて、ミシェルは夫に恐怖を感じた。

ロジャー自身も、自分のしでかしたことにショックを受けたようだった。彼は両手に顔をうずめて泣き崩れ、妻に許しを乞うた。こんなことは二度としない、きみを傷つけるようなこの手は切り落としたほうがましだ、とまで言った。そのときミシェルは、この世の何千何万という女性が犯してきた過ちをくりかえした。彼女は夫を許したのだった。

だが案の定、ことはそれではおさまらなかった。しだいに激しくなる夫の暴力に耐えかねたミシェルは、ある日ロジャーを法的に訴えた。しかし、街の有力者である彼の両親によって関係各方面に手がまわり、証拠は握りつぶされた。彼女は孤立無援だった。

後日ミシェルは意を決して家を飛びだしたりもしたが、ボルティモアにたどりつく前に、追ってきたロジャーにつかまって連れ戻された。彼は、ふたたびぼくのもとから逃げだしたりしたらおまえの父親を殺してやる、と言ってミシェルを脅した。

ベックマン家ほどの名家になれば、金もあり、名声もあって、法曹界にも顔がきく。そういう家の息子であるロジャーなら、人ひとり殺しても罪に問われることすらないだろうとミシェルは信じざるをえなかった。だから彼女は、それからさらに二年間、黙って夫の仕打ちに耐えた。父の命を危険にさらすわけにはいかなかった。

だがついに、ミシェルはロジャーのもとから逃げだすきっかけをつかんだ。ある夜、怒りおかしくなったロジャーがベルトで彼女の背中を鞭《むち》打ち、ひどい傷を負わせたのだ。そのとき彼の両親はヨーロッパに長期滞在していて、あいにく影響力を及ぼすことができなかった。ミシェルはその夜こっそり家を抜けだし、病院へ行って治療を受けた。そこでもらった診断書と傷口の写真をたてに、彼女は再度ロジャーに離婚を迫り、とうとう自由を勝ちとったのだった。

もちろん、そんな話はこれまで誰にも打ち明けたことはない。孤独なお姫さまのミシェルは、夫から受けた心と体の傷を誰にも見せないまま、墓場まで持っていく覚悟だった。

3

電話が鳴ったとき、ミシェルは二杯めのコーヒーを飲みながらのぼる太陽を眺め、今日一日の仕事の段どりを頭のなかで組みたてているところだった。なんだか疲れがたまっている。目もとははれぼったくて、黒っぽいくまさえできていた。ジョンに言われたことや、彼の唇と手の感触が忘れられず、ベッドのなかで寝返りをくりかえして夜を明かしてしまったせいだ。彼はやはり、評判どおりのプレイボーイだった。指先の動きは想像以上にやさしかったが、それでも彼が女性に地獄を味わわせる男性であることは間違いない。

ミシェルは電話には出たくなかった。だがジョンは、一度決めたことをそう簡単にあきらめる人ではない。電話をかけてきたのが彼なら、たとえ居留守を使っても、ここまで様子を見に来るだろう。それなら、うまく話をして今日の約束ははっきり断ったほうがましだ。ミシェルは受話器をとり、くぐもった声で言った。

「はい、カボットです」

「元気だったかい、ミシェル?」

相手の声が聞こえた瞬間、ミシェルの顔から血の気が引いていき、受話器を握る手に力がこもった。ロジャーだ！　ゆうべ、彼のことを思いだしたりしたのがいけなかったのだろうか。彼のことは過去へと閉じこめ、できるだけ考えないようにしてきたつもりだったのに。それでも、たまに悪夢となって、当時の記憶がよみがえることがあった。そんなとき、彼女はひとりぼっちであることが怖くなった。助けてくれる人など誰もいない。父のラングリーも、もういないのだから。

「ロジャー……なのね？」ミシェルはかすれた声で尋ねた。答えは聞くまでもない。あんな猫なで声でわたしの名を呼ぶのは、別れた夫のロジャーだけだ。

ロジャーは太く低い声で言った。「きみが必要なんだ、ダーリン。戻ってきてくれないか。お願いだよ。もう傷つけたりはしないから。お姫さまみたいに大切に扱うって約束する――」

「それはできないわ」ミシェルはあえぐように言い、脚のふるえをこらえようと椅子につかまった。冷たい恐怖に襲われて、吐き気さえ感じる。

「そんなこと言わないでくれ」ロジャーの声はさらに低くなった。「ミシェル、父と母が死んでしまったんだ。今のぼくには、誰よりきみが必要なんだよ。先週の葬式には駆けつけてくれるかと期待していたのに、来てくれなかったね。ぼくのことを避けているんだろう？　でも、もう耐えられないよ。もし戻ってきてくれたら、前とはすべてが変わって

──」

「わたしたち、離婚したのよ」ミシェルはロジャーの言葉をさえぎった。背中を冷や汗が伝っていく。

「また結婚すればいいさ。お願いだから──」

「いや！」ロジャーとふたたび暮らすことなど考えたくもなかった。ミシェルは、思わず乱暴な口調になった。だが、とり乱したらこちらの負けだ。「ご両親のことはお気の毒だったわね。知らなかったわ。なにがあったの？」

「飛行機事故さ」ロジャーの声には苦痛がにじんでいた。「湖へ行こうとして嵐《あらし》に巻きこまれたんだ」

「お気の毒に」ミシェルはくりかえした。だが事情を知っていたところで、葬儀には参列しなかっただろう。みずから進んでロジャーと顔を合わせるつもりなどまるでない。

ロジャーはしばらく口をつぐんでいた。神経質そうに首の後ろをもむ仕草が目に浮かぶようだ。

「ミシェル、まだ愛しているんだ。きみがいないと、なにもかもうまくいかない。もう前みたいなことにはならないと誓うよ。きみを傷つけたりしない。あのころぼくは、ただ嫉《しっ》妬《と》でおかしくなっていただけだった。あんなに怒る理由なんて、どこにもなかったのに」

いいえ、理由はあったのよ。ミシェルは思った。ぎゅっと目を閉じてロジャーの声を聞いていると、むきだしの恐怖とともに罪の意識がわいてくる。この十年、わたしがジョンのことを思わない日は一日もなかった。わたしはずっと、ロジャーのことも、ほかの男性のことも、心からは愛せずにいた。誰も、ジョンほど強烈な魅力を感じさせてはくれなかったから。

「ロジャー、そんなこと言わないで」ミシェルは消え入りそうな声で言った。「もう終わったのよ。あなたのところには戻らない。今、わたしが望むのは、牧場主としてひとり立ちすることだけなの」

ロジャーはうんざりしたように言った。「牧場の仕事なんてくだらないよ。きみにふさわしいのは、もっといい生活だ。ぼくなら、きみが望むものはなんでも与えてあげられる」

「だめよ……。それはできないわ。もう切るわね。さようなら。二度と電話はしないで」

ミシェルはそっと受話器を置くと、てのひらで顔を覆った。体のふるえがとまらない。ロジャーの行動を見はっていてくれるはずの両親が、ふたりとも死んでしまったなんて……。

ミシェルが離婚を勝ちとった際のとり決めは、両親が責任を持って息子をミシェルから遠ざけておいてくれるなら、彼女も背中の傷の写真と診断書をマスコミに公開しない、ということだった。もしもあれが公になっていたら、大きなスキャンダルになっていただろう。なにしろ、フィラデルフィア一の名家ベックマン家の息子が、妻にひどい暴力をふるう男だったのだから。ミシェルが証拠を握っているおかげで、それ以後ロジャーはむちゃな脅しをかけてこなかった。

結婚した当初、ミシェルは義理の両親のことが好きだった。だが、はじめて彼女がロジャーにけがをさせられたとき、彼らが一方的に息子を守ろうとしたことで、その愛情は消えてしまった。当時ミシェルには味方になってくれる人などいなかった。父のラングリーに相談しても、どうしてもっと我慢できないんだ、と言われるだけだった。それどころか父は、ミシェルがただの夫婦げんかを大げさに考えすぎているだけだと思ったようだった。

結婚はお互いの歩み寄りだ。おまえはわがままで神経質すぎる。ふたりはまだ若いんだ。ちょっとした意見のくい違いなんて、よくあることさ。そんなことを言われたときは、ミシェルの全身に冷たい孤独感が広がった。それでも彼女は、父を愛していた。

もちろんラングリーも娘を愛していたが、彼はミシェルを生身の人間というより、大切な人形のように思っていた。非の打ちどころのない愛情の対象だと考えているふしがあった。そんな娘が地獄のような泥沼にはまっているなんて、彼にはとうてい受け入れられないことだったのだろう。

ラングリーにとって、ミシェルはいつでも幸せな娘でなければならなかった。そうでなければ、自分は子供を守るべき父親として失格だから。つまりラングリーは、自分のエゴを満足させるために、娘は幸せなのだと思いこまずにいられなかったわけだ。それがラングリーの弱さだった。だからミシェルは、そんな父のプライドを守ってやり、なおかつ自分自身も守らなければならなかった。

二度とロジャーのところには戻らない。そう決意して、ミシェルは悪夢と闘いながら、過去を葬り去ろうとしてきた。つらい記憶におびえて貝のように閉じこもったりせず、自分の生き方を見つけようと努力してきた。けれど、記憶も、恐怖も、消えてなくなりはしない。ロジャーの声を聞いただけで、冷や汗が流れる始末だ。ふたたびあの孤独感とよるべなさが襲ってきて、ミシェルは気分が悪くなった。

過去の呪縛《じゅばく》をとこうとするかのように、ミシェルは背筋をのばし、残ったコーヒーをシンクに捨てた。こういうとき、いちばんいいのは体を動かすことだ。離婚が成立してロジャーから自由になったときは、旅行がミシェルの心を慰めてくれた。父の勧めもあって、世界じゅうを旅してまわったのだ。そして、今のわたしには仕事がある。体はへとへとになるけれど、なぜかわたしをいやしてくれる仕事が。生まれてはじめて持った、本当の意味での尊い仕事が。

その日の午前中、仕事をこなしながらも、ジョンはずっと気分が晴れなかった。

目覚めたときは最悪だった。体じゅうが、欲求不満でどうしようもない十代の少年のように痛んだ。十代なんて、もう遠い昔のことだ。だが、あのころと同じように、体のなかをホルモンが駆けめぐっているのを感じる。ひどい気分だ。

理由はわかっている。ミシェルの体の感触を思いだして、ほとんど眠れなかったせいだ。あの甘い味わいと、シルクのようにやわらかな肌を……。彼女もぼくを求めていた。これまでの経験からして、それは間違いない。だが、急ぎすぎた。出会ってから十年、ずっと求めつづけてきたミシェルにようやく手が届きかけて、つい焦ってしまった。

金が返せないなら別の方法で払ってくれてもいい、などという言葉が、ミシェルの気に入るわけもない。内心そういうことを期待している女性でも、たいていは気どった仮面をつけているものだ。しかもミシェルはたいていの女性よりずっと気位が高い。

もっとも、昨日のミシェルは以前ほど高慢そうには見えなかった……。ジョンは馬上でふと眉根を寄せた。そういえば、言葉では何度もつっかかってきたものの、いつもの冷たさは感じられなかった。だが、それも無理はない。今のミシェルはほぼ破産状態で、頼る人もいないのだから。生まれてこのかた、父や夫の財産というクッションに包まれて暮らしてきたせいで、どうしていいのかわからずにおびえているのだろう。実際彼女は、手も足も出ない状態にあるはずだ。経営の才覚もなければ、肉体労働をこなす力もない。あるのは優雅さだけ。そんなもの、牧場の仕事にはなんの役にもたちはしない。

ジョンは荒々しく、馬の向きを変えた。「あとで戻ってくる」ネヴにそう言い残して、彼はブーツのかかとで馬の腹を蹴《け》った。

走り去るジョンを見送って、ネヴがつぶやいた。「やれやれ……」ボスの機嫌が悪いことで、ネヴも最悪の気分だった。ようやくひとりで仕事をさせてもらえることになって、彼はほっとした。

ジョンの馬は長い距離を軽々と走った。強く、大きくて、頑固な馬だったが、とうの昔に手なずけてある。今やこの馬は、ジョンという乗り手の強靱《きょうじん》な脚や力強い手にすっかりなじんでいた。この馬は走ることが好きだった。土を蹴散らし、荒い息を吐きながら、すべるように野を駆けていく。

それにしても、考えれば考えるほど気にくわない。ミシェルはひとりで牧場の仕事を続けるつもりだと言っていたが、そんな苦労は、ジョンが知っている甘やかされたお嬢さんにはそぐわない。もちろんジョンは、体を動かして働くことを嫌っていつも他人に頼って生きている人間など最低だと日ごろから思っている。だが、ミシェルが牧場で重労働に耐えているところを想像すると、なぜか抑えがたい怒りがこみあげてきた。

どうしてミシェルは素直に助けを求めないんだ？　仕事をするのはかまわないが、あのミシェルにカウボーイの仕事をしてほしいなんて、誰も思ってはいないはずだ。だいいち、彼女にそれだけの体力はない。抱きしめたときに感じた繊細な体つき、グレーハウンドのようにほっそりした骨格。高価なサラブレッドが農作業には向かないのと同じように、彼女は牧場の肉体労働には向いていない。それどころか、へたをすればけがをするかもしれない。

ミシェルの体をひどく心配している自分に気づき、ジョンは思った。これじゃぼくは、ラングリーと同じじゃないか。ラングリーは、見ていていやになるくらい娘のことを心配し、甘やかしていた。

ジョンはうんざりしたように鼻を鳴らした。だが、事実はひとつ、ミシェルに牧場の仕事をさせるのが、ぼくはどうしても気にくわないということだ。牧場をやっていくには、男手が必要だ。何人ものカウボーイがいないと話にならない。

だから、ミシェルが気に入ろうと気に入るまいと、ぼくが面倒を見てやろう。最初は文句を言うだろうが、そのうち根負けして折れるはずだ。彼女はこれまで、ずっと誰かに面倒を見てもらいながら生きてきたのだから。ミシェルの面倒を見る役目が、ぼくにまわってきただけのことだ。

そう、昨日ですべてが変わってしまった。ミシェルはぼくのキスに応《こた》え、そっと唇を開いてくれた。それでぼくは、前にもまして、彼女を自分のものにしたくなってしまったのだ。ミシェルはぼくを近づけまいと必死になっていたが、本心では求めていたはずだ。もしも、あの瞳に揺らめく炎を見ていなければ、ぼくもミシェルのきつい言葉に腹をたて、怒りにわれを忘れていたかもしれないが……。

それにしても、以前は気に入らなかったあの高慢さが今になって恋しくなるとは、おかしなものだ。とにかく、今のミシェルの立場は弱い。ぼくの助けが必要であることはたしかだ。それを利用しない手はない。

ミシェルの家に着いてドアをノックしても、返事はなかった。いつも厩舎《きゅうしゃ》のなかにとまっている古いトラックが見えない。ジョンはこぶしを腰にあて、眉をひそめてあたりを眺めまわした。町にでも出かけたのだろうか。ミシェルのようにプライドの高い女性は、あんなおんぼろ車に乗っているところを他人に見られたくはないはずだが。そうはいっても、今の彼女にはあの車しかない。

ミシェルがいないほうがジョンにとっても都合はよかった。怒った猫のような彼女につきまとわれることなく、牧場を見てまわれるからだ。南の牧草地にいる牛の群れも見てみたい。何頭いて、どういう状態なのか。大きな群れをミシェルひとりでさばききれるわけはないが、彼女のためにも、牛にはいい状態でいてほしいとジョンは思った。よく肥えた牛なら、いい値段で売れる。ぼくが口をきいてやれば、足もとを見られることもない。

ふたたび馬にまたがったジョンは、あちこちに目を走らせながら、フェンスが壊れているという東の牧草地へ向かった。牧場はどこもかしこもぼろぼろだったが、なかでもとくにひどいのはそこのフェンスだった。早急に直して、牛を移さなくては。東の牧草地は青々とした草に覆われている。だがおそらく、南の牧草地にはほとんど草がなくなっているだろう。つまり、南の牧草地でこと足りるくらいに頭数が減っていない限り、えさが足りなくて牛はどんどんやせていってしまう。

ジョンが南の牧草地へたどりついたのは二時間後のことだった。馬の背にまたがっていると、あたりがよく見わたせる。彼はふたたび眉をひそめ、親指で帽子のつばをあげた。牧草地に散らばっている牛の数はたしかに多いとは言えない。しかし、恐れていたほど少なくもなかった。牧草はほとんど食い荒らされ、地面がむきだしになっている。だが、そこかしこに干し草が積んであった。それは、ミシェルが苦労して家畜に飼料を与えようとしたあかしだった。重い干し草の束と悪戦苦闘している彼女の姿を思い浮かべ、ジョンは憤りを感じた。なかには彼女の体重より重い束だってあっただろうに……。

そのとき、ジョンの目にミシェルの姿が飛びこんできた。古いトラックは木立の向こうにとめてある。すぐに気づかなかったのはそのせいだった。彼女はなんと、たったひとりでフェンスを修理しようとしていた。なんてばかことを！　重い木材を持ちあげるだけでも男手がふたりぶんは必要だ。有刺鉄線のロールがほぐれて跳ねあがる危険だってある。もしもそれが体に巻きつけば、大けがを負ってしまうだろう。体じゅうから血を流しているミシェルの姿が脳裏をかすめ、彼の怒りはさらに大きくなった。

少しでも怒りを冷まそうと、ジョンはあえて時間をかけて、馬に乗ったままゆっくり坂をおりていった。ミシェルは彼に気づいて顔をあげ、遠目にもわかるくらい身をこわばらせたが、すぐにハンマーで地面に木材を打ちこむ作業に戻った。その動きには、ジョンに対する不快感がみなぎっている。

なめらかな動きで馬をおりたときも、手綱を低い木の枝に結びつけているときも、ジョンはミシェルから目を離さなかった。そして、無言のまま、有刺鉄線をのばして一本の木材に巻きつけ、ミシェルが次の木材を立てるまで、ラインがゆるまないようにしっかり張っておいてやった。

ミシェルが左手から手袋をはずしているのに、ジョンは気づいた。もともと両手にはめていた革製の使い古された仕事用手袋は、彼女には大きすぎる男物で、作業がやりづらかったらしい。ところが、ほっそりした左手にはすでにいくつか傷ができていた。なかには、血がにじみだすほど深い傷もある。彼はそれを見て、頭ががくがくするくらい彼女の体を揺さぶってやりたくなった。

「ひとりでフェンスを立てようとするなんて、いったいなにを考えているんだ?」ジョンはもう一本ラインを張りながら、厳しい口調で問いただした。

ミシェルは感情をあらわにせず、淡々と木材を地面に打ちこみつづけた。「やらなきゃいけないから、やっているだけよ」

「きみがやることじゃない。やる必要はないんだ」

その言葉を誤解して、ミシェルは背筋をのばした。ハンマーを握る手に力がこもる。

「それってつまり、この土地をすぐに売り払って、今すぐお金を返せってこと?」ミシェルは悲しげに牛の群れのほうへ視線を漂わせた。顔が少し青ざめ、頬骨のあたりの肌が心なしか張りつめている。

「きみが修理をやめないなら、そうしてもらうことになる」ジョンはミシェルの手からハンマーをもぎとってトラックに投げ入れ、有刺鉄線のロールも荷台に戻した。「仕事のできるカウボーイたちをぼくが連れてくるまで、作業は中止だ。さあ、行こう」

ハンマーをもぎとったのはジョンにとっては正解だった。ミシェルは代わりにこぶしを握りしめ、彼に向かって叫んだ。「あなたの助けなんて必要ないわ。今はまだ、ここはわたしの牧場なのよ！」

「きみに選択の余地はない」そう言ってジョンはミシェルの腕をつかんだ。彼女は激しく抵抗したが、かまわずトラックまで引きずっていった。ジョンは運転席のドアを開けて彼女をなかにほうりこんでから、ドアを閉めて一歩さがった。「気をつけて運転するんだぞ、ハニー。後ろからぼくもついていくから」

実際ミシェルは、運転には注意を払わなければならなかった。牧草地は、トップスピードで進むにはあまりにもでこぼこだ。バックミラーで確認はしなかったが、ジョンが後ろから馬でついてきているのはわかっていた。彼の姿など見たくない。借金を清算するために牛を売らなければいけないことも考えたくなかった。そうなったら牧場はおしまいだ。

できれば今日、ジョンにはここへ来てほしくなかった。ロジャーの声が呼び覚ました醜い記憶をかなたに押しやって自分をとり戻すためには、ひとりで過ごす時間が必要だったからだ。けれどもジョンは、そんな暇を与えてはくれなかった。彼はわたしを求めている。猛獣が獲物にねらいをつけるように、わたしの弱さを見抜いてすかさず襲いに来たのだ。

このままずっと運転していたい、とミシェルは思った。ハイウェイに乗ってどこまでも走っていきたい。車からおりてジョンと話をするなんて、今はまっぴらだ。ガソリンのメーターを見た彼女は、口もとをゆがめた。逃げるとしても、このトラックでは無理だ。自分の足で走るか、ジョンの馬を盗むしかない。

ミシェルはトラックを厩舎のなかに駐車した。シートからすべりおりたとき、ちょうどジョンが頭を低くしてドアの枠をよけながら、馬とともになかへ入ってきたところだった。

「馬を休ませて、水をやりたい」ジョンはぶっきらぼうに言った。「先に家に戻っていてくれ。ぼくもすぐに行くから」

悪い知らせを数分先にのばしたからって、わたしが喜ぶとでも思っているのだろうか。まっすぐ家に入る代わりに、ミシェルは表の郵便受けへと近づいていった。昔はこの郵便受けも、雑誌やカタログ、新聞、友人からの手紙、父親あてのビジネスレターで、毎日いっぱいになっていたものだ。だが、最近届くのはくだらないダイレクトメールと請求書だけだ。破産寸前の人間には、誰も用がないらしい。

なかに一通、見慣れた封筒があった。それは、電気料金未納を通知する二回めの督促状だった。ミシェルは不安を抑えきれなくなった。すぐに料金を払わなければ、電気をとめられてしまう。彼女は封を開け、いちおう内容をたしかめた。銀行口座からの再引き落とし日は十日後になっている。だが、この手紙が届くまでにすでに三日かかっていた。つまり、ミシェルにはあと七日の猶予しかない。

でも、どのみち牧場を失うとしたら、今さら電気料金の心配なんかしたって始まらない。強い日差しからのがれて、ひんやりした暗い家のなかへ入ると、ミシェルは急に疲れを感じた。最初の請求書と一回めの督促状をつっこんであるテーブルの引きだしに、今来た督促状をしまいこむ。忘れることなどできないが、少なくとも今は見えないところに追いやってしまいたかった。

キッチンに行って水を飲んでいると、ドアがばたんと閉まり、オーク張りの床の上を歩いてくるブーツの音が聞こえた。ジョンが家に入ってきたことはわかったが、かまわず水を飲みつづける。彼は最初にリビングルームをのぞき、次に父のオフィスをのぞいたようだった。足音が少しずつ近づいてくるたびにミシェルはふるえあがった。ジョンの姿が目に浮かぶ。カウボーイ気どりの若者がまねしたがる、ゆったりした足どり。女性の心を揺さぶり、地獄につき落とす、ジョンはまさにハートブレイカーだ。

背を向けていても、ジョンがキッチンに入ってきたことはすぐにわかった。一瞬にして空気中に静電気が充満したかのように、肌がちりちりする。室温もぐっとあがったように感じられた。

「手を見せてごらん」ミシェルのすぐそばまで来てジョンが言った。振り向いたら、たくましい体にふれてしまいそうだったので、ミシェルは動かなかった。ジョンは彼女の左手をとり、傷の具合をたしかめた。

「ただのかすり傷よ」ミシェルは小声で言った。たしかにたいした傷ではない。だが、それを認めたところでジョンの怒りはおさまらなかった。ミシェルはかすり傷でさえ負うべきではない。フェンスなんか修理してはいけないのだ。大きく力強い彼の手のなかで、ミシェルの手は青ざめた小鳥のように横たわっていた。傷つき、飛ぶことに疲れた鳥……。彼女はもう疲れきっているのだ。

　ジョンはミシェルの肩越しに腕をのばして水道の栓をひねり、ていねいに彼女の手をすすぎはじめた。ミシェルはグラスをとり落とす前にわきに置き、されるがままになっていた。背中があたたかく、ジョンにすっぽりと包まれている感じがする。母親が幼子の手を洗うときのやさしさで、彼はミシェルの手を洗ってくれた。そのやさしさが心をぐらつかせ、うなだれていないと、頭を彼の胸にもたせかけてしまいそうだった。

　すっかり石鹸《せっけん》は落ちたというのに、ジョンは名残惜しそうにミシェルの指先をなで、手に水をかけつづけた。彼女はふるえながら、指先から伝わってくる熱い思いを否定しようとした。ただ手を洗ってもらっているだけよ！　だが、全身がこわばり、脈が速くなって、体がほてりはじめた。「やめて」ミシェルはささやくような声で言ったが、彼は手を放してくれなかった。

ジョンは右手で水をとめると、その手をミシェルのおなかのあたりに押しあて、彼女の体を引きつけた。彼の手はぬれていた。シャツから水がしみてくるのがわかり、背中はますます熱くなってくる。官能的なジョンの香りがあたりに立ちこめた。

「こっちを向いて、キスしてくれないか」低い声でジョンが誘った。

ミシェルは黙ったまま首を横に振った。

ジョンは無理強いしなかった。もうひと押しされたらミシェルが拒否できないことは、ふたりともわかっていた。しかしジョンは、彼女の手をふいてからバスルームに連れていき、トイレのふたの上に座らせて傷口に消毒液を塗った。

薬がしみて痛かったが、ミシェルは身じろぎひとつしなかった。牧場を失おうとしているときに、これくらいの痛みなんかなんでもないわ。ほかに家と呼べる場所などないし、いたいと思う場所もないわたしにとっては。

フィラデルフィアの豪華なペントハウスに幽閉されていたときも、わたしはたっぷりした空間を求めていた。また都会に住まなければいけないと思うだけで、パニックが押し寄せてくる。とはいえ、ろくな車さえ持っていない身では、都会に引っ越して仕事を見つけるしかないだろう。あの古いトラックで、毎日どこかまで通勤するのは無理だもの……。

ジョンはミシェルの横顔を間近から見つめた。どこかぼんやりした表情だ。もっとも、ぼんやりしてでもいなければ、おとなしく手など洗わせてはくれなかっただろう。あんなことをしたのは、ミシェルにふれたかったからだ。彼女がなにを考えているのか知りたかった。女性ひとりの手に余ることはわかりすぎるほどわかっているというのに、どうしてああも頑固に牧場を自力で切り盛りしようとするのだろうか。そんなこと、彼女にはまるで似合わない。

「お金はいつ払えばいいの？」ミシェルは物憂げに尋ねた。

ジョンは口もとを引きしめ、そっとミシェルを立たせた。「金はいらない」

その言葉を聞いて、ミシェルの瞳に怒りの炎がともった。「でも、わたし、借金と引き替えにあなたとベッドをともにする気はないわ！　自分が誘えば、女性は誰でも喜んで腕に飛びこんでくるとでも思っているわけ？　あなた、自分の評判に振りまわされすぎなんじゃないの、種馬さん」

陰で自分がなんと呼ばれているかは、ジョンも知っていた。その呼び名に軽蔑《けいべつ》が含まれていることも。そしてジョンは、今ミシェルが使ったような、冷たく尊大な口調がなにより嫌いだった。怒りが一挙に爆発しそうだ。彼はミシェルと同じ目線になるまで身をかがめ、鼻と鼻がくっつきそうなくらい顔を近づけた。「ぼくが評判どおりの男かどうかは、きみ自身がベッドでたしかめてみればいい」

ミシェルには、怒りに燃えるジョンの瞳が、きらきらと金色に輝いているように思えた。

「だから、あなたと一緒にベッドに入る気はないって、そう言ってるでしょう」水のなかへ小石でも落としていくように、くいしばった歯のあいだから、ひとことひとこと区切りながら言う。

「それならそれでかまわない。だが、この牧場のためにはならないぞ」ふたたび背筋をのばすと、ジョンはミシェルの腕をつかんだ。「とにかく、仕事の話を片づけてしまおう。そうすれば、いちいちきみからつっかかられずにすむからな」

「つっかからずにはいられない話を持ちだしたのは、あなたのほうでしょ」キッチンへ向かいながら、ミシェルがやりかえした。

ジョンはグラスに氷を入れて水をつぐと、椅子に座って、その背に大きな体をもたせかけた。ミシェルも向かい側に座り、ごくごくとグラスを空にしていくジョンの喉の動きを見つめた。体にかすかなふるえが走るのを感じ、彼女はあわてて目をそらした。彼の動きにいちいち反応してしまう自分がいまいましい。

「ぼくは間違っていた」ジョンはそっけない声で言い、音をたててグラスを置いた。「はじめて会った日から、ぼくらはまるで気のたった猫同士みたいに互いのにおいをかぎまわりながら、けんかばかりしてきた。でも、そういうのはもうやめにしよう。あの借金に関しては、ぼくは心を決めた。きみが売ろうと考えている土地を、ぼくに直接譲ってくれ。

それでこちらも損はない」

こんなふうに意表をつくのが、ジョンのいつものやり口だった。とっさにどう反応していいのか、ミシェルはわからなくなった。いつかわたしが自分とベッドをともにすると自信たっぷりに思っている彼をとがめてやりたい気持と、借金の問題がこうもあっさり片づいてほっとする気持とが、ミシェルのなかに同時にあふれた。

現金に固執されていたら、わたしは破滅だった。けれどジョンは、そうしなかった。もっとも、彼だってこの取引で損をするわけではない。広い牧場の一部が彼のものになるのだから。とにかくミシェルにとって、それはまさに、期待していなかった執行猶予だった。なにを言えばいいのかわからないまま、ミシェルはただじっと座ってジョンを見つめた。

ミシェルが黙っていると、ジョンは意を決したように体をそらして切りだした。「ただし、条件がある」

一度は明るくなったミシェルの気分は、急に暗くなった。体の真ん中にぽっかりと穴があいたかのようだ。「そうくると思ったわ」彼女は苦々しく言い、椅子から立ちあがった。

ジョンは口の端で笑った。「きみはまったく思い違いをしている。条件というのは、ぼくにこの牧場の仕事を手伝わせることだよ。今後、きつい肉体労働はすべてぼくの雇っているカウボーイにやらせる。もしもきみがフェンスをひとりで修理しているなんて話を耳にしたら、ぼくは承知しない」

「あなたのカウボーイに仕事を頼んだりしたら、わたしはまたあなたに借りができることになるわ」

「こういうのは借りとは言わないさ。ただ、近所の人間がちょっと手伝いに来るだけだ」

「いいえ、恩を着せて、義理でわたしをしばりつけようとしてるとしか思えない」

「どう思ってもかまわないが、話はそういうことだ。きみはひとりの女であって、十人の男じゃない。家畜の世話をしながら牧場を切りまわしていくほどの体力はないし、人を雇うだけの財力もないんだ。でもまあ、こうなったのも自業自得だからな。きみがあれほどスキーに夢中になっていなければ、今ごろこんな苦労はしなくてすんだだろうに」

ミシェルは息をのみ、グリーンの瞳で彼を見据えた。「それ、どういう意味？」

ジョンは立ちあがり、いつものクールなまなざしをミシェルに向けた。「お父さんがぼくから金を借りた理由のひとつは、友達と一緒にきみをサンモリッツへスキーに行かせるためだった。牧場の経営だけでぎりぎりだったのに、そんなことにはおかまいなく、きみが相変わらず贅沢三昧《ぜいたくざんまい》の暮らしを望んだからだよ」

頬を殴られたかのような表情でジョンを見かえすミシェルの顔は、ひどく青ざめていた。言いすぎたことにジョンが気づいたときには、手遅れだった。彼は急いでテーブルをまわりこんでミシェルに手をのばしかけたが、彼女は傷ついた動物のようにびくっとしてその手からのがれた。

たいして行きたくもなかった旅行のせいで多額の借金を抱えるはめになったとは、なんという皮肉だろう。そうミシェルは思った。ただ、どこか静かな場所で傷口をいやし、悲惨だった結婚生活から立ちなおりたいだけだったのに。父は、旅行をしたり友達と買い物に出かけたりすることが、娘にとっていちばんの慰めになると信じていた。ミシェルが父の言葉に従ったのは、そうすれば父も満足すると思ったからだ。

「わたしは……スキーになんか行きたくもなかったのに……」ミシェルは言った。恐ろしいことに、涙がこぼれようとしていた。父が死んだとき以来、もう長いこと人前で泣いたことなどない。とくにジョンには涙を見せたくなかった。しかし彼女は疲れきっており、今朝方かかってきたロジャーからの電話のせいで、精神も不安定になっていた。そこへ、今のジョンの言葉がとどめの一撃となって、ついに熱い涙が頬を伝いはじめた。

「泣かないでくれ」ジョンは腕をまわしてミシェルを胸に抱き寄せた。彼女の泣き顔を見せられるのは、ナイフで刺されるのにも等しい心地だ。長年顔を合わせてきたが、彼女が泣く姿を見たことは一度もない。ミシェルは、笑いと、鋭い舌鋒《ぜっぽう》とで、人生に立ち向かってきた女性だ。涙なんて似合わない。声を忍ばせて泣かれるくらいなら、皮肉を言われているほうがはるかにましだ。

ほんの一瞬、ミシェルはたくましいジョンに全身を預けた。彼が腕をまわしてきたときは、すべてを忘れ、ほかのことを心からみんな閉めだしてしまいたくなった。だが彼女には、自分がそんな状態を望むこと自体が恐ろしかった。ジョンの腕のなかで身をこわばらせると、ミシェルはようやく彼から離れた。ぬれた頬を手でぬぐい、まばたきをして、あふれでる涙をどうにかとめようとした。

ジョンは静かな声で言った。「事情はとっくに知っていると思っていたんだ」

信じられないと言いたげな視線を向けてから、ミシェルは顔をそむけた。この人、わたしのことをそんなふうに思っていたのね。甘ったれのお嬢さんだと思われることはかまわない。事実、わたしは父に甘やかされて育った。でもそれは、父がわたしを甘やかすことに喜びを感じていたからだ。どうやらジョンは、わたしのことを身持ちの悪い女だとは思っていなかったようだけれど、その代わり、どうしようもないおばかさんだと思っていたらしい。

「いいえ、知らなかったわ。でも、知っていようがいまいが同じことよ。わたしがあなたにお金を返す義務があることに、変わりはないんだもの」

「明日一緒に、タンパに行ってぼくの弁護士に会おう。きみの土地の一部をぼくに譲ってもらう話を決めてしまえば、借金の問題は片がつく。九時きっかりに迎えに来るから、支度をしておいてくれ。それから、フェンスの修理をさせて牛の群れにえさをやるために、早朝にはカウボーイたちをよこすから」

肉体労働をミシェルに代わってカウボーイたちにさせることについて、ジョンは絶対に意見を曲げるつもりはないようだった。おそらく、彼の言いぶんは正しいのだろう。少なくとも今は、わたしひとりでこの牧場を切り盛りすることはできない。そもそも、あれだけの仕事をまともにこなすなんて、ひとりの人間には無理だ。牛を太らせて、いい値段で売ることができれば、その金でいずれ人を雇うこともできるだろうが……。

「わかったわ。だけど、あなたの雇ったカウボーイたちに働いてもらうぶんは、あらたな貸付としてきちんと帳簿に残しておいてね。経営がまた軌道に乗ったら、それも残らず返してみせるから」ミシェルは瞳をプライドで輝かせて振りかえり、顎をあげて彼を見た。これですべてが解決したわけではないが、少なくとも牛の面倒は見てもらえることになった。電気料金を払うお金の工面はまだできていないけれど、それはわたし個人の問題だわ。

「お好きなように、ハニー」ジョンはミシェルの腰に手をあてがいながら答えた。

ほんの一瞬の間があって、次の瞬間にはジョンの唇が重なってきた。ミシェルの記憶どおりに、あたたかく、甘いキス。腰にまわされた手に力がこもり、彼女は強く抱きすくめられた。キスがさらに激しさを増す。口のなかを舌でまさぐられて、ミシェルの思いに火がついた。ひとたびジョンにふれてしまえば、もう抑えはきかなくなる。ずっと前から、ミシェルにはそれがわかっていた。

情熱に身を任せ、ミシェルは自分からジョンの首に腕をまわした。彼の前では、やはりわたしも、ほかの女性たちと同じく弱い存在になってしまう。

やがてジョンは顔をあげ、やさしくミシェルの体を離した。「仕事があるから帰らなきゃ」しぼりだすように彼は言ったが、その瞳には欲望の炎が燃えていた。「それじゃ、明日の朝、迎えに来るから」

「わかったわ」ミシェルはささやいた。

4

日がのぼってしばらくしたころ、ジョンの下で働いているカウボーイたちが五人、二台のトラックに修理用の道具や材料を積んでミシェルの牧場へ現れた。彼女はみんなにコーヒーを勧め、牧場をひととおり案内しようと申しでたが、どちらも丁重に断られてしまった。おそらく彼らは、ミシェルにはなにもさせるな、とジョンからきつく申しわたされているのだろう。ジョンの下で働きつづけたいなら、命令にそむくことは絶対にできない、というわけだ。おかげでミシェルは、ここ数週間ではじめて、仕事に追いたてられず、のんびりした朝を過ごせることになった。

こういうとき、昔のわたしはいったいどんなふうに過ごしていたのかしら？　ミシェルは思いだせなかった。牧場での仕事をとりあげられてしまったら、なにをしていいのかわからない。

ジョンは約束の九時より少し早めに迎えに来てくれたが、ミシェルはその一時間も前に支度をすませ、ポーチに出て彼を待っていた。

ウエストのあたりにあるふたつの白いボタンで前がとめられているだけの淡い黄色のシルクのドレスは、いかにもミシェルらしい優雅な装いだった。肩に入っている薄いパッドが、ほっそりした体の線を強調している。白いエナメル細工の孔雀《くじゃく》のブローチが襟もとを飾り、太陽を思わせる金色の髪は上品なアップにまとめられ、大きめのサングラスが目もとを覆い隠していた。

その姿を見て、ジョンは思わず賞賛の声をあげた。かぐわしい香りに鼻をくすぐられ、彼の体は熱くなった。頭のてっぺんから足の先まで、ミシェルは高貴な雰囲気を漂わせている。下着までもがシルクでできているに違いない。ジョンは彼女が身につけているものをすべてはぎとり、ベッドに横たわらせたくなった。そうとも、ミシェルにはこういう装いこそがふさわしい。

一方ミシェルもジョンのさっそうとしたいでたちに見とれながら、白のクラッチバッグをわきに抱えて彼の車に乗りこんだ。普段の彼は働き者の牧場主だが、ときと場合によってはフィラデルフィアの弁護士にも負けない服装をすることもある。肩幅が広く腰の引きしまった体型だからなにを着ても似合うけれど、一分の隙《すき》もないグレーのスーツは、男らしさをいっそう強調していた。黒い髪も、わずかの乱れもなくきちんととかしつけられている。今日の車はいつものトラックではなく、ダークグレーのメルセデスだ。高級な車を見て、ミシェルは父の死後に手放さざるをえなかった自分のポルシェを思いだした。

数分後、車がハイウェイに乗り入れたところで、ミシェルが言った。「昨日の約束では、カウボーイはわたしの仕事を手伝ってくれるってことじゃなかった？　彼らが事実上、牧場を乗っとりに来るなんて、聞いていなかったわよ」

朝の日差しがまぶしいので、ジョンもサングラスをかけていた。おかげで、ミシェルに向けた探るような視線を見られることもない。「彼らはきつい肉体労働をやるだけだ」

「フェンスが直って、群れを東の放牧地に移してもらったら、それから先はわたしがやるから」

「でも、牛を交配させたり、去勢したり、焼き印を押したりといった作業はどうする？　馬もなければ男手もない。あのおんぼろトラックから縄を投げて若い雄牛をつかまえるなんて、きみには無理だ」

ミシェルは細い手を膝の上で握りしめた。ジョンの言うことはいちいちあたっているから、よけいに頭にくる。だが彼女は、役たたずのお飾り的存在に甘んじることはできなかった。「たしかにひとりではできないけれど、手伝うことくらいはできるわ」

「それはまたあとで考えるよ」じつのところ、ジョンはミシェルに肉体労働をさせる気などまったくなかった。あんなにきつくて、汚くて、臭くて、血まみれにさえなる仕事を、彼女にさせられるわけがない。唯一彼女にできそうなのは子牛の焼き印押しくらいだが、おそらくあのにおいには耐えられないだろうし、おびえて逃げまどう哀れな動物に焼きごてを押しつけることもできないだろう。

「でも、あれはわたしの牧場よ。わたしに手伝わせてくれないなら、この話はなかったことにして」冷ややかな口調でミシェルが言った。

　ジョンはなにも答えなかった。口論しても仕方がない。とにかくぼくは、ミシェルに仕事をさせる気なんてないのだから。いずれ時が来て、彼女も牧場の荒仕事の実態を知るようになれば、手伝いたいなどとは言わなくなるだろう。これまでミシェルがこなしてきた肉体労働だって、好んでやっていたとも思えない。彼女はただプライドが高すぎて、引くに引けない状況に陥っているだけだ。

　それっきり会話がとだえ、車のなかには三十分ほど沈黙が流れた。だがついに、ミシェルのほうが口を開いた。

「あなた、昔はよく、わたしが乗っていた高級な車をからかっていなかった？」

　ミシェルがこのメルセデスのことを皮肉っているのは、ジョンにもすぐにわかった。彼自身、個人的にはいつものトラックのほうが好きなのだが、大きな牧場の経営者としては、ときにこういう車も必要になる。「金融業界の不思議なところは、金にはさほど困っていないと見える者にほど金を貸したがるってことなんだ。イメージが大切なのさ。この車も、イメージアップの一環というわけだ」

「あなたに群がる女性たちにも、受けがいいでしょうしね」ミシェルはあざけるように言った。「トラックで町へくりだすのとは大違いだもの」

「それはどうかな。きみは、トラックのなかで愛を交わしたことはない?」

ジョンの声はやさしかったが、こちらに向けられた視線の鋭さは、黒いサングラス越しにも感じられた。「まさか。あなたはあるでしょうけど」

「十五歳のときが最後だよ」彼女の冷ややかな言葉には動じず、ジョンは笑った。「でもきみは、トラックのなかで愛を交わすなんて趣味じゃない、ってわけだ」

「そのとおりよ」ミシェルはつぶやき、シートに深く体を沈めた。彼女のボーイフレンドたちは、見栄えのするスポーツカーや、フォードやシボレーの改造車に乗っていた。でも、それだけが魅力でつきあったわけではない。みんなすてきな男性だった。誰ひとり長続きはしなかったけれど。理由は簡単、彼らはジョンではなかったからだ。わたしが心から求めていたのは、いつもジョンだった。ふたりがはじめて会ったとき、もしもわたしがもっと成熟していたら、そして、自分のなかにも女としての情熱がひそんでいることを理解できるようになっていたら、ふたりは今ごろどうなっていたのかしら? わたしが最初から敵意をむきだしにしたりせず、彼に興味を示していたら……。

いいえ、結果は同じだわ。ジョンは十八歳の小娘にかかわっている暇などなかっただろう。もしかすると、大学を卒業したときすぐにフロリダへ戻ってきていれば、事情はかなり違っていたかもしれない。でも、わたしはフィラデルフィアへ行き、ロジャーに出会ってしまったのだ……。

昼前には弁護士との打ちあわせも終わり、ふたりはオフィスをあとにした。土地が測量され、契約書の準備が整ったら、またここを訪れて書類にサインすることになる。契約が成立したらジョンの土地はかなり広がり、ミシェルの土地はかなり狭くなるが、とにかく借金に片がついて彼女はほっとしていた。

ジョンはミシェルの肘にやさしく手を添えて、車に向かった。「どこかでランチを食べよう。家に戻るまで、とうてい腹がもちそうにないから」

ミシェルもおなかがすいていたし、あまりの暑さにどこかに座って休みたい気分だった。ジョンに導かれるままに車に乗りこんだ彼女は、サングラスをかけていたせいで、自分の長くほっそりした脚に吸い寄せられている彼の熱い視線には気づかなかった。

「どうかしたの？　さあ、行きましょう」

不思議そうに見あげられ、ジョンはようやく助手席のドアを閉めて運転席のほうへまわった。ミシェルの一挙手一投足がぼくの体を熱くする。彼女はそれを知っているのだろうか？　彼女が脚を組むと、ぼくはその脚を開きたくなる。彼女がドレスの裾《すそ》の乱れを直すと、ぼくは裾をめくりたくなる。彼女がシートに身を預けた拍子にふっくらした胸がやさしく揺れると、ぼくはドレスの前をはだけたくなってしまう。

いまいましいことに、ミシェルのやわらかい曲線を包みこむシルクのドレスは、たったふたつのボタンで前がとめられているだけだ。ああ、どうしても彼女が欲しい。もう待ちきれない。十年間待ちつづけてきて、我慢も限界だ。

ジョンが選んだレストランは、この街のビジネスマンが集まるしゃれた店だった。予約もせずに行ったのだが、支配人はふたりをにこやかに迎え入れてくれた。店の客の大半とも、ジョンは顔見知りらしい。店内はこみあっていたが、ふたりは窓際のいちばんいい席に案内された。

席に着いたミシェルは、多くの人々の視線を感じた。「これで一度めってことね」

ジョンがメニューから顔をあげた。「なにが？」

「わたしがあなたと一緒にいるところをみんなに見られることが。あなたとデートしている姿を二度以上目撃された女性は、自動的にあなたとベッドをともにしたと思われてしまうのよ」

「噂《うわさ》というのは、とかく真実からずれて、大げさになりやすい」ジョンは少しむっとしたように口もとをゆがめた。

「まあ、たいていの場合はそうね」

「ぼくについての噂は？」

「あなたが答えて」

視線をミシェルに向けたまま、ジョンはメニューをわきに置いた。「どんな噂を聞いているか知らないが、きみをハーレムの一員にするつもりはないから心配しなくていいよ。ぼくらがこうしてつきあっているうちは、ぼくとベッドをともにする女性もきみひとりなんだから」

甘い言葉に手がふるえはじめたのを悟られまいと、ミシェルもメニューをテーブルに置いた。「あなた、勝手に妄想をふくらませすぎなんじゃない?」ジョンの体から発散される熱になんとか対抗しようとして、彼女はわざとそっけなく言った。

「妄想なんかじゃないさ。いずれそうなるって確信しているだけだよ」

ジョンがこうも自信に満ちあふれているのは、根拠のないことではなかった。これまで、彼の誘いに乗らなかった女性はほとんどいない。そのたくましい男らしさと、すばらしいテクニックを持っているという評判に、たいていの女性はうっとりしてしまうのだから。

そのとき、ひとりの女性がミシェルに声をかけてきた。「あら、ミシェル! 久しぶりね!」

ジョンとの会話が中断されたことを内心ありがたいと感じながら、ミシェルは声のしたほうへと振り向いた。声の主が誰だかわかると感謝の気持は薄れたが、表情のわずかな変化は相手に気づかれなかったようだ。

「まあ、ビッツィー、ご機嫌はいかが?」ミシェルが礼儀正しく尋ねると同時に、ジョンが立ちあがった。「こちらはミスター・ジョン・ラファティー。うちのお隣さんよ。ジョン、こちらはビッツィー・サムナー。わたしの大学時代の友人で、今はパームビーチに住んでいるの」
ビッツィーは瞳を輝かせてジョンに片手を差しだした。「お会いできてうれしいわ、ミスター・ラファティー」

美しくマニキュアが塗られたその手をとるとき、ジョンの黒い瞳がほんの一瞬陰りを帯びた。もちろんビッツィーは気づかなかっただろうが、ミシェルはそれを見のがさなかった。おそらくジョンは思春期のころから、こんなふうに熱い目で女性から見つめられつづけてきたのだろう。

「ミセス・サムナー」ビッツィーの左手にダイヤモンドの結婚指輪がはめられているのを見て、ジョンはそう呼びかけた。「ご一緒にいかがですか?」

「それじゃ、ちょっとだけおじゃまするわね」ビッツィーはジョンが引いた椅子に腰かけ、ため息をついた。「ここへは今朝飛んできたのよ。夫が、たまには仕事仲間と夫婦同伴で会うのもいいって言うものだから。それにしても、ミシェル、本当に久しぶりよね！　こんなところで、いったいなにをしているの?」

「わたしは今、この街から少し北へ行ったところに住んでいるのよ」ミシェルは答えた。

「たまには街へも遊びにいらっしゃいよ。この前も誰かが、そういえばミシェルの顔を久しく見ていないなあって言っていたわ。つい先月も、ハワード・カサのおうちで、それはすばらしいパーティーがあったのよ。あなたも来ればよかったのに」

「仕事が忙しくて、そうそう遊んでもいられないの。でも、誘ってくれてありがとう」ミシェルは笑顔をつくってみせたが、ビッツィーが本気で自分を誘ってなどいないことはわかっていた。

ビッツィーは上品に肩をすくめてみせた。「仕事なんて、ひと月かそこら人を雇えばすむ話じゃないの。たまには遊ばなくちゃだめよ。ミスター・ラファティーを連れて、街へいらっしゃいって」ビッツィーはふたたびジョンのほうを向いた。「あなただって、きっと楽しめると思うわ、ミスター・ラファティー。誰だって、ときには仕事を忘れて楽しまなくちゃ。そうでしょう？」

ジョンは眉をあげた。「ええ、ときにはね」

「あなたはどんなお仕事をなさってるの？」

「牧畜です。ミシェルの牧場の隣に牧場を持っているんですよ」

「まあ、なんてすてき！」

多くの女性と同じように、ビッツィーも牧場の持つロマンティックなイメージに心を奪われたようだった。牧場経営を成功させるためにはどれほど厳しい労働が必要か、などということは、想像すらできないのだろう。もっともビッツィーをうっとりさせたのは、牧場そのものではなく牧場主のジョン自身だったのかもしれない。ミシェルは握りしめたこぶしをテーブルの下に隠した。そうでもしないと、二度とそんな目でジョンを見ないで、と言って、ビッツィーの頬をたたいてしまいそうだった。

幸いビッツィーはそのあとすぐにふたりのテーブルをあとにした。なまめかしくヒップを揺らしながら去っていく彼女を見送ってから、ジョンは愉快そうにミシェルを見つめた。

「いい年をした女性がビッツィーと呼ばれるなんて、なんだかおかしいね」

ミシェルはあまり愉快な気分にはなれなかった。「本名はエリザベスだから、ビッツィーでもおかしくはないわ。それに、彼女はお嬢さまだから、似合いの愛称よ」

「まあ、彼女のおつむの程度には似合っているかもしれないね」ジョンが辛辣《しんらつ》に言い放ったとき、ウエイターが注文をとりに近づいてきた。ジョンは急いでメニューに視線を落とした。

早々にビッツィーが消えてくれて、ミシェルはほっとしていた。ビッツィーはミシェルがこれまでに出会ったなかでも、最高にゴシップ好きの女性だ。ミシェルは、共通の知人の最新の噂話を延々と聞かされるのは好きではない。だからこそ、ビッツィーやその仲間たちからはできるだけ距離を置くようにしてきた。ごくまれに遊びにつきあうことはあっても、その輪のなかにとりこまれることは決してなかった。

食事を終えるとジョンに、ほかの用事をいくつかすませたいから少し待っていてもらえないか、ときかれた。ミシェルは文句を言いかけたが、思いなおした。今日はカウボーイたちが牧場の仕事をやってくれているのでとくに急いで帰る理由もない。正直言って、体の節々までが痛むこんな状態では、一日くらい休養も必要だ。それになにより、ミシェルははじめてジョンとふたりだけでゆっくり過ごす時間を、内心とても楽しんでいた。たいした口論もしていないし、ときおりジョンがふたりはベッドをともにすると決めつけているような態度を見せるとき以外は、比較的穏やかな状態が続いていた。「いいわよ。今日は、何時までに戻らなくちゃいけないってこともないから」

ふたりがタンパをあとにしたのは、日もすっかり暮れてからのことだった。ジョンの仕事の打ちあわせが予定より長時間かかったせいだ。だがミシェルは少しも退屈しなかった。ジョンは彼女をロビーで待たせたりせず、打ちあわせにも一緒に連れていってくれたからだ。話の内容のおもしろさに夢中になっているうちに、時間は飛ぶように過ぎていった。終わったときには午後六時をまわっていた。ジョンがふたたび空腹を訴えたので、それから二時間夕食を楽しんだのち、ふたりはようやく帰途に着いた。

助手席に座ったミシェルは、ワインを二杯飲んだせいか少し酔いがまわり、心地よい気分だった。もちろん、運転するジョンはコーヒーしか飲んでいない。車内は暗く、計器類の明かりだけがジョンの顔を照らしている。道はすいていた。ミシェルはシートにうずもれるようにして座り、ジョンになにかをきかれたときだけ、小さな声で答えた。

少しすると車は雨のなかに突入し、ワイパーがリズミカルに動きはじめた。ミシェルは眠気をもよおしたが、窓ガラスの曇りをとるためにジョンがエアコンを強くしたので、寒くなってシートに座りなおし、腕をこすりはじめた。シルクのドレス一枚では冷気はふせげない。ジョンはミシェルの仕草を見て、道のわきに車を寄せた。

「どうしてとまるの？」

「きみが寒そうだからさ」ジョンはスーツのジャケットを脱ぎ、ミシェルの体を覆うようにかけた。彼のぬくもりと香りが彼女を包みこむ。「家まであと二時間ほどかかるから、きみは少し寝るといい。ワインに酔っているんだろう？」

「ええ……」ミシェルの声は明らかに眠たげだった。

ジョンはその頬をなで、まぶたが重たげに閉じられていくのをじっと見守った。今は寝かせておいたほうがいい。家に帰り着くころには、彼女の酔いもさめるだろう。そう思っただけで、ジョンは体に熱いものが走るのを感じた。ミシェルをベッドに連れていくときには、しらふでいてほしい。そして、ぼくの愛に応《こた》えてほしい……。今夜こそ、ミシェルとベッドをともにしよう。今日は一日じゅう、ミシェルにふれたくてたまらなかった。いや、この十年間ずっとそうだったのかもしれない。ジョンは彼女を自分のものにしたかった。どれほどミシェルが気むずかしくて甘ったれた女性であっても、だ。

そのときジョンは、なぜ男たちがこぞってミシェルを甘やかしてきたのかわかった気がした。この世に生まれ落ちた瞬間から、ミシェルは男の心をつかむすべを身につけていたのだ。だから誰もが彼女をほうっておけなくなってしまう。その順番が、今ようやくぼくにまわってきたわけだ。今夜こそ、ミシェルのしなやかな細い体に手をふれ、歓《よろこ》びを分かちあおう。心の底では彼女もぼくを求めていることは間違いない。これまでずっとぼくにそっけない態度をとりつづけてきた理由はわからないが、たぶんそれは、女性として当然の慎み深い態度の裏返しだったのだろう。

ミシェルは普段、眠りの深いほうではなかった。うたたねをしているときは夢にうなされて目が覚めるし、夜もぐっすりとは眠れない。ましてや、父親であれ誰であれ、男性がそばにいたら緊張して少しも眠くならないのが普通だった。以前、真夜中にロジャーに襲われたことがトラウマになってしまったのだろう。けれども、不思議なことにジョンといると、ミシェルは心からリラックスできた。スーツのジャケットがあたたかく体を包みこむように、彼はわたしをやさしく包んでくれる。そういえば、情熱的にふれてきたときも、怒りに任せて肩をつかんできたときも、彼は一度だってわたしに痛みを感じさせたことがない……。そんなことを考えながら、ミシェルは眠りに落ちていった。

ベルベットのように深みのあるジョンの声が、ミシェルを起こした。「きみの家に着いたよ。さあ、腕をぼくの首にまわして」

ミシェルはぼんやりと目を開けて、眠たげにほほえんだ。「わたし、ずっと眠っていたの?」

「ああ。赤ん坊みたいにね」

そう言ってさっとキスをしてから、ジョンはミシェルを抱きあげてポーチまで走った。雨はまだ降りつづいていたが、スーツのジャケットのおかげで、彼女はさほどぬれずにすんだ。

「もう目は覚めていたから、自分で歩けたのに」

「わかってるさ」ジョンはミシェルの首筋に顔をうずめた。「ああ、きみはなんていい香りがするんだろう。酔いはもうさめたかい？」

あまりにやさしい愛撫《あいぶ》だったので、ミシェルはまったく身の危険を感じなかった。それどころか、ジョンの腕に包まれている安心感のほうが、はるかに強かった。「わたしはちょっと眠たかっただけよ。最初から酔ってなんかいないわ」

「それはよかった」ジョンはミシェルを抱えたままドアを開け、体を横向きにしてなかに入ると、ドアを閉じて雨の音を閉めだした。

暗い静寂がふたりをとり巻く。闇《やみ》のなかでミシェルはなにも見えなかったが、あたたかく、がっしりしたジョンに抱かれていると、見えなくてもかまわないという気分になった。そのとき突然、激しくむさぼるようにジョンの唇が重なってきて、勢いよく舌が差しこまれた。ミシェルの甘さを吸いつくすように、荒々しいキスだった。欲望につき動かされて、ジョンがさらに強く唇を押しつけてくる。ミシェルもまた彼の男らしい情熱を味わいつくすかのように、そのキスに応えた。

ジョンは肘でスイッチを押して、ホールの照明をつけた。右手の階段にも明かりが差す。彼は顔をあげ、意を決したような表情で階段の上の暗がりを見つめた。「ぼくは今夜ここに泊まるよ。これ以上、もう待てない」

もう、ジョンの情熱をとめられはしない。彼の張りつめた表情を見るだけで、ミシェルにはそれがわかった。彼女自身、体の隅々までがジョンを求めて悲痛な叫びをあげていた。女性の心を打ち砕く彼に近づきすぎてはいけない、と警告する心の声もかき消されてしまうくらいに。しょせんは無駄な抵抗だったのかもしれない。ふたりのあいだでいつもひそかに燃えていた欲望の炎は今、歯どめもきかないほど大きく燃えさかっていた。

ジョンはふたたびミシェルの唇をとらえ、階段をのぼっていった。筋肉の浮きあがったたくましい腕で、軽々と彼女を運んでいく。彼の腕のなかでミシェルは、熱い血潮が全身を駆けめぐるのを感じていた。これまで決して埋められることのなかった心のなかの空間が今日はじめてジョンによって満たされるという甘い予感に、彼女の胸は高鳴った。

長いつきあいのあいだには何度か足を運んだこともあるので、ジョンはこの家の間どりを知っていた。目指す部屋へとまっすぐ向かい、目指すベッドにミシェルを横たえると、彼は上に覆いかぶさり、腕をのばしてベッドサイドの明かりをつけた。黒い瞳に男らしい満足感をたたえて、ジョンが彼女を見おろす。ミシェルは激しいキスのせいではれた唇をふるわせ、情熱にうるむ瞳で彼を見あげた。

あえてゆっくりした動きで、ジョンは片膝でミシェルの脚を割り広げ、腰を押しつけた。彼の体に熱い変化が起きていることは、何枚も重なった服の布地越しにミシェルにもわかった。ふたりの視線がからみあう。今日という日が始まる前から、このベッドで夜を過ごすことを、ジョンは心に決めていたのだろう。一日じゅうずっとそばにいたのも、わたしに彼という存在を慣れされるためだったのかもしれない。けれど、彼の忍耐力もここまでのようだ。わたしにだって、拒む力はもう残っていない。

「きみはぼくのものだ」ジョンは低くかすれた声で、ミシェルを自分のものにしたいという思いをはっきりと告げた。体重を片腕に移動させ、あいたほうの手で彼女のドレスのボタンをはずす。長年あこがれつづけたプレゼントをようやく手にした少年のように、ジョンはためらいがちにシルクのドレスの前をはだけた。

その瞬間、ジョンは体が爆発してしまうかと思った。ミシェルはなんと、ブラジャーもスリップも身につけていなかったからだ。シルクのドレスにはしっかりした裏地がついていて、それにすっかりだまされていたわけだ。だが、もしもミシェルがドレスの下にレースのショーツとストッキングしか身につけていないと知っていたら、きっとぼくは我慢できずに、彼女の胸もとに手をすべりこませていたことだろう。

ふくよかで形のいい丸い胸に、ジョンはたまらず手を這《は》わせた。なめらかな肌をまさぐり、すでにかたくはりつめている珊瑚《さんご》色の小さな乳首を口に含む。そのとたん、ミシェルの口からあえぎ声がもれた。彼女は夢中でジョンの黒髪に手を差し入れ、身をそらした。ジョンの口にもう一方の胸の頂をとらえられると、ミシェルは彼にしがみついて体をくねらせた。ジョンの素肌にふれたいのに、歓びに押し流されそうで、シャツを脱がせることすらできない。

やがてジョンは体を起こし、もどかしげにシャツを床に脱ぎ捨てた。そのあとに、靴、ソックス、スラックス、下着が続き、彼は裸になってミシェルの下着とストッキングもはぎとった。

そのときはじめて、ミシェルは恐怖を感じた。誰かと愛を交わすのは久しぶりだし、結婚をしていたあいだもセックスは決して歓びではなかった。男性の圧倒的な力の前で、女性が無力になってしまうことを、ミシェルはつらい経験から学んでいた。しかもジョンは、たいていの男性より体が大きく、力も強い。パニックに襲われ、ミシェルはほっそりした繊細な手を、胸毛に覆われた彼の胸にそっとあてた。

「お願い、ジョン、痛くしないで……」

弱々しいささやきが耳に届いたとたん、ジョンは動きをとめた。ミシェルの体はあたたかく甘い湿り気を放ち、ぼくを迎え入れようとしているというのに、どうしてそんなふうにすがるような目で訴えるんだ？　痛い思いをさせられたことでもあるのだろうか。いったい誰がそんなことを？　ジョンの心の片隅に見知らぬ男に対する怒りの種が生まれたが、今はそれより体の底からつきあげてくる欲望に身を任せるしかなかった。「ああ、ミシェル、絶対にきみを傷つけたりしないから……」ジョンがやさしくささやきかえすと、彼女の瞳から恐怖が消えた。

ジョンは片腕をミシェルの下にすべりこませ、しっかり体を支えてから慎重に腰を落とし、ゆっくりと彼女のなかに入っていった。歓びの波に全身を洗われて、ミシェルは身もだえしながらあえぎ声をもらした。そのことに気づいてミシェルは口もとを手で覆ったが、ジョンは燃えるような瞳で彼女を見おろし、そっとその手をとりのぞいた。

「だめだよ。ちゃんと声を聞かせてくれ。きみがどんなふうに感じているか、聞きたいんだ」

体に深く入ってくる熱いものを、ミシェルは受け入れようとした。だがそのとき、あらたなパニックが襲ってきた。「やめて！　ジョン、お願い、もうやめて。だめなの……わたし……」

「大丈夫だよ」ジョンはキスでミシェルの口をふさいで慰め、やわらかい耳たぶをそっとかんだ。「怖がらなくていい。痛い思いなんか絶対にさせないから」ジョンは欲望にわれを忘れて急ぎそうになるところを、鉄のようにかたい意志の力で踏みとどまった。なにがあってもミシェルを傷つけるわけにはいかない。美しいグリーンの瞳の奥に、恐怖を見てしまったからにはなおさらだ。ジョンはシルクのようにつややかなミシェルの肌の感触を味わいながら、やさしく、辛抱強く、彼女を高みへと導こうとした。

丹念に肌をまさぐられ、情熱的なキスをくりかえしているうちに、ミシェルはしだいに理性のたががゆるみはじめるのを感じた。でも、そんなことはもう、どうでもいいわ。今はただ、ジョンのたくましい男らしさに身をゆだね、燃えあがっていきたいだけ……。

すすり泣くような声をあげていたミシェルは、いつしか大きな波にさらわれて、官能の海におぼれた。ジョンはミシェルをかき抱き、何度も何度も深く入ってきて、彼女に真の歓びを与えてくれた。

そしてついに天へとのぼりつめ、ゆるやかに地平へ舞い戻ってきたとき、ミシェルは小さくつぶやいた。「わたし、知らなかったわ……」涙と汗で、彼女の顔はぬれていた。

ジョンは、すでに限界に達していた。彼はうめき声をあげてぎゅっとミシェルを抱きしめ、最後にもう一度力強く腰を沈めた。その瞬間、ジョンの体はあふれんばかりの歓びで満たされた。

それからしばらく、ジョンはそのまま動かなかった。このままこうしてずっと肌を重ねていたい……。だが、ミシェルが息苦しそうに身をよじらせると、すぐにジョンは体をずらし、肘をついて横になった。

深い満足感とやさしさ、そしていかにも男らしい誇らしげな表情の入りまじる顔で、ジヨンはミシェルを見つめた。すっかり乱れた彼女の髪をそっとかきあげ、疲れのにじむ頬のあたりを指で静かになぞる。ジョンは唇をミシェルの繊細な頬骨に近づけ、その甘い肌を舌先で味わった。するとまた、彼の体に心地よいふるえが走った。

それからジョンは顔をあげ、興味深げに尋ねた。「これまできみは、一度も本当の歓びを覚えたことがなかったんじゃないのか?」

たちまちミシェルは頬を赤く染め、ジョンに背を向けてベッドサイドの明かりを見つめた。「女性にはじめて歓びを体験させてやったと思うと、男の人はさぞ満足なんでしょうね」

ミシェルの気持が離れていくのを恐れ、ジョンは答えを追及するのをやめた。ほかにもまだききたいことはたくさんあるが、今はこうしてミシェルを腕に抱いていられるだけでいい。ぼくが与える愛の歓びを、より深く彼女が受け入れてくれるようになれば……。

ミシェルはもう、ぼくのものだ。

これからはぼくがミシェルの面倒を見て、ときには贅沢《ぜいたく》もさせてやろう。いいじゃないか。彼女はそういうふうに生まれついているんだから。この牧場をひとりでやっていこうとする気持には敬意を表したいが、彼女の体は激しい労働に耐えうるようにはできていない。いずれは彼女もそのことを悟り、ごく自然に、ぼくに世話を焼かせてくれるようになるだろう。

高級リゾートへ旅行に連れていったり、きらびやかな宝石で全身を覆いつくしてやるほどの金はないが、ミシェルの身の安全を確保し、心地よい暮らしをさせてやることくらいはできる。それだけでなく、ふたりのベッドを毎夜熱く燃えあがらせることも、ジョンは約束できた。彼は、またしても欲望と情熱が体の芯《しん》からよみがえってくるのを感じていた。たった今、愛を交わしあったばかりだというのに……。無言のまま、ジョンはふたたびミシェルを抱き寄せ、欲望と満足の深いうねりへと彼女をいざなった。

ミシェルはいつしかまぶたを閉じ、彼の腕のなかで大きく身をそらしていた。こうなることは、もう何年も前からわかっていた。ジョンの熱い力の前では、わたしのプライドなどいとも簡単に押しつぶされてしまう。彼の腕のなかにいるとき、ミシェルは自分自身を忘れて、ひとりの女になってしまうのだった。

5

まだほの暗い暁の光が窓から部屋へ忍びこんできたころ、ミシェルは早々に目を覚ました。時間こそ短かったが、久しぶりに夢も見ず、ぐっすり眠れたようだ。横で寝ているジョンの姿が目に入って、ミシェルははっとした。彼はうつぶせになり、片手を枕《まくら》の下に差し入れ、もう一方の手を彼女の体にのせていたからだ。

ミシェルはジョンを起こさないよう気をつけながら、ベッドを抜けだした。彼もゆうべはあまり寝ていないのだから、もう何時間か眠るだろう。

床におり立つと脚がふるえた。腿のつけ根のあたりに感じる鈍い痛みが、昨夜の記憶を呼び覚ます。ふたりは結局四回もくりかえし愛を交わし、そのたびに歓《よろこ》びは増していった。われを忘れ、ジョンに導かれるままに高みへとのぼりつめていったことが、いまだに信じられない気分だ。彼は性急にクライマックスを迎えようとはせず、ゆっくりとたしかなリズムを刻んでミシェルをめくるめく世界へ連れていった。ジョンに関する噂《うわさ》はやはり本当だった。いや、ベッドのなかでのたくましさも、そのテクニックも、噂に聞いていた以上だった。

　だが、ミシェルにとってつらいのは、自分がジョンの誘惑にいとも簡単に負けてしまったことではない。それよりも、この歓びは続かないと認めることのほうがはるかにつらかった。ジョンはふたたびわたしを求めてくるかもしれないけれど、ずっと一緒にいてはくれないだろう。いつかわたしにあきて、ほかの女性のもとへ去っていくに決まっている。

　それでもなお、わたしはジョンを愛しつづけるだろう。これまでもずっとそうだったように。

　ドレッサーからきれいな下着をとりだすと、ミシェルは隣のバスルームに向かい、ローブを羽織った。だが、音をたててジョンの眠りをさまたげないよう、シャワーは一階のバスルームで浴びることにしよう。ふたたびジョンと顔を合わせる前に、ひとりになって冷静さをとり戻す時間が必要だ。

　熱いお湯が筋肉の痛みをやわらげてくれたが、それでも残るじんわりした疲れが、ジョンの力強さを思いださせた。シャワーから出たミシェルはキッチンへ行って、コーヒーメーカーをセットした。キャビネットに寄りかかり、ダークブラウンの液体が透明なポットを満たしていくさまをぼんやりと眺める。そこへ、窓の外からエンジン音が聞こえてきて、ミシェルは注意を引かれた。

　見ると、ジョンの雇っているカウボーイたちが二台のトラックに乗って庭に入ってきたところだった。そのうちのひとりが母屋の前にとまっているジョンの車に気づき、仲間を肘でこづいてなにやら笑い声をあげた。彼らがどういう話をしているのかは、聞かなくても想像できる。ほら、ボスがまたひとり、女性をものにしたようだぜ。そんな噂が二十四時間以内に、ここら一帯に広まるに違いない。

ミシェルはふたたび視線をコーヒーに戻した。大きなマグにたっぷりとつぎ、両手で包みこんで冷えた指先をあたためる。血のめぐりが悪いのは、たぶん神経がおかしくなっているせいだろう。彼女は足音を忍ばせて二階へあがり、ジョンがまだ眠っているかたしかめようと部屋をのぞいた。

ジョンは目を覚ましたばかりだったらしい。ミシェルがそっとドアを開けたとき、彼は肘をついて上体を起こし、黒い髪をかきあげながら目を細めて彼女を見つめた。視線が合うと、ミシェルは胸のあたりがきゅっとしめつけられたように感じた。

乱れた髪、うっすらとひげののびた顎、波打つように筋肉が盛りあがった上半身。そのどれもが、たくましくて男らしい。けれどその顔には、ミシェルが期待したような欲望も愛情も浮かんでいなかった。いつもながらの険しい表情で、ジョンは彼女が口を開くのを待っていた。

膝はまだがくがくしていたが、ミシェルはなんとかコーヒーをこぼさずに部屋に入り、ほんのわずかに緊張した声で言った。「おめでとう。あなたはやっぱり噂どおりの男性だったわ。いざとなったら、手早くことを運んでしまうのね。わたしはノーと言う暇もなかった。さあ、早く家に帰って、ベッドの支柱にまたひとつしるしでも刻んだらどう？」

ジョンの目がいっそう細くなる。彼はシーツがめくれるのもかまわず起きあがり、コーヒーのマグに手をのばした。ミシェルが手渡すと、ジョンはわざと彼女が口をつけた側からコーヒーを飲み、マグを返した。そのあいだ、彼のまなざしはずっとミシェルにそそがれていた。

「そこに座ったらどうだい？」起き抜けのかすれた声でジョンは言い、ためらっているミシェルの腕をやさしくとってベッドの端に座らせた。「参考までに言っておくが、ぼくはベッドの支柱にしるしなんか刻まない。なんだか不機嫌そうにしているのは、そんなことが気になっているせいなのか？」

ミシェルがこちらに目もくれず、小さく肩をすくめるのを、ジョンは暗い面持ちで見つめた。またただ。またしてもミシェルの気持はぼくから離れようとしている。そのとき、ゆうべ彼女の瞳に恐怖が浮かんだことを思いだし、激しい怒りがこみあげてきた。いったい誰がミシェルを傷つけ、あんな恐怖心を植えつけてしまったんだ？

ベッドのなかの女性というのは、たいていが無防備なものだ。とくにミシェルは、男に抵抗するだけの力もないだろう。ここはひとつ、ちゃんと話をしなければ、いつまでたっても彼女はぼくに心を開いてくれないままだ。「きみにとっては、ずいぶん久しぶりのことだったんだろう?」

ミシェルがまたそっけなく肩をすくめる。

「これまできみは、セックスを楽しんだことはなかったわけだ」ジョンは彼女の顔を見つめ、答えのいらない形で言った。

ついにミシェルは顔をあげ、つき刺すような視線をジョンに向けた。「だからなんなの? 推薦状でも書いてほしいわけ? わたしが歓びを感じたのはゆうべがはじめてだったってことくらい、あなたにはわかっているんでしょう?」

「どうして以前は楽しめなかったんだ?」

「さあね。たぶん〝種馬〟とベッドをともにしたことがなかったからじゃないかしら?」

ミシェルはわざと軽薄そうに答えた。

「そんな話をしているんじゃない」ジョンは声を荒らげた。「誰がきみを傷つけた? 誰のせいで、きみはセックスを怖がるようになったんだ?」

「怖がってなんかいないわ」ロジャーに深い傷を負わされたと認めるのがいやで、ミシェルは即座に否定した。「ただ……ほんとに久しぶりだったし、あなたの体があまりにも大きいから……」言葉が消え入り、彼女は頬を染めて視線をそらした。

その様子を見て、ジョンは考えに沈んだ。ゆうべと今朝のミシェルの態度を見る限り、借金のかたに愛人になれと言ったも同然の申し出をしたとき、彼女に殴られて前歯をへし折られなかったのが不思議なくらいだ。そう考えると、マイク・ウェブスターの結婚生活が破局を迎えたことも、ミシェルのせいだったかどうかは疑わしい。セックスに恐怖心を抱いている女性が、自分から男を誘ったりするはずもないからだ。

それはともかく、自分がミシェルにはじめて歓びを与えてやれたのだと思うと、ジョンは素直にうれしかった。これで、彼女をぼくのそばに引きとめておける。ミシェルをずっと自分のものにしておくために、ジョンはあらゆる武器を総動員する覚悟だった。ゆうべ彼は悟った。絶対にミシェルを手放すことはできない、と。いかに彼女が反抗的で、気むずかしく、頑固であろうとも。どれだけ鼻っ柱が強く、超然としていようとも。ミシェルは、気位の高いお姫さまが粗野な田舎者から身を守るかのように、高い城壁を築いてぼくを遠ざけようとしている。だが、男と女が愛しあうとき、身分の差など関係ない。ふたりはただ愛の波に押し流されて、歓喜の渦にのみこまれるだけだ。

おそらくミシェルは、ゆうべの出来事は一夜限りのもので、夜明けとともに終わったと思っているのだろう。だが、一度でもミシェルがぼくにすべてをゆだねてくれた以上、ぼくは決して彼女を手放したりしない。これまでもジョンは自分の所有するものにしがみつき、目標に向かって努力を重ねてきた。だがミシェルに対する思いは、自分の牧場をフロリダ最大の規模にまで成長させるという目標の何十倍も強いものだった。

ようやくジョンがミシェルの手を放すと、彼女はすぐに立ちあがった。コーヒーのマグにそっと口をつけ、窓の外を見やる。「さっきカウボーイがあなたの車を見つけて、冗談を言いあっていたわ。わたし、今日も彼らが来るとは思っていなかった。フェンスの修理は昨日のうちに終わったんでしょう？」

　ジョンはシーツをよけて、裸のままベッドから起きだした。「いや、修理はまだ終わっていない。でも、今日じゅうには作業を終えて、明日には牛の群れを東の放牧地に移す予定だ」そう言ってから彼は、淡々とした口調で尋ねた。「ぼくらがこういう関係になったこと、みんなに知られるのはいやかい？」

「お酒のつまみにあれこれ噂されるのは、正直言っていやだわ。あなたの評判はますますあがるかもしれないけれど、わたしのほうは、一夜限りのベッドのおともとして長いリストのいちばん最後に加えられるだけだもの」

「きみがぼくと一緒に暮らすようになれば、誰もそんなふうには言わないさ」ジョンはぶっきらぼうに言って、バスルームへ向かった。「荷物をまとめるのに、どれくらい時間がかかる？」

　ミシェルは驚いてジョンのほうへと振り向いたが、彼の姿はすでにバスルームに消えていた。すぐにシャワーの音が聞こえはじめた。ジョンと一緒に暮らすですって？　とんでもない！　ミシェルはベッドに腰をおろし、バスルームのドアを見つめた。切り立った崖《がけ》っぷちへと、どんどん追いつめられているような気がする。人生が、自分の手からすり抜けていってしまいそうだった。ジョンの態度があつかましすぎることが問題なのではない。ミシェル自身が彼の前では弱い存在になってしまうことこそが大問題だった。もうなにも考えずにジョンの胸に飛びこみ、すべてを彼に任せたくなるくらい、ミシェルは身も心も疲れきっていた。でも、もしも彼にすべてをゆだねたあげく、捨てられてしまったらどうなるの？　そうしたら、すでにある問題に加えて、失恋の大きな痛手まで抱えることになる。

シャワーの音がとまった。力強い筋肉に覆われた裸のジョンのイメージが脳裏に浮かぶ。わたしのタオルで体をふくジョン。男らしい香りでわたしのバスルームを満たすジョン。ピンクと白で統一されたバスルームのなかでも、彼の魅力は少しも衰えないだろう。それどころか、女っぽい小物に囲まれて、なおさら男らしさが引きたつはずだ。

ゆうべのことを思いだして、ミシェルの体はふるえはじめた。自分があんなにも熱く反応できるなんて、ちっとも知らなかった。男性に〝支配〟されることがあれほど心地よいことだなんて、少しも知らなかった。男が女を支配するなんて時代遅れもはなはだしいけれど、昨夜の出来事はまさにそういうことだった。骨の髄にまで歓びがしみわたっていくのを、ミシェルは感じた。

やがてジョンが、タオルを腰に巻いただけの姿でバスルームから出てきた。厚手の白いタオルが、ブロンズ色に焼けた肌をさらに強調している。髪と口ひげはまだぬれていて、広い肩や胸にも水滴がついて光っていた。カールした胸毛は少し薄くなって下のほうへとつながり、ふたたび下腹部のあたりで濃くなっている。それを見たとたん、ミシェルの口のなかは乾いた。まるでトライアスロンの選手みたいに、たくましくて均整のとれた体だ。彼女はその肌にてのひらを這《は》わせたくてたまらなくなった。

ジョンはミシェルを鋭く見かえした。「そうやって時間稼ぎをしていないで、早く荷物をつめろよ」

「わたしはどこへも行くつもりはないわ」ミシェルは言った。できればもう少しきっぱりした口調で言いたかったのに。でも、少なくとも声はふるえなかった。

「そんなバスローブ一枚で、あとで恥ずかしい思いをするのはきみだよ」ジョンは穏やかに忠告した。

「ジョン……」ミシェルは言いかけ、もどかしさを表すように手を振った。「わたし、これ以上あなたに深入りしたくないの」

「今さらそんなこと言っても、手遅れなんじゃないのか?」ジョンが指摘する。

「そうだけど。でも、ゆうべのことは、あってはならないことだったのよ」

「そうじゃない。とっくの昔にああなっているべきだったんだよ」腹だちまぎれにタオルを投げ捨て、ジョンは下着を床から拾いあげた。「ぼくと一緒に暮らすというのは、もっとも自然な成りゆきじゃないか。ぼくはたいてい、一日十二時間かそれ以上働く。徹夜になることだってある。夜は夜で、事務的な仕事もこなさなければいけない。牧場を経営するには、それくらい働かなくてはならないんだ。そんな調子では、きみとゆっくり会っている暇なんてない。一週間に一度、ほんの短い逢瀬《おうせ》を楽しむくらいじゃ、ぼくはとうてい我慢できないよ」

「それじゃ、あなたがその気になったときいつでもベッドをともにできるように、わたしに自分の牧場をほうりだせって言うわけ?」

ジョンは声をあげて笑った。「ぼくがその気になるたびにつきあっていたら、きみは向こう一年、ずっとベッドの上で過ごすはめになるぞ。きみの姿を目にするだけで、ぼくはその気になるんだから」

白い下着に包まれたジョンの下腹部にミシェルの視線は吸い寄せられた。体がぽうっと熱くなる。無理やりそこから目をそらし、ごくりとつばをのみこんだ。「ここはわたしの牧場なの。わたしだって働かなくちゃいけないのよ」それがジョンを遠ざけておくまじないの言葉だとでも信じているかのように、ミシェルは頑固にくりかえした。

口もとに深いしわを刻み、ジョンはスラックスにいらだたしげに脚をつっこんだ。「この牧場も、ぼくが併せて面倒を見る。いいかげんに認めるんだ、ミシェル。きみには助けが必要だ。ひとりで牧場なんかやっていけるはずがない」

「そうだとしても、とにかくやってみたいのよ」ミシェルは悲痛な声で訴えた。「たしかにわたしはちゃんと職についたこともないし、自活していたこともないわ。でも、だからこそ今、はじめて努力しようとしているんじゃない。あなたはそうやって、父の代わりになんでもかんでもわたしの面倒を見ようとしているけれど、もしもあなたがわたしにあきてほかの女性のもとへ去っていったら、わたしはどうなるの？　そうなってからじゃ遅いのよ」

ファスナーをあげる手をとめて、ジョンはミシェルをまじまじと見つめた。なんてことだ。ミシェルはこのぼくが、楽しかったけどもう終わりにしよう、などというあとくされのない言葉ひとつで、彼女を捨てると本気で思っているのか？　もちろん彼は、万が一ミシェルと別れたいと思う日が来るとしても、そのときまでには牧場を軌道に乗せ、彼女が自立して生きていけるようにするつもりだった。もっとも、そんな日が来るとはとても想像できないが。ミシェルへの思いが炎となってこの体を焼きつくすことはあっても、決して消えることはない。なにしろぼくは、彼女がまだたった十八歳の少女だったときから、ずっと求めつづけてきたのだから。

ジョンは憤りを押し殺して言った。「きみのことは、ぼくがずっと守ってあげるよ」

ミシェルは引きつった笑みを浮かべた。「今だからそう言えるのよ」これまでの経験から、人は自分の身を守ることしかできないと彼女は学んでいた。ロジャーの両親は、家名がスキャンダルにまみれるのを恐れるあまり、息子をかばうことしかしなかった。父のラときにはグリーだって、あれだけわたしを愛してくれていながら、本当に助けを必要としていたときには耳も貸してくれなかった。愛する娘が不幸な目にあっているとは信じたくないばかりに。ロジャーの暴力を裁判に訴えようとしたときも、ベックマン家という有力な一族に便宜をはかるほうが得だと考える警察によって、証拠は握りつぶされてしまった。彼らを責める気にはなれなかったが、以来ミシェルは他人を信用するのをやめた。二度と誰かに自分の人生をゆだねることはすまいと心に決めた。

渋い表情を浮かべ、ジョンは床からシャツを拾いあげた。「書面で契約をしておけば満足か？」

うんざりしたようにミシェルは額を手でこすった。たぶんジョンは、彼の命令に従わない人間には慣れていないのだろう。でも、ここでイエスと答えてしまえば、わたしの体はお金で買われるも同じことになる。もしかするとジョンは、最初からそれを望んでいたのかもしれないけれど。しかしミシェルは、イエスと言う代わりにこう言った。「いいえ。そんなもの、いらないわ」

「それじゃ、いったいどうしてほしいんだ？」

あなたの愛が欲しいだけよ。一生そばにいて、わたしを愛しつづけてほしいだけ……。でも、そんなことを口にするくらいなら、月に願いをかけるほうがましだ。「わたしはただ、自分の手で牧場をやっていきたいの」

ジョンの顔から険しさが消えた。

「それは無理だよ」

現実を知る彼の言葉には重みがあった。

「でも、努力してみることはできるわ」

誰がどう見ても絶対に成功しないとわかっていても、とにかくやってみたいというミシェルの気概は尊敬に値した。だが、彼女には牧場に必要な仕事をこなすだけの体力はなく、資産もない。つまりミシェルは深い穴のなかにいて、最初から負けを覚悟の勝負を挑むようなものだ。苦労の果てにやせ細り、大けがを負う危険だってある。最後には、人の助けが必要だという結論にいきつくだろう。今のぼくにできるのは、静かに彼女を見守って、窮地に陥る前に救いの手を差しのべることだけなのかもしれない。そのときにはミシェルも、男の力強い肩にもたれ、生まれながらに定められている運命に従って、彼女にふさわしい生き方をしてくれるようになるだろう。

ただし、ミシェルが昨夜ふたりのあいだになにも起きなかったふりをしようとしたってぼくは許さない。彼女はもうぼくのものだ。この部屋を出ていく前に、それだけははっきり伝えておかなくては。そのためなら、明るい日差しのなかで愛を交わすことも必要かもしれない。ジョンはそう思い、今着たシャツを脱いでスラックスのファスナーをおろした。

ミシェルのグリーンの瞳が大きく見開かれる。頬にはさっと赤みがさした。彼女は困ったような顔をしてベッドを見やり、ふたたび彼に視線を戻した。

　ジョンの心臓が早鐘のように打ちはじめた。一刻も早くミシェルの豊かな乳房を手で包み、その先の小さなつぼみを口に含みたくてたまらない。彼はスラックスを床に落とし、彼女に近づいてウエストに手を添えた。そのまま彼が前にかがむと、ミシェルがみずから頭をそらした。目の前に差しだされた細い首筋に、ジョンは熱いキスを植えつけた。

　どれだけ理性で否定しようとしても、ミシェルの体は情熱的に反応していた。心はすでに、ジョンが与えてくれる至高の歓びを求めていた。ほてった裸の胸に抱かれてベッドへといざなわれたとき、ミシェルはもうあらがうことはできなかった。彼にも、そして自分にも……。


〝きみはピルを使ってるのか？〟

〝いいえ〟

〝まずいな。次の生理まではあとどのくらいだ？〟

〝もうすぐよ。心配しないで。受精日ははずれているはずだから〟

〝そういうのが危ないんだ。医者へ行って、ピルを処方してもらったほうがいいな〟

〝前に試したことはあるんだけど、体が受けつけないの。ピルをのむと、一日じゅう吐き気がとまらなくなるのよ。まるで妊娠しているみたいに〟

〝それじゃ、なにか別の手を考えないと。ぼくのほうでなんとかしようか？　それとも、きみが考えてくれるかい？〟

ジョンとの会話がいつまでもミシェルの頭にこびりついていた。どうやら彼は、ふたりの関係は今後も続くと考えているようだ。あまりに淡々と尋ねられたのでミシェルは深く考えもせずに、わたしが考える、と言ってしまった。けれど、それはつまり、これからもジョンとベッドをともにすることに同意したってことよね？　どうりで彼は、ここを出ていくとき、うれしそうに瞳を輝かせていたわけだわ。

やっとの思いで頭を切り替えて書類の整理を始めたミシェルは、さらに頭を悩まされることになった。未払いの請求書はどんどんたまっていく一方だ。とはいえ、永遠に支払いをのばすことなどできない。現金をつくる方法は、牛に肉をつけて売ることだけだが、今の彼女には飼料を買うための金がない。ミシェルは何度もコストと利益率を試算してみた。経験を積んだ牧場主ならそれくらいの数字はすっかり頭に入っているのだろうが、彼女が参考にできるのは父が残した大ざっぱな帳簿だけだ。そこに書かれている数字がどれほどあてになるのか、見当もつかない。

ジョンに相談してみようかとも思ったが、そうしたらまた、きみには牧場経営は無理だ、と言われるのがおちだろう。

そのとき、電話のベルが鳴り、ミシェルは上の空で受話器をとった。

「ミシェル、ダーリン」

相手の声が聞こえたとたん、ミシェルはひどいむかつきを覚え、思わずフックを押して電話を切った。受話器を戻す手がふるえる。どうしてロジャーはわたしをそっとしておいてくれないの?

ふたたびベルが鳴りはじめた。鋭い音がしつこくあたりに響きわたる。ミシェルは苦しげな表情を浮かべ、ベルの回数を数えはじめた。向こうがあきらめるのと、こちらの神経がまいるのと、どちらが早いだろう? このままベルが鳴りつづけたら、わたしは頭が変になって、この家から逃げだすはめになる。十八回めのベルが鳴ったとき、ついに彼女は受話器をとった。

「ダーリン、お願いだから切らないでくれよ」ロジャーがささやいた。「愛してるんだ。きみと話ができなくなったら、頭がどうにかなりそうなんだよ」

恋人が語るようなその言葉も、ミシェルにはおぞましいものにしか聞こえなかった。ロジャーの頭はずっと前からおかしくなっている。激しい怒りをぶつけてきた次の瞬間、一転して愛の言葉をささやいたことが、過去に何度あっただろう。ミシェルを傷つけたことを心の底から悔いるように謝り、きみなしでは生きていけない、と言ったことが。

こわばる唇の隙間《すきま》から、ミシェルはようやく声を出した。「お願いだから、わたしのことはほうっておいて。あなたとはもう、話すことなんてない」

「本気で言ってるんじゃないよね？　どれだけぼくがきみを愛しているか、きみにはわかっているはずだ。ぼく以上にきみを愛せる男なんて、ほかにいなかっただろう？」

「ごめんなさい……」

「どうして謝るんだい？」

「話は終わりよ、ロジャー。それじゃ、切るわね」

「どうして話ができないんだ？　誰かがそばにいるのか？」

ミシェルの手は凍りつき、受話器を耳から離せなくなった。蛇ににらまれた兎《うさぎ》のように、彼女は息をひそめて相手の出方をうかがった。

「ミシェル！　誰かがそこにいるんだろ！」

「いいえ、誰もいないわ」

「嘘《うそ》だ！　男がそばにいるから、ぼくと話ができないんだろ！　そうだな？」

いったんロジャーの怒りに火がついたら、なにを言ってもとめられはしない。そうわかっていたが、あえてミシェルはむなしい試みをした。「本当よ。わたしのそばには誰もいないわ」

驚いたことに、ロジャーは急に静かになった。だが、荒い息づかいは回線を通じて、ミシェルの耳もとまではっきり伝わってくる。

「わかった、信じよう。きみがぼくのところへ戻ってきてくれるなら、今の言葉を信じるよ」

「それはできない――」

「やっぱり男がいるんだな？　昔からきみはそうだった。証拠を押さえることはできなかったが、ほかに男がいることはぼくにはわかっていたんだぞ！」

「違うわ。本当にわたしはひとりよ。今、父のオフィスで仕事をしていたところだもの」

ミシェルは目を閉じ、自分のついた嘘をかみしめた。部屋にひとりでいることは嘘ではないが、この心の奥には、ずっと前からひとりの男性が住んでいたのだから。

突然、ロジャーの声はふるえはじめた。「きみがほかの誰かを愛するなんて、ぼくには耐えられない。お願いだから、ひとりでいると誓ってくれ……」

「ええ、誓うわ。わたしはひとりよ」ミシェルは死にものぐるいで言った。

「きみを愛しているよ」ロジャーはささやき、電話を切った。

ミシェルはバスルームに駆けこんでいき、胃が空っぽになるまで吐きつづけた。もう二度とこんな思いはしたくない。すぐにでも番号を変えて、電話帳には載せないようにしなければ。洗面台の上にかがみこんで、彼女はぬれた布で顔をぬぐい、鏡のなかの青ざめた顔を見つめた。

わなわなとふるえる唇のあいだから苦い笑い声がもれた。電話料金も滞納しているのだから、じきに電話は通じなくなる。そうなれば、もうロジャーにわずらわされることもなくなるわ。貧乏するのも、まんざら悪いことばかりではないってわけね。

　だけど、もしもロジャーが、彼の考える〝ミシェルにふさわしい場所〟へとわたしを連れ戻しに来たら、いったいどうすればいいの？　ミシェルにとって本当に〝ふさわしい場所〟は、ジョンのいるこの土地だ。クラシックのコンサートに行ったり、スイスでスキーをしたり、パリで買い物を楽しんだりすることはできないけれど、そんなものはなくたって生きていける。それより大事なのは料金を支払うこと、牛を育てて牧場を切りまわしていくことだ。

　だが、ロジャーにはできないことなどない。普段の彼はじつに洗練されていて、こんなにすてきな人がこの世にいたのかと思わせるくらいすばらしい男性だ。しかし、その仮面の裏には信じられないほどの残虐さがひそんでいる。病的なまでに嫉妬《しっと》深い一面が。

　もしもロジャーがここへやってきたら……もしもふたたび彼と顔を合わせることになったら……もしもこの肌に、わずかでも彼の手がふれることがあったら……わたしはきっと耐えられない。

　ロジャーとの別れは最悪だった。

　その晩ロジャーは、同僚や取引先の人々とともにパーティーに招かれ、ミシェルを連れて出席した。ミシェルはなるべくほかの男性とは言葉を交わさないように気をつけていたが、パーティーからの帰り道、ロジャーはいつものように激しい怒りをあらわにして彼女につめ寄った。〝きみは、あそこにいた男に必要以上にほほえんでいなかったかい？　そいつから誘いをかけられたんじゃないのか？　どうして正直に認めない？　きみたちふたりが熱い視線を交わしていたのを、ぼくはこの目で見たんだぞ！〟

　家にたどりつくころには、今夜こそ逃げださないとこの身が危ないかもしれない、とミシェルは感じていた。だが、予想に反してロジャーは書斎にこもってしまった。ミシェルはほっとしてベッドに入り、精神的な疲れも手伝って、深い眠りに落ちていった。

　そこへ突然、ロジャーがわめき散らしながら入ってきた。ミシェルは恐怖を感じて飛び起きたが、怒りおかしくなった彼にベッドから引きずりおろされた。ロジャーは彼女のネグリジェを引きちぎり、ベルトで背中を激しくたたきはじめた。

　ようやくその責め苦が終わったとき、ミシェルの背中は赤くはれあがり、いくつもの傷口から血がにじんでいた。ずっと泣き叫びつづけたせいで、声もかれはてていた。だがそのとき、ロジャーは急にひざまずき、乱れた彼女の髪に顔をうずめてこう言ったのだ。

〝きみを愛しているんだ〟

　やがてロジャーが眠りにつくと、ミシェルはこっそり家を抜けだし、救急病院までタクシーを走らせた。あれから二年が過ぎたが、あのときの傷あとはまだ背中やお尻に残っている。時がたてば体の傷自体は薄れていくだろうが、心に残った深い傷は、おそらく一生消えないだろう。

でも、ロジャーに再会することを恐れて、ここから逃げだすわけにはいかない。ミシェルにはほかに行くべきところなどなかった。法的にもわたしはもはやロジャーとは無関係なのだから、これ以上いやがらせが続くようなら、またあらたに彼を訴えることもできる。わたしとのいっさいの接触を禁ずる命令を出してもらうこともできるはずだ。

しかし、今のところミシェルはそこまでするつもりはなかった。なぜなら、夫に虐待されていたという過去は、できるならば公にはしたくないからだ。自分に落ち度があったようで恥ずかしいし、他人から同情の目で見られるのもいやだ。そしてなにより、そんな醜い過去をジョンには決して知られたくない。

突然ミシェルは、四方の壁が押し迫ってくるような圧迫感に襲われた。今すぐに立ちあがってなにかを始めなければ、この場で泣き崩れてしまいそうだ。

そこでミシェルはおんぼろのトラックに乗り、ジョンの指示で来たカウボーイが修理してくれたフェンスを見に行った。彼らはすでに今日の仕事を終え、ジョンの牧場に戻ったようだ。明日にはこの緑豊かな放牧地へ群れを移してもらえる。そうすれば牛も思う存分草をはみ、まるまると肥えてくれるだろう。

母屋のほうへ戻ってきたミシェルは、庭の草がのび放題にのびているのに気づいた。忙しさにかまけてほったらかしにしていたせいだ。だが、今日は幸いジョンが手伝いをよこしてくれたおかげで、草刈りをする時間もエネルギーもたっぷりある。彼女は草刈り機を運びだし、さっそく作業にとりかかった。こうして体を動かしていると、恐怖もどこかへ消えていく。そうよ、怖がる理由なんかどこにもないわ。ロジャーが本当に襲ってくるはずはないんだから。

だが、無意識のうちにミシェルは、その晩ひとりでベッドに入って悪夢にうなされることを恐れていた。ロジャーの顔をした悪魔が襲いかかってくることを恐れていた。だが、いつまでも彼の影におびえながら暮らすわけにはいかない。いつの日にか、本当の意味でロジャーから自由にならなければ……。

夜になり、ようやく意を決して二階にあがったミシェルを迎えたのは、恐ろしいロジャーの面影ではなく、ジョンの存在感がそこかしこに漂う部屋だった。このベッドでわたしはジョンと愛を交わし、今まで味わったことのなかった歓びを見つけた。ロジャーと別れてからはじめて、男性に恐怖を感じることなく一夜をともに過ごせたのだ。フロリダに戻ってきて以来、ミシェルは一度もデートをしていなかった。変に勘ぐられることのないよう、みんなで一緒にスキーに行ったりパーティーで騒いだりはしていたけれど、男性と一対一になることだけは巧妙に避けてきた。

もちろんミシェルは、ひとりの男にひどい目にあわされたからといって男性全員を憎むようなことはなかったが、それでも、彼らの持つ肉体的な力を恐れていた。たぶん、ジョンに対しても同じように感じていたはずなのに、彼にだけはついに身を任せる気になれた。

たぶん、長すぎるくらい長いあいだ、心のどこかでジョンを求めつづけていたから……。

その夜ミシェルは、ロジャーの夢を見てうなされることはなかった。夢のなかでもミシェルは、ジョンのたくましい腕に抱かれていた。

6

翌朝、牛の群れを東の放牧地に移動させるために男たちがやってきたが、ジョンの姿はなかった。ミシェルは少しがっかりしたものの、すぐに気をとりなおして男たちのもとへと駆けていった。実際に牛の大群を移動させる場面に立ちあうのは、生まれてはじめての体験だ。

彼女は子供のように興奮し、晴れがましい顔つきで言った。「わたしもお手伝いするわ」早朝の日差しを受けて、グリーンの瞳がきらきらと輝く。つい先日まで、慣れない肉体労働を続けていたせいで全身がひどく疲労していた。だが今日は、思いがけない休養をもらって久しぶりにゆっくりできたミシェルの体に、エネルギーがあり余っている。

カウボーイ頭のネヴは、困りはてた顔でミシェルを見おろした。というのも、ボスのジョンから、ミシェルにはいかなる仕事もさせてはならない、と厳命を受けていたからだ。人に仕事をさせるな、などという奇妙な命令はこれまで一度も受けたことがなかった。だが、ジョンの下で働くカウボーイたちはみな、命が惜しかったらボスの命令には逆らわないほうがいいと心得ている。

だいいち、あの上品なミシェル・カボットが汗水流して牧場の仕事をしているところなど、想像するほうが難しい。だからネヴは、なんの問題もなくその命令に従うことができるだろうと思っていた。

さて、どうしたものか……。ネヴは軽く咳払《せきばら》いをして考えこんだ。輝くばかりのミシェルの表情を暗くするようなことは言いたくないが、のちにボスともめ事を起こすのも気が進まない。

そのとき、あることがひらめいてネヴはあたりを見わたした。「馬はお持ちですか?」

彼はミシェルが馬を手放してしまったことを知っていた。馬がなければ、牛追いの作業に参加することはできない。

一瞬ミシェルは顔を曇らせたが、すぐに明るい表情になった。「いいえ。でも、トラックでついていくわ」そう言うなり、彼女は厩舎《きゅうしゃ》へ駆けていった。

やれやれといった面持ちで彼女を見送るネヴのまわりで、男たちは口々につぶやいた。おいおい、大丈夫なのかい、と。

そんなことを言われても、ネヴだって困る。しかし、ミシェルをトラックから引きずりおろして、ここにいろ、と命じるわけにもいかない。だいいち、彼女のようなお嬢さんは、おとなしく命令に従ってはくれないだろう。それにネヴは、ジョンがミシェルに特別な思いを抱いていることを感づいていた。ボスがあんな命令をしたのもうなずける。雄馬は、気に入った雌馬にはほかの雄馬を近づけたがらないものだ。そういう本能的な衝動は、動物も人間も変わらない。だからといって、ミシェルに言うことを聞かせるために多少でも手荒なことをしたり、彼女を悲しませて泣かせてしまったりしたら、ボスはかえって激怒する可能性がある。ネヴは心を決めた。言いつけにはそむくことになるが、ミシェルには好きなようにさせるしかないだろう。

ひとりでなにもかもこなさなければいけないという重圧がとり払われたおかげで、ミシェルには世界がそれまでとは違って見えた。日差しを浴びることも、牛の鳴き声を聞くことも、なんだか楽しく思えてくる。ミシェルはがたつくトラックのハンドルを握り、男たちと一緒に群れを追いたてた。だが困ったことに、ほとんど草がない地面で車を乗りまわすと、ものすごいほこりが立ってしまう。

ミシェルがほこりまみれになるのを見かねて、カウボーイのひとりが馬を貸してくれた。もちろん彼女は、喜んで運転を交替してもらった。昔から馬に乗るのは大好きだ。牧場へ引っ越してきたばかりのころは、それしか楽しみがなかったほどだ。だが、遊びで乗る馬と牛追いの作業のために調教された馬とでは、まるで勝手が違う。この馬は牛追いのとき、乗り手からの指示を待たず、牛がはぐれそうになると自動的に群れを追いたてるよう、訓練されていた。それでもしだいにミシェルは馬の敏捷《びんしょう》な動きに慣れ、いつまでもこの馬の背に乗っていたいとさえ感じるようになった。

　そこへ、遠くから土煙をあげてジョンを乗せた葦毛《あしげ》の馬が近づいてきた。ネヴは心のなかでひそかにつぶやいた。まずいことになった、と。

　おんぼろのトラックが牛を追いたてているのを見つけて、ジョンはひどく不機嫌になった。だが、運転席に座っている人影の広い肩は、どう見てもミシェルではない。作業をしている馬上の連中をひととおり見わたすと、帽子の下から金色の髪をなびかせている、ひときわ小柄な人物が目に入った。ジョンは馬を走らせてネヴに近寄り、すごみのある声で尋ねた。「どういうことだ?」

　ネヴは顎をかきながらミシェルを見やり、ジョンに視線を戻した。「いちおう、とめはしたんですよ。でも、彼女が自分の土地で自分のトラックを乗りまわすことを、このおれが禁じるわけにもいかないでしょう。それとも、彼女をどこかにしばりつけておいたほうがよかったですかね?」

「だが、ミシェルはトラックに乗っていないじゃないか」ジョンは指摘した。

「いや、その、トラックだとあんまりほこりが立つんで……ああ、もう!」ネヴは言い訳することをあきらめ、ボスのもとから逃げだした。

　ジョンはそのあとを追わなかった。ネヴを怒鳴りつけるのはあとでもいい。もっとも、ジョンの怒りはすでに、だいぶやわらいでいた。ミシェルは特別危険な作業をしているわけではない。

ジョンに気づいて、ミシェルがにっこりとほほえみかけてきた。彼女がここに戻ってきて以来、あんな笑顔を見るのははじめてだ。ミシェルはじつに幸せそうだ。これでは、ネヴがぼくの命令を無視して、彼女の好きにさせたくなるのも当然だろう。「楽しんでいるようだね」ジョンは皮肉っぽく言った。

「ええ、とっても」

「今朝、弁護士から電話をもらった。あさってには、必要な書類はすべてそろうそうだ」

「そう。よかった」ミシェルは答えた。契約書にサインしたら、わたしの牧場は今よりずっと小規模になってしまうけれど、多額の借金も帳消しになる。

ジョンはサドルホーンをつかんで少し前かがみになった。「ぼくと一緒に、家まで戻らないか？」

「それで、手早く一戦まじえようというわけ？」ミシェルは火のついたような目でジョンをにらんだ。

「いや、できればゆっくり楽しみたいところなんだけどね」ジョンの視線はミシェルの胸もとをさまよった。

「カウボーイたちに、噂《うわさ》話をしてほしいの？」

ジョンがいらだたしげに息を吸いこむ。「それじゃきみは、誰にも知られないよう、夜中にこっそりベッドへ来てほしいのか？　ぼくらはもう、十代の若者じゃないんだぞ」

「それもそうね」ミシェルはうなずき、唐突につけ加えた。「そういえば、わたし、やっぱり妊娠はしていなかったわ」

喜ぶべきなのか、あるいは、これから数日ミシェルとセックスができないことを嘆くべきなのか、ジョンにはわからなかった。いずれにしろ、ぼくはいつだってミシェルを求めてあくことがない。「そうか。まあ、何週間も不安を抱えながら過ごす必要がなくなって、よかったよ」

「ええ」生理の周期からいって妊娠するはずはないとわかっていたのだが、その朝ミシェルは、なぜかがっかりした気持になった。理性的な判断はさておき、ジョンの子供を産みたいと思わない女性なんてこの世に存在しないだろう。彼と比べると、ほかの男性は誰もが色あせて見える。

葦毛の馬が落ち着きなく動きはじめたので、ジョンは脚で合図を送って馬をおとなしくさせた。「じつは、どのみちベッドに入っている暇はないんだ。ネヴに仕事の指示を与えに、ちょっと寄っただけなのさ。今日の午後からマイアミに行く用事が急にできたものでね。二日ほどで帰れるはずだが、もしももっと遅くなるようなら、きみひとりでタンパへ行って、先に書類にサインしておいてくれ。ぼくは帰りにそちらへ寄って、サインしてくるから」

ミシェルは馬上で体をひねり、さびて、がたついているトラックを見た。あの車では、万が一どこかでエンジンがとまっても歩いて帰れる範囲にしか出かけられない。「それなら、あなたの帰りを待って一緒に行ったほうがいいわ」

「ぼくのメルセデスに乗っていくといい。きみから連絡をもらったらすぐにこっちへ車をまわすよう、ネヴに言っておくから。あのおんぼろトラックでは、安心して町へ買い物にも行けないだろう？」

友人同士、あるいは親しいつきあいをしているご近所同士でも、車の貸し借りをすることくらいはあるだろう。だが、ミシェルはふと思った。わたしがジョンの車を借りることはもっと別の意味を持つのではないかしら？　こういうことをきっかけに、彼はわたしの生活を支配し、愛人に仕立てあげようとしているのかもしれない……。とはいえわたしには、彼の親切をありがたく受ける以外にタンパへ行くすべがない。とにかく、一刻も早く書類にサインをして、借金を清算しなければ。

ジョンは返事を待っている。ついにミシェルは、ほとんど聞こえないくらいの声で彼の申し出を受け入れた。「わかったわ」

それを聞いたとたん、ジョンの体の緊張がほぐれていった。どうやらぼくは、自分で思っていた以上に、ミシェルがあのおんぼろトラックでタンパまでドライブすることを心配していたらしい。

彼が急にマイアミへ向かうはめになったのは、母親から電話がかかってきたせいだった。浪費癖があって金銭感覚の鈍い母は、経済的に窮地に追いこまれると必ず息子にすがりついてくる。ジョンは普段、牧場暮らしを嫌って家を出ていった母のことなど忘れて生活しているが、助けを求められれば、それを無視して母を飢え死にさせることもできなかった。

はじめジョンは、ミシェルを一緒に連れていこうと考えたが、マイアミはパームビーチに近すぎると気づき、考えを改めた。あの街には、金持で暇を持て余しているミシェルの友人が何人もいる。そこで昔の仲間と出会い、贅沢《ぜいたく》な遊びに誘われたりしたら、ミシェルはぼくのもとから去ってしまうかもしれない。たとえその可能性がごくわずかでも、ジョンは絶対に彼女を失う危険を冒したくなかった。

女性に対して、これほど不安な気持になるのは生まれてはじめてだ。ミシェルもぼくを求めていることは感じるが、一生そばにいてくれるかどうか自信が持てない。ミシェルに対する欲望は、あまりに強かった。彼女と同じ屋根の下で暮らし、ひとつのベッドを分かちあって眠り、心ゆくまで彼女の面倒を見られるようになるまでは、少しも安心できそうにない。

だが、ミシェルが面倒を見させてくれるようになっても、ぼくが彼女を求めるのと同じくらい彼女もぼくを求めてくれるとは限らない。はじめてふたりがベッドをともにしてからも、ミシェルはできるだけぼくと距離を置こうとしている。まるで、そばに引き寄せようとすると、そのぶんだけ彼女は離れていってしまうかのようだ。

ジョンは手をのばし、気品漂うミシェルの頰を指でなぞった。「ぼくがいないと寂しくなる？」

魅力的なミシェルの口の端に、ゆがんだ笑みが浮かんだ。「ええ、まあ……」

「きみって人は、こんな別れの場面でさえ、ぼくの自尊心を満足させてやろうという気はないんだな」ジョンは穏やかに言った。

「満足させてほしいの？」

「ああ、相手がきみの場合はね」

「ほんとかしら？　寂しいと思うのはわたしだけで、マイアミでのあなたは忙しくて、わたしのことなんか思いだす暇もないんじゃない？」

「忙しいことは忙しいだろうが、きみのことは片時も心から離れないと思うよ」

「気をつけてね」旅に出る恋人の安全を願うかのように愛情のこもった言葉が、思わずミシェルの口をついて出た。しばらくジョンに会えないと考えるだけで、心にはぽっかりと穴があいたようだった。わたしがどれほど寂しい思いをするか、彼にはきっと想像もつかないだろう。

ジョンはミシェルにキスしたかったが、男たちが見ているので仕方なくあきらめ、軽く会釈をしてネヴのほうへ馬を向けた。そして、今後の指示を与えたのち、ジョンは馬の腹を蹴《け》って、あっというまに放牧地のかなたへと去っていった。

たちまちミシェルは喪失感に襲われた。だが、くよくよしていても仕方がないと思い、仕事にかかることにした。動物を扱う仕事はジョンの雇っているカウボーイたちがやってくれるが、それ以外にも細かい仕事はたくさんある。ミシェルはポーチのペンキを塗りなおし、郵便受けを新しいものに替え、暇を見つけて男たちの作業にも加わった。

牧場はふたたび牧場らしさをとり戻したようだった。ほこりが舞い、牧場特有のにおいが漂い、男たちのにぎやかな声が飛び交う。子牛には焼き印が押され、予防接種や若い雄の去勢といった作業も順調に終わった。以前は、血なまぐさい仕事の話を聞いただけで鼻にしわを寄せていたミシェルだが、今はそうした作業を、牧場にとっても彼女自身にとっても大切な生きるすべだと思えるようになった。

翌々日、ネヴが運転してメルセデスをミシェルの家まで持ってきてくれた。車のキーを受けとるとき、ミシェルはなぜか視線を合わせるのが気恥ずかしかったが、ネヴのほうは、彼女がボスの車を使うことになんの違和感も感じていないようだった。

ミシェルはタンパへの長い道のりを、用心深く運転していった。このところ例のトラックにばかり乗っていたせいか、馬力があって加速のいいメルセデスは、かえって運転しづらい。以前は当然のように小型の高級スポーツカーを乗りまわしていたことを思うと、自分でも不思議な気がした。白いポルシェは、十八歳の誕生日に父から贈られたプレゼントだったのだが、その当時は、たった一台の小さな車がいったいいくらしたのか、気にもならなかった。

そういう価値観はすべて相対的なものだ。あのころのミシェルにとって、ポルシェは決して高い買い物ではなかった。でも、もしも今、それだけのお金があったら、どれほど豊かに暮らせるだろう。

ミシェルは弁護士のオフィスに直行し、書類にサインをすると、寄り道もせずにまっすぐ牧場へ戻った。必要以上に長い時間、このメルセデスを運転したくはなかった。

それからはとくに何事もなく日々が過ぎていったが、ジョンがマイアミへ行ってから五日たっても、彼からは電話一本かかってこなかった。やはりジョンは、誰か別の女性と一緒なのかしら。たとえ本当に仕事で出かけたのだとしても、二十四時間働きつづけているはずもないし、なにより女性たちが彼をほうっておかないだろう。もちろん、ジョンはわたしに生涯の愛を誓ったわけでもなんでもないのだから、ほかの女性とデートをするのも彼の自由だ。けれど、何度そう自分に言い聞かせても、ミシェルの心は張り裂けそうに痛んだ。

その週は、ジョンからの電話もなかったが、ロジャーからの電話もかかってこなかった。もしかしたら、ロジャーがしつこく電話をかけてくるようになるのではないかとミシェルは恐れていた。だが、ありがたいことに沈黙が続いている。

金曜日の朝はカウボーイたちも姿を見せなかった。その日の午前中、ミシェルはたまっていた汚れ物を洗濯機につっこみ、家のまわりの草とりをした。正午になって、サンドイッチでもつくろうと家に戻ったときは、全身汗まみれになっていた。

家に入ると、なんだか妙なくらいしんと静まりかえっていた。それまで草刈り機の騒音を聞きつづけていたせいかもしれない。ミシェルは、とにかくまず水を一杯飲もうと思い、キッチンへ行って水道の栓をひねり、キャビネットからグラスをとりだした。しかし、水はちょろちょろと流れただけで、やがてとまってしまった。念のためにお湯のほうも試してみたが、やはりだめだった。

うめき声をあげながら、ミシェルはシンクの前でうなだれた。こんなときに水道管が壊れるなんて、最悪だわ。彼女はゆっくりと背筋をのばし、照明のスイッチを押した。だが、明かりもつかない。

料金の滞納が限界に達して、ついに電気をとめられたらしい。家のなかが薄気味悪いほどの静寂に包まれていたのもそのせいだ。冷蔵庫の振動音も、時計も、天井の扇風機も、すべてが静止している。

ミシェルは大きなため息をついて、椅子にへたりこんだ。この前来た督促状を無視した結果がこれだ。あれっきり引きだしにしまいこんだままで、すっかり忘れていた。もっとも、覚えていたところで、料金を支払うお金はなかったけれど。

でも、昔の人間は何千年も電気なしで暮らしてきたのだから、わたしにだってやってやれないことはないわ。オーブンやレンジはすべて電動だから料理はいっさいできないけれど、もともと料理は得意ではない。冷蔵庫にだって、ミルクのほかにたいしたものは入っていないはずだ。そう考えたとき、ミシェルは喉が渇いていたことを急に思いだし、グラスにミルクをついでパックを冷蔵庫に戻した。

貯蔵庫に灯油ランプとろうそくがあったから、明かりは間に合う。最大の問題は水の確保だった。たしか、母屋から百メートルほど行ったところに古い井戸があったはずだけれど、あれはまだ涸《か》れていなかったかしら。でも、たとえ涸れていないとしても、どうやって水をくみあげたらいいのだろう。ロープは厩舎にたくさんあるが、水をくむのにちょうどいい大きさのバケツはない。だが、手持ちの現金はまだ十七ドルあるから、あのおんぼろトラックで荒物屋へ行ってバケツを買うことはできそうだ。

とりあえずミシェルは、厩舎からロープを、キッチンから鍋《なべ》を持ちだし、井戸が水をたたえているかどうか確認しに行った。あたりには草が生い茂り、うっかりすると蛇でも踏んづけてしまいそうだ。彼女は足もとに気をつけながら井戸に近づき、重い木のふたをとりのぞいた。鍋をくくりつけたロープをするするおろしていくと、たいした深さはなかったとみえて、すぐにぱしゃんという水音が聞こえた。喜び勇んで引きあげた鍋のなかには、コップ半分ほどの澄んだ水が入っていた。さあ、あとはバケツを手に入れたらいいだけだ。

ようやく日も暮れるころには、井戸から家へ重いバケツを何度も運んだせいで、ミシェルはくたくたになっていた。昔の開拓者たちはきっと、みんなスーパーマンのような体をしていたに違いない。電気は、汚れ物がまだ洗濯機に入っている途中で切られてしまったので、それらの衣類も手ですすぎ、ぎゅうぎゅうしぼって干さなければならなかった。飲み水と、顔を洗って体をふくための水、それに、トイレを流すための水も必要だ。一見便利な現代生活も、電気がなければ不便きわまりない。

幸いミシェルは疲れきっていたので、ろうそくを無駄にともすことなくベッドに入った。夜中に目が覚めたときのために、いちおうベッドサイドのテーブルにろうそくとマッチを用意しておく。だが、シーツのあいだに体を横たえたとたんに、彼女は深い眠りに落ちていき、朝までぐっすり眠りつづけた。

翌朝はピーナツバターとジャムのサンドイッチを食べたのち、冷蔵庫のなかを一掃した。こうしておけば、食べ物が傷んだにおいに悩まされることはない。家のなかには相変わらずすべての生物が死に絶えたかのような不気味な雰囲気が漂っていたので、ミシェルはできるだけ屋外で過ごした。

牛の群れを眺めながら、ミシェルはぼんやりと考えた。やはり、牛の一部を今すぐに売りに出すしかない。やせたままで売ってもたいした額にはならないが、とにかく緊急にお金が必要だ。こんなことなら、プライドなどかなぐり捨てて素直にジョンに助けを求め、もっと早くに牛を売りさばいてもらっておけばよかった。もちろん、牛を売るにはいずれにしてもジョンを頼るしかない。誰にコンタクトをとるのか、どうやって牛を運ぶのか、ミシェルはなにも知らなかった。プライドもときには大切だが、こんな事態を招くのは愚か者のすることだ。

これが十日ほど前だったら、さすがにミシェルもジョンに相談することなど考えもしなかっただろう。そのころ彼女はまだ他人が信頼できず、決して弱みなど見せてはならないと思いこんでいたからだ。でも、いくらわたしが距離を置こうとしてもジョンはあきらめないで、文句を言われながらも必要な手を貸してくれた。そのうえやさしくわたしをいざない、愛の歓《よろこ》びまで与えてくれた。まだ少し他人を信用することを恐れる気持もあるが、彼に対する信頼感は着実にわたしの胸のなかで育っている。

その夜は、灯油ランプをともして室内にこもっているのが耐えられないほど蒸し暑かった。井戸からくんできた水で体を洗っても、すぐに肌が汗ばんでしまう。眠るにはまだ早く、気温も高すぎたので、ミシェルは風にでもあたろうとポーチに出た。

顔をなでていくそよ風のおかげで、ようやく人心地がついた。ミシェルは、ふかふかのクッションが置かれた柳細工の椅子に膝を抱えて座り、ふうっとため息をもらした。こおろぎや蛙《かえる》の鳴き交わす声が、ゆったりと彼女を夢の世界へ誘う。いつしかミシェルはまぶたを閉じ、熟睡はしないまでも、平和な時の流れに身を任せてまどろみはじめた。

それから三十分、あるいは二年以上も歳月が過ぎたかと思えるころ、ミシェルは遠くから車が小石を蹴散らしながら近づいてくる音を耳にして、はっと目を開けた。まぶしいヘッドライトに顔を照らされ、思わず目をつぶる。じきに車は母屋の前まで来て停止した。ヘッドライトが消え、エンジン音もとまり、暗闇《くらやみ》に背の高い人影がおり立つ。星明かりでは顔も見分けがつかなかったが、体の細胞の隅々にまで広がる甘ずっぱい感覚だけで、その影の正体がミシェルにはわかった。

ブーツを履いているにもかかわらず、ほとんど足音をたてずにジョンはポーチへあがってきた。

「ジョン……」ミシェルはかすれた声しか出せなかったが、完全に目が覚めて意識がはっきりしてくると、彼に対する小さな不満が頭をもたげた。「どうして電話をくれなかったの？　いつ帰ってくるか知らせてくれると思って、待っていたのに……」

「電話はあまり好きじゃないんだ」それは単なる言い訳にすぎない。ジョンが電話をしなかった本当の理由は、ミシェルの声を聞いてしまったら、彼女が欲しくて眠れなくなってしまいそうだったからだ。

「それでは説明になっていないわ」

「まあ、いいじゃないか。ところで、こんなところで、いったいなにをしていたんだ？　家の明かりが見えなかったから、今日は早めにベッドに入ってしまったのかと思ったよ」

そうだったとしても、ジョンはわたしを揺り起こして、ベッドにもぐりこんでくるつもりだったのだろう。ミシェルはふっと笑みを浮かべた。「あんまり蒸し暑くて眠れないから、風にあたっていたの」

なるほど、とつぶやくなり、ジョンはミシェルの体を抱きあげ、自分が椅子に座って彼女を膝に抱えた。たくましくてあたたかいジョンの腕に抱かれて男らしい香りに包まれると、緊張がとけ、骨までとろけそうになるくらい全身から力が抜けていく。ミシェルはそっとジョンに唇を寄せた。

キスは長く、情熱的だった。ジョンはミシェルの唇がはれあがるまで何度もキスをくりかえした。やがてその手が、彼女の着ている薄いネグリジェのなかへすべりこんでいく。やわ肌をまさぐりはじめたジョンは、ミシェルがその下になにも身につけていないことを知り、びっくりして手をとめた。

「ミシェル、きみは裸同然の格好で、こんなところに座っていたのか?」

「だって、見ている人なんかいないもの」ミシェルはジョンの首筋に唇を押しつけ、そうささやいた。

情熱と欲望に包まれて、ふたりは夢中で愛の甘さに酔いしれた。ジョンの指先が肌にふれた瞬間から、ミシェルは、彼と一緒にベッドに倒れこんで歓びの世界にひたることしか考えられなくなっていた。ジョンの腕のなかで体をひねり、大きなてのひらに丸い胸をもっと押しつけようとすると、彼にやさしくたしなめられた。

「ここじゃだめだよ。さあ、ベッドに行こう」

ジョンはミシェルを抱いたまま、椅子から立ちあがって家のなかに入った。そして、戸口のすぐわきにある照明のスイッチを押す。だが、明かりはつかなかった。

「あれ？　電球が切れているみたいだな」

ふたたび、ミシェルの体に緊張が走った。「電球じゃなくて、電気が切れているのよ」

ジョンは低い笑い声をあげた。「おやおや。それじゃ、懐中電灯はある？　階段で転んで首の骨でも折ったら、最悪だからね」

「テーブルの上に灯油ランプがあるわ」床におろされたミシェルは手探りでマッチ箱を見つけ、一本すった。小さな明かりで手もとを照らしながら、ランプカバーのガラスの筒をとりのぞいて灯心に火を移す。炎がぱあっと燃えあがると、ミシェルはカバーをもとに戻した。

ジョンは左手にランプを持ち、右手でミシェルの肩を抱いて階段をのぼりはじめた。

「電気が切れていることは、電力会社に連絡した？」

ミシェルは笑うしかなかった。「いいえ。向こうは知っているもの」

「電気はいつごろ通じるようになるって？」

いつまでも隠しとおせるはずはないと思い、ミシェルはため息をついてから白状した。

「電気はとめられたの。わたしが料金を払えなかったから」

それを聞いたとたん、ジョンは足をとめ、険しい表情を浮かべてミシェルの顔を見つめた。「なんだって？　いったいいつからとまっているんだ？」

「昨日の午前中から……」

かみしめた歯の隙間《すきま》から、ジョンは鋭い息をもらした。「それじゃきみは、一日半ものあいだ、電気も水もなしで生活していたのか？　まったく、きみの頑固さにはあきれるよ。どうしてもっと早く、請求書をぼくによこさなかった？」最後は怒鳴り声になった。揺らめくランプの炎に照らされ、ジョンの瞳が鋭く光る。

「請求書の支払いまで、あなたの世話になりたくはないのよ」ミシェルはジョンから離れた。

「そんなことを言っている場合じゃないだろう！」荒く息をつきながら、ジョンはミシェルの手を引いて二階のベッドルームへ向かった。部屋に入ると、彼はランプをベッドサイドのテーブルに置き、クローゼットに歩み寄って、その上に置かれているいくつものスーツケースをおろしはじめた。

「ちょっと、いったいなにを始める気なの？」ミシェルがスーツケースをジョンの手から奪いかえす。

それにはかまわず、ジョンはもうひとつのスーツケースをおろした。「きみの荷物をつめるのさ。手伝う気がないのなら、せめてじゃましないでくれ」

「やめて！」クローゼットを開けて服をごっそりとりだしはじめたジョンを、ミシェルは必死でとめにかかった。だが、ひょいと体をかわされてしまった。

ジョンはひと抱えの服をベッドにほうり投げ、ふたたびクローゼットに近づいていった。「ぼくと一緒に来るんだ」容赦のない声だった。「今日は土曜日だ。料金の支払いは月曜日までできないんだぞ。それまで、こんなところにきみをひとりで置いておけるものか。電気が切れたら、水道だって使えないんだろう？」

「水はあるわ。古い井戸にたっぷりとね」

ジョンはののしりの言葉を吐きながら、今度はドレッサーの引きだしに手をかけた。あっというまに、ベッドに投げだされた服の山の上に、下着の山ができあがった。

「あなたの家に寝泊まりするなんて、できないわ」今さらそんなことを主張してもどうなるものでもないと知りながら、ミシェルは言った。「みんなにどう思われるか、わかったものじゃないもの。あと二日くらい、電気がなくても耐えられるわよ」

「みんなにどう思われようと関係ないさ！」ジョンが怒鳴りかえす。「それから、誤解のないようにはっきり言っておくが、きみは今後、ぼくと一緒に暮らすんだ。二日間だけうちに泊まるわけじゃない。ぼくはもう、この家にきみひとりでいて大丈夫だろうかと、四六時中心配しつづけるのはうんざりなんだ。きみって人はプライドが高すぎて、助けが必要なときにも黙っているばかりだ。だったら、ぼくがすべてを把握して、面倒を見ているほうがずっといい。最初からそうしておけばよかったよ」

ミシェルはふるえながらジョンを見つめた。もちろん、ジョンと一緒に暮らしはじめたりしたら、またたくまに噂が広がることは間違いないが、それはミシェルが彼の家に住むことに抵抗する最大の理由ではなかった。そんなことより、一緒に暮らすことで、自分を守る最後の壁が崩れ落ちてしまうことのほうがずっと怖い。物理的な距離がなくなれば、彼に対して心の距離を保てなくなるのも時間の問題だろう。ジョンの家で暮らし、ジョンのベッドで眠り、ジョンが与えてくれる食事をする……。そんなふうに彼に頼りきってしまうのは、どうしても怖かった。

「あなたに面倒なんか見てもらわなくても、わたしはなんとかやっていけてたわ」ミシェルはあとずさりしながらささやいた。

「これが、なんとかやっていけてる状態なのか?」ジョンは別の引きだしの中身をぶちまけながら、大声で尋ねた。「体力もないのに、死にそうなくらい働いて、けがでもしていたらどうするつもりだったんだ？　金もない。安全な車もない。食べるものだってろくにないんだろう？　そのうえ、電気までとめられて――」

「あなたに並べたててもらわなくても、自分にないものくらい、わかってるわ！」

「もうひとつ、きみにないものを教えてあげよう。きみには選択の余地もないんだ。さあ、わかったら、さっさと支度して」

ミシェルは壁にへばりつき、かたくなに部屋の奥の壁を見つめていた。だが、精いっぱい毅然《きぜん》としている彼女の瞳におびえが見えたとき、ジョンは腹部に一撃をくらったかのような衝撃を受けた。

ジョンは部屋を横切り、ミシェルの体を抱き寄せて、その髪に顔をうずめた。そうすることで、彼女のおびえをとりのぞいてやりたかった。「きみはいまだにぼくと距離を置こうとしている。でも、ぼくにはもう、耐えられないんだ。ぼくらのことをみんなに知られるのは、そんなにいやか？　有閑階級の友人が大勢いるきみとしては、ぼくのような男が相手じゃ恥ずかしいとか？」

ジョンの背中に腕をまわし、ミシェルはふるえる声で笑った。「とんでもない」ジョンのことを恥ずかしいと思う女性なんて、いるはずがない。

「じゃあ、なにをそんなに気にしているんだ？」

ミシェルは唇をかみしめた。「わたしが十九歳だったときの夏休みに……あなたはわたしのことを、まるで寄生虫のようだと言ったわよね……」深く心を傷つけられたその言葉を、ミシェルはいまだに忘れられなかった。「あなたは正しかったわ」

「いや、間違っていた」ジョンはミシェルの髪に指をからませ、ささやいた。「寄生虫は一方的に奪うだけで、宿主になにも与えない。でも、きみは違う。あのころのぼくには、そのことがわからなかった。それにたぶん、きみをひとり占めできない悔しさや嫉妬《しっと》が入りまじって、ついあんなことを言ってしまっただけさ。ハニー、ぼくは十年間、きみのことを思いつづけてきたんだ。せっかくきみのすべてを自分のものにできるチャンスが来たんだから、それをふいにするつもりはない」

ジョンはミシェルの顔を上向かせ、あたたかい唇で彼女の口をふさいだ。ミシェルは背のびをしてそのキスを受け入れ、ここは彼に従うしかないと、心のなかで認めた。

しばらくしてジョンの腕からすり抜けると、旅慣れているミシェルはてきぱきと荷物をつめはじめた。荷物がひとつできあがるごとに、ジョンがトラックへと運んでいく。最後には、化粧品とバス用品だけを残して、部屋は空っぽになった。

「必要なものがあったら、また明日とりに来ればいい」ジョンはそう言って、ランプを片手にミシェルを階下へ導いた。

「あなたのハウスキーパーは、いったいなんて言うかしら……」心の傷をいやしてくれた家や牧場をあとにする寂しさを押し隠し、ミシェルは言った。

「いつ帰宅するのか連絡ぐらいくれないと困る、とぼくに文句を言うだけさ」ジョンは笑いながら答えた。「空港からまっすぐここへ来てしまったからね。ぼくの荷物も、車の後ろに積んであるんだ」

ぼくの部屋は、やがてミシェルの服や小物で満たされるだろう。それを眺めるのが、今から待ち遠しい気分だ。これまでジョンは、一度も女性と一緒に暮らしたいと思ったことなどなかった。だが、ミシェルとは片時も離れていたくない。つねに一緒にいなければ、ぼくはとうてい満足できないだろう。

7

翌日の朝遅く、ミシェルは大きなベッドの上で目を覚ました。見慣れない光景が目に入り、ぼんやりした頭で自分がどこにいるのか考える。そう、ここはジョンの家、ジョンのベッドだった。彼はもう何時間も前に起きだし、額に軽くキスをしてから、きみはゆっくり眠っていていいよ、と言って部屋を出ていったのだ。のびをしたミシェルは、自分が裸でいること、そして、体じゅうの筋肉が痛むことに気づいた。ここから動きたくない。ジョンの香りがする枕《まくら》やシーツに、ずっと包まれていたい。

ゆうべ、最後にはすべてが粉々に砕け散るような歓《よろこ》びを感じたことを思いだすと、ミシェルの体はふるえた。ジョンはほとんど寝ていないはずだ。普段の仕事に出かける時間まで、ろくにわたしを眠らせてくれなかったほどなのだから。

わたしも一緒に仕事に連れていってくれたらよかったのに……。ミシェルは、ハウスキーパーのイーディーのことが気になった。ゆうべは簡単に顔を合わせただけでジョンにせかされるままに二階にあがってしまったが、ミシェルはその背の高いハウスキーパーに対し、冷静で、威厳のあるたたずまいの女性だという印象を持った。イーディーはわたしのことをどう思っているのかしら……。

ようやくベッドを抜けだしたミシェルは、いつもより長めにシャワーを浴びた。ここでは、電気代を浮かせるためにお湯を節約する必要もない。家のなかもエアコンがきいていて、適度な涼しさが保たれている。気持の問題は別として、肉体的には彼女がこの家で快適に過ごせることは間違いない。

ミシェルは今まで、ジョンの家を訪れたことがなかった。なんとなく牧場にはよくあるタイプの家を思い浮かべていたのだが、築後まだ八年しかたっていないこの家は、想像とはまるで違っていた。全体にスペインふうのつくりで、高い天井と日干しれんがの壁が熱気をうまく逃がし、花や観葉植物の鉢植えがさわやかな雰囲気を醸しだしている。はじめミシェルは、ジョンにも草花をいじる趣味があったのかと意外に思ったが、それらの植物の世話をしているのはおそらくイーディーだろう。建物はパティオを囲むU字形で、中央にはプールまであった。

家のつくりの豪華さに、ミシェルは驚いていた。たしかにジョンは金に不自由している人ではないが、これだけのものを建てるにはかなりの額がかかったに違いない。余分な利益はたいてい牧場につぎこんでしまうジョンのことだから、もっと実用的で飾り気のない家に住んでいるとばかり思っていた。けれど、部屋の隅々にまでセンスのよさが感じられる居心地のいい家だ。

　いつまでも部屋にこもっているわけにもいかないので、ミシェルは階下へおりていった。コーヒーの香りに誘われて、足が自然とキッチンへと向かう。彼女が入っていくと、イーディーが振り向き、腰に手をあてて言った。

「わたしはね、もうそろそろジョンもこの家に女性を連れてくるべきだと思っていたんですよ」

　淡々としたその表情には少しもミシェルを見下すようなところがなかったので、彼女はほっとした。若さゆえに傲慢《ごうまん》だったころにはまるで気にならなかった人の視線が、人生の苦労を知った今はとても気になる。

　ミシェルは頬をかすかに染め、あらためて自己紹介をした。「ゆうべは、ろくにご挨拶《あいさつ》もできなくてごめんなさい。ミシェル・カボットです」

「わたしはイーディー・ウォードといいます。さて、おなかはすいているかしら？　わたしはこの家のコックでもあるんだけど」

「お昼まで待つわ。ジョンは昼食をとりに戻ってくるんでしょう？」ひと晩同じベッドで過ごしておきながら、そんなことも知らない自分が情けない。

「ええ。家の近くで作業をしている場合はね。それじゃ、コーヒーだけでもいかが？」

「自分でやりますから」ミシェルはあわてて言った。「ええと、カップはどこにしまってあるの？」

イーディーはシンクの左横のキャビネットを開け、ミシェルにカップを手渡した。「いいお話し相手ができて、わたしはうれしいわ。あのカウボーイたちは、おしゃべりの相手にはあまり向かなくて」

おそらく五十代くらいだと思われるイーディーは、女子修道院のマザーのように落ち着きはらっていて威厳がある反面、それなりに人生経験を積んできた女性のようにも見えた。とりあえず、イーディーに反感を抱かれてはいないようだと感じて、ミシェルは緊張をといた。だが、緊張が完全にほぐれる前に、イーディーから控えめに釘《くぎ》を刺されてしまった。

「家事はすべてわたしに任せてください。ジョンはそのためにわたしに給料を払っているんだもの。彼の意向に逆らったりしたら、わたしたちふたりとも、大変なことになりますからね」

そこでミシェルは特別なあてもなく、すべての部屋を見てまわった。あまりの退屈さとむなしさに、いつまで耐えられるか自分でもわからない。牧場で忙しく働いていたときには少しでいいから休みたいと思ったものだが、なんの目的もなく時間を過ごさなければならないのは、かえって苦痛だ。ジョンの家で暮らしはじめたら、いつもふたりは一緒にいて、仕事や悩みを分かちあえるのではないかと、心のどこかで期待していたのに。そう、まるで、結婚している夫婦のように……。

自分の考えに、ミシェルははっと息をのんだ。ジョンの部屋に戻ってクローゼットを開け、指先でそっと彼のシャツの袖《そで》にふれてみる。その隣にはミシェルの服もつるされていたが、彼女はまだよそ者でしかない。これはジョンの家、ジョンの部屋、ジョンのクローゼットだ。わたしもまた、夜明けとともにジョンに忘れ去られてしまう、彼の所有物のひとつにすぎないのかもしれない。

自分をあざけるようにそんなことを考えたが、ミシェルは思いなおした。贅沢《ぜいたく》は言えないわ。どれほどプライドが傷つこうと、わたしはジョンに追いだされない限りここにいることになるだろう。ひそかにジョンに対する思いを抱きつづけるだけの人生には、もう嫌気がさしているのだから。彼が与えてくれるものなら、なんでも受けとりたい。でも本当に望んでいるのは、彼の欲望だけでなく、本物の愛情だ。ジョンと結婚し、パートナーとして、友人として、そして恋人として、彼と生涯をともにしたい。

ふたたび結婚を考えるようになるなんて、ミシェルはわれながら意外だった。たとえ相手がジョンであってもだ。男性に対する信頼感や人生の希望というようなものは、ロジャーによって粉々に打ち砕かれたと思っていた。しかしミシェルの心には、灰のなかからよみがえる不死鳥のように、また他人を信頼する気持がふくらんできていた。

そのときはじめて、ミシェルは自分が深い傷から回復しつつあることを悟った。ロジャーとの結婚生活で味わった恐怖と恥辱によって人生は狂わされたが、完全に破壊されたわけではなかったのだ。こんなふうに心がいやされたのは、ほとんどジョンのおかげと言ってもいいだろう。ずっと胸に秘めていた彼に対する愛が、わたしを支えてくれたのだから。

やがてミシェルはとうとう我慢できなくなって、家から飛びだした。みんなの仕事のじゃまをする気はなかったので、ひとりであたりを歩きまわり、勝手に見学することにする。ジョンの牧場はミシェルのところとは違って、すべてがきちんと手入れされていた。厩《きゆう》舎《しや》やフェンスもつねにペンキが塗り替えられているようだ。元気で健康そうな馬が何頭か、囲いのなかで跳ねまわったり、放牧地で草をはんだりしているのが見えた。貯蔵庫の飼料も、ミシェルの牧場とは比べものにならないくらい充実している。うちの牧場も、以前はこんなふうに活気があったんだわ。その光景を思いだした彼女は、いつかふたたび自分の牧場にも活気を呼び戻そうと、決意をあらたにした。

夕方になってやっと家に戻ってきたジョンは、キッチンにある裏口からなかに入ってすぐにミシェルの姿を見つけ、深い満足感を覚えた。一日じゅう、いや、八年前にここを建ててからずっと、ジョンはこの家の屋根の下で暮らす彼女の姿を見たいと思いつづけてきた。この家に対して彼女がどんな感想を抱くか知りたいと思いつづけてきた。もちろんこの家は、パームビーチにあるような大邸宅とは違う。しかし、居心地はよく、美しくて、そこそこ贅沢な感じのするつくりになっているはずだ。

ミシェルはまるで早朝の太陽のように、光り輝いて見えた。それに引きかえ、ぼくは汗とほこりにまみれ、顎にはうっすらとひげものびている。このまま彼女を抱きしめたら、クリーム色のドレスを汚してしまうだろう。とにかく、顔と手だけでも洗わなければ……。ジョンははやる心を抑え、うなるような声でミシェルに言った。「一緒に来てくれ」

板石を敷きつめた床にブーツの足音を響かせて二階へあがっていくジョンのあとを、ミシェルは少し遅い足どりで追っていった。もしかしたらジョンは、わたしをこの家に連れてきたことをすでに後悔しているのかもしれない。だって彼は、わたしにキスもしてくれない。それどころか、ほほえみかけてさえくれないんだもの。

ミシェルが部屋に入るころには、ジョンは汗で汚れたシャツを床に脱ぎ捨てていた。広い肩とたくましい上半身が目に飛びこんでくると、思わず彼女は身ぶるいした。肌を重ねたときの彼の心地よい重さを思いだしたからだ。

「今日はなにをして過ごしたんだ?」バスルームに向かいながら、ジョンが尋ねた。

「なにも」頭のなかに広がる危険な考えを振りきるように、ミシェルはうらめしそうに答えた。

バスルームからばしゃばしゃという水音が聞こえてくる。数分後に部屋へ戻ってきたときには、ジョンの顔はすっかりきれいになっていた。ぬれた黒髪がこめかみのあたりで小さくカールしている。彼はミシェルを見てわずかに険しい表情を浮かべ、ブーツを脱ぎ、ベルトをはずしにかかった。

ミシェルの心臓の鼓動が速くなる。ジョンはわたしを今すぐベッドへ誘いこむつもりなんだわ。その前に話をしておかなければ。でも、どう切りだせばいいのだろう。ミシェルは、彼が脱いだブーツをクローゼットにしまおうとして拾いあげた。「ちょっと待って。少し話がしたいの」

待つ理由などどこにもない、とジョンは思った。「話って?」そう尋ねながら、ファスナーをおろし、ジーンズを脱ぎはじめる。

ミシェルは深く息を吸いこんだ。「今日は一日、することもなくて、とっても退屈だったわ」

ジョンは背筋をのばし、彼女を見つめかえした。なるほど、高価なものを手に入れたら、それなりの維持費もかかるというわけか。「わかった。きみにメルセデスのキーを渡しておくよ。明日には、銀行にきみの口座も開こう」

その言葉が意味することに気づいて、ミシェルは愕然《がくぜん》とした。とんでもない!　わたしはジョンのペットにも人形にもなるつもりはないわ!　激しい怒りがこみあげてきて、たちまち自制がきかなくなる。気がつくと彼女は、ジョンに向かってブーツを投げつけていた。

驚いたジョンは、最初に飛んできたブーツは反射的によけたものの、ふたつめはよけきれなかった。「いったい、どうした――」

「違うのよ」ミシェルは叫び、緑色の炎のような目でジョンをにらんだ。体のわきで、両のこぶしがぶるぶるとふるえる。「お金も、車も、欲しくないわ。それよりわたしは、うちの牧場にいる牛の世話がしたい。一日じゅう家に残されて、セックス人形みたいにあなたの帰りを待つだけなんていや！」

ジョンはジーンズを蹴《け》り捨て、下着一枚の格好になった。彼のなかにも怒りが燃えあがりそうになったが、無理やりこらえて静かな声で言う。「きみをセックス人形扱いしたつもりはない。いったいどうして、そんなふうに思ったんだ？」

はた目にもわかるほど、ミシェルの体は怒りのせいでふるえていた。「だってあなたは、帰ってくるなり部屋にわたしを連れてあがり、服を脱ぎはじめたじゃない」

ジョンは眉をあげた。「それは、ぼくがひどく汚れていたからさ。まず顔と手を洗わなければ、きみにキスもできなかったからだよ。そのきれいなドレスを汚したくなかったし」

ドレスを見おろすミシェルの唇は、わなわなとふるえていた。「服なんて洗えばすむのよ。一日じゅう家にこもって、漫然と暇をつぶすくらいなら、外で働いて汚れるほうがはるかにいいわ」

「その話にはもう決着がついたはずだ」ジョンはミシェルに近づいて、肩をやさしくつかんだ。「きみには牧場の仕事は向いていない。あれくらいの仕事を楽にこなせる女性もいるだろうが、きみは体力がなさすぎるよ。ほら、自分の腕を見てごらん」ミシェルの肩から腕を伝っておりていったジョンの手が、彼女の手首をそっと持ちあげた。「骨だって、こんなに細いじゃないか」

ミシェルはジョンの胸に寄りかかり、涙まじりに訴えはじめた。「わたしはそんなに役たたずじゃないわ……迷った牛を追うことくらいできるわよ……一緒に連れていってくれさえしたら……」

泣きじゃくるミシェルを、ジョンはぎゅっと抱きしめた。「きみの体を心配しているだけだ。誰も、役たたずだなんて言っていないよ。ぼくは、きみがひとりでフェンスを修理しているのを見たとき、心臓がとまりそうになった。もしもあの有刺鉄線が体に巻きついていたら、きみは大けがをしていたかもしれないんだよ」

「それはあなたも同じでしょう？」

「だが、可能性はだいぶ低い。わかってくれよ、ハニー、きみを危険な目にあわせたくないんだ」

何度議論をむしかえしても、ジョンは頑として意見を曲げようとしなかった。しかし、ミシェルのほうもそう簡単に引きさがるわけにはいかなかった。「それじゃあなたは、まる一日、なにもすることがない人の気持を考えたことがある？　みんなが働いているのを、ただ指をくわえて眺めていなきゃならない人の気持を。イーディーだって、少しも家事を手伝わせてくれないのよ」

「それは当然だ」

「わたしの言っていること、わかるでしょう？　それともあなたは、わたしに一日じゅうずっと座っていろとでも言うの？」

「ああ。きみの主張はよくわかったよ」ジョンは低い声で言って、やさしくミシェルの背中をなではじめた。しだいに彼女も落ち着いてきて、ジョンの首に腕をまわしてきた。ミシェルを退屈させないように、なにか手だてを考えなければ。でも、こうして彼女のあたたかい体にふれていると、なにも考えられない。甘い香りに鼻をくすぐられると、欲望が体の奥底からこみあげてくる。

　ためらいを感じながら、ジョンは少しだけミシェルから体を離した。「あと十分ほどで夕食の用意ができる。その前にぼくはシャワーを浴びるよ。馬のにおいが体にしみついているからね」

　土と汗と太陽と革のにおいが入りまじったジョンの男らしい香りなら、ミシェルは少しも気にならない。気がつくとまたミシェルは彼の腕に抱かれ、顔に裸の胸を押しつけられていた。彼女は思わずそっと舌を出し、ジョンの肌をなめた。

　そのとたん、ジョンの頭からシャワーを浴びることなど吹き飛んでしまった。彼はミシエルの金色の髪に手を差し入れて顔を上に向かせ、この十数時間、ずっと我慢してきたキスを奪った。

そうやってジョンにふれられるたびに、ミシェルはいつでも彼の腕のなかにとけこんだ。みずから唇を開いて、ジョンの望むだけ自分を与えた。彼を愛することには果てがない。身も心も、それまで知らなかった高みへと舞いあがっていく。今ここで、ふたりがベッドに倒れこまずにいられるのは、ミシェルの意志ではなく、完全にジョンの意志によるものだった。

「シャワーを浴びるよ」ジョンは顔をあげ、少しつらそうにつぶやいた。「食事のあとは、今夜じゅうに処理しておくべき事務的な仕事があるんだ」

仕事なんかほうっておいてわたしと一緒にいて、という言葉を期待されている気もしたが、ミシェルはあえて黙っていた。牧場を切り盛りしていくうえで、どうしても先にのばせない仕事があることは、誰よりもよくわかっている。「わたし、とってもおなかがすいているの。だから、シャワーは急いで浴びてね」ミシェルはジョンの腕から身を引き、にっこりとほほえんだ。

夕食の席で、ミシェルは自分でも驚くくらいリラックスしていた。ジョンの存在がとても自然に感じられる。正式には彼の使用人であるイーディーも、ふたりと一緒に食卓を囲んだ。形式ばらないその雰囲気がミシェルは気に入った。イーディーのおしゃべりが空白を埋めてくれるおかげで、黙ってあれこれ考えていてもあまり目立たないことがありがたくもあった。

食事が終わると、ジョンはミシェルに素早くキスをして、ヒップをぽんとたたいた。

「できるだけ早く仕事を終えるから、そのあいだ、ひとりで暇をつぶしていてくれるかい？」

「わたしも行くわ」

ジョンはため息をつき、彼女を見おろした。「きみがそばにいたんじゃ、仕事が手につかないよ」

挑むような目つきでミシェルは彼を見かえした。「あなたって、救いようのない男性優越主義者なのね！　仕事には行っていいわ。でも、なにをすればいいのかわたしに教えて。そうしたら、今後は事務的な仕事はわたしがやるから」

突然、ジョンの顔色が変わった。「ぼくは男性優越主義者なんかじゃない」それに、帳簿の管理をミシェルに任せたりもしたくなかった。

だが、彼の心を読んだかのように、ミシェルは腰にこぶしをあてて言った。「なにか仕事をさせてくれないなら、わたしは自分の家に帰らせてもらうわ。今すぐにね」

「きみに帳簿の管理ができるのか？」

「こう見えてもわたし、大学では経営学を副専攻していたのよ」そう言うとミシェルは、考えこんでいるジョンを残して、彼のオフィスへ向かった。

「ミシェル、だめだよ」あとを追ってきたジョンが、いらだたしげに彼女を引きとめる。

「わたしに帳簿を見られたら、なにかまずいことでもあるの？」ミシェルは大きなデスクの向こう側の席に陣どり、ジョンに問いただした。

「仕事をさせるために、きみをここへ連れてきたんじゃない」

「ここなら、けがをする危険もないわ。それとも、このわたしには、ペン一本さえ重すぎて持てないとでも言うつもり？」

ジョンはミシェルを抱きあげて椅子からどかせたかったが、顎をつきだしてジョンをにらみつけている彼女を前にすると、へたなことはできなかった。無理やり言うことを聞かせようとしたら、きっとミシェルは本気でこの家から出ていってしまうだろう。仕方がない。少なくともここなら、牛追いをするよりは安全だ。帳簿のほうは、あとでもう一度ぼくが目を通せばいい。「わかったよ」

「ご高配いただいて、感謝するわ」

「今夜のきみは生意気だな」ジョンはぶつぶつ言いながら、別の椅子に腰をおろした。

「こんなことなら、夕食の前にベッドに入って、きみをもっと手なずけておくんだったよ」

「そういう考え方が、いかにも男性優越主義的なのよ」ミシェルはやりかえした。

ジョンは表情を曇らせたが、それ以上は反論せず、ミシェルに請求書や領収書の束を手渡した。「数字を間違えたりしないでくれよ。ただでさえ国税局はうるさいんだからな」

「父が亡くなってから、ずっとわたしが帳簿を管理していたんだから、それくらい知っているわ」

「あの牧場の悲惨な現状を見れば、きみの帳簿管理能力はたかが知れているよ」

ミシェルは顔を引きつらせ、視線をデスクに落として仕事に集中しはじめた。まずはじめに日付順に伝票を整理し、数字を元帳にていねいに書きこんだのち、電卓をたたいて金額を合計する。念のために、再度計算して数字が合っていることを確認してから、ミシェルは元帳をデスクの前に押しだした。「計算が間違っていないか不安だったら、自分の目でたしかめてみて」

渋い面持ちで作業を見守っていたジョンは、念入りに数字をつきあわせてから、ようやく元帳を閉じた。「大丈夫のようだな」

ミシェルの目が細くなる。「言うことはそれだけなの？　この年になるまで結婚できなかったのも、無理ないわね。どうせ、女には、二足す二の暗算もできないと思っていたんでしょう？」

「結婚していたことはあるさ」ジョンはぴしゃりと言いかえした。

思いがけない言葉に、ミシェルはひどく驚いた。そんな話は誰からも聞いたことがない。その瞬間、ミシェルは見知らぬ女性に対して、激しい嫉妬《しっと》を感じた。「誰と……いつごろ？」

「ずっと昔の話さ。ぼくは十九歳になったばかりの、情熱に歯どめがきかない若者だった。なぜ彼女がぼくと結婚する気になったのか、いまだにわからない。彼女はたった四カ月で牧場での暮らしに見切りをつけ、出ていったんだ。生活のために二十四時間働きづめの夫には、ほとほと愛想をつかしてね」

淡々とした声だったが、そこには言いようのない屈辱感がにじみでていた。ミシェルは急に寒気を感じた。「どうして誰も、そのことをわたしに教えてくれなかったのかしら?」

ジョンは肩をすくめた。「離婚が成立したのは、きみたちがここへ越してくる七年も前だ。そのころにはもう、噂《うわさ》もすたれていたんだろう。だいいち、地元の連中とよく知りあう前に彼女は出ていってしまったからね」

「その人は今、どこにいるの?」ミシェルは、ジョンの前妻が近くで暮らしていないことを願った。

「知らないんだ。なんでも、離婚が成立した直後、年寄りの大金持と再婚したっていう話だが、ぼくにとってはもう、どうでもいいことだから」

どれほど相手が裕福であっても、ジョンよりほかの男性を選ぶ女性がいるなんて、ミシエルにはとても信じられなかった。彼とともに暮らすためなら、みすぼらしい小屋に住み、ながらが蛇を食べる生活だって、わたしはきっといとわない。でも、これで、ジョンがあれほど有閑階級を忌み嫌う理由がわかった。だからこそ、父親のお金で遊びまわっているようにしか見えなかったわたしを、ジョンはいつも批判してきたのだ。だけど、でもそれにしては、今の彼の態度はおかしいわ。わたしにまったく仕事をさせようとしないのは、なぜなの？

明らかにショックを受けているミシェルを見つめながら、ジョンは考えていた。自分が結婚していたことなど、今では思いだすこともめったにない。それどころか、妻だった女性がどんな姿をしていたかさえ、ほとんど忘れているほどだ。どこかで偶然出会っても、おそらく気づかないだろう。

それに比べて、ミシェルのことは、彼女が遠くフィラデルフィアにいたときも忘れたことはなかった。彼女がこの土地へ戻ってきたとき、その顔も、仕草も、太陽のようにまぶしい金色の髪も、すべてが記憶にあるとおりだと感じたものだ。どんなときでも気高く、美しく、クールなミシェル。だが、ぼくと愛を交わすときだけは、その体は熱い液体のようにとろけてしまう……。腰に巻きついた彼女の脚の感触を思いだして体が熱くなり、ジョンは椅子の上で身じろぎした。

ミシェルはふたたび書類の山の整理にとりかかった。これ以上、ジョンの過去を詮索《せんさく》したくない。それに、話の矛先が自分のほうに向いて、ロジャーとの結婚について逆に尋ねられたりしたら大変だ。だったら、仕事に意識を集中したほうがいい。ちょうど、牛を売るにはどうしたらいいか、ジョンに相談もしたいところだったし。

「ねえ、あなたのアドバイスを聞かせてもらえないかしら。わたし、牛に肉をつけてから売りに出すつもりでいたんだけど、運営資金が足りないから、今すぐ売れるぶんだけ売ってしまいたいの。どこにコンタクトをとればいいか、どうやって牛を運べばいいか、教えてくれない？」

ジョンは今、牛のことなど考える気分ではまったくなかった。脚を組み替えたミシェルのドレスの裾《すそ》のあたりに、視線が引き寄せられていたからだ。「牛が充分に肥えてから売ったほうが、はるかにいい金になるよ。それまでの資金は、ぼくがなんとかするから」

ミシェルはさっと顔をあげてジョンに抗議しようとした。だが、情熱的な目で見つめられていることに気づくと、言葉が出なくなった。

「そろそろ、二階へあがろうか」ジョンが言った。

そのとたん、怖いほど激しい歓びの予感が、ミシェルの全身に押し寄せてきた。あらがうこともできず、彼女はふるえながら立ちあがり、ジョンに導かれてオフィスをあとにした。

ベッドルームに入ると、ジョンはドアに鍵《かぎ》をかけた。そして、ミシェルの背中にまわって、ドレスのファスナーを引きおろす。「怖がらなくていいよ。それとも、こんなにふるえているのは、期待に胸を躍らせているせい？」

「そんな……」開いたドレスの背中からジョンの手がすべりこんできて、裸の胸をてのひらで包みこまれると、ミシェルはたまらない気分になって彼に体を預けた。

「あるいは、その両方？」ジョンはささやいた。「いったいなにが怖いんだい？」

胸の頂を指でやさしくこすられて、ミシェルの呼吸はしだいに浅くなってきた。「自分がこんなふうに感じてしまうことが……」

「きみもぼくに、同じように感じさせてくれる」欲望が高まってくるにつれ、ジョンの声もかすれてきた。「すぐにでもきみとひとつにならなければ、この体が爆発してしまいそうな気がする。でも、やわらかくて、しっとりと吸いつくようなきみのなかに入れば、結局は爆発してしまうんだけどね」

そんな愛のささやきが、ミシェルの体をいっそうふるわせた。背中からジョンに支えられていなければ、膝がとろけてその場に崩れ落ちてしまいそうだ。ミシェルはありったけの思いをこめて、ジョンの名前をささやいた。彼の吐息が耳にかかった。

「ああ、きみはなんてセクシーなんだ」ジョンはミシェルのドレスの裾をまくりあげ、腿からヒップへ、さらにその上へと手を這《は》わせていった。「ずっとこうしたくて、頭がどうかしてしまいそうだったんだ……こんなふうに……」

下着がおろされていくと、ミシェルの口からあえぎ声がもれた。身につけているものの一部だけを脱がされると、なにもまとっていないときより、よけいに無防備になったような気がする。

「ああ、ミシェル……さあ、いいかい？」

ミシェルは答えようとしたが、熱い吐息がもれただけだった。ジョンの手が、今の質問の答えをたしかめるかのように、彼女のひそやかな草むらをまさぐりはじめる。巧みな指の動きに、ミシェルの体はたちまち火がついたようになった。花びらが一枚ずつゆっくりと開いていくように、ジョンと愛を交わすたびに、彼女はそれまで知らなかった自分を知り、歓びに目覚めていった。ジョンくらい豊かな経験を持つ男性が、わたしの肌にふれるだけで欲望にわれを忘れてしまうこともあるなんて……。二十八年間生きてきて、ミシェルは今はじめて、ジョンの手で、女としての歓びを知った。

ついにミシェルは耐えきれなくなり、ドレスをするりと床に落としてから、ジョンの服をはぎとりはじめた。深みのある彼の笑い声が響く。やがてふたりは生まれたままの姿になって、ベッドに倒れこんだ。

次の朝、ミシェルは満たされた顔つきで、ジョンよりも早くベッドから跳ね起きた。

「きみはまだ起きなくていいよ」かすれた声でジョンはささやいた。「もっとゆっくり寝ていたらどうだ？」実際、激しく愛しあった翌朝、全身の肌をうっすらと紅潮させたミシェルが自分のベッドに横たわっているという光景は、じつに魅力的だ。

しかしミシェルは、目もとにかかる髪をかきあげ、裸でベッドから出ていくジョンに向かって宣言した。「今日は、わたしもあなたと一緒に行くわ」そして、彼を追い越してバスルームへと駆けこんだ。

あとからすぐに入ってきたジョンは、シャワーを一緒に浴びながら、目を細めてミシェルを見つめた。当然反対されると思っていた彼女の予想に反して、ジョンはぼそぼそとつぶやいた。「仕方がない。それできみが幸せになってくれるならかまわないよ」

ミシェルは飛びあがりたいほど幸せな気分になった。過保護すぎるジョンが相手では、いくら説得を試みても無駄だと内心あきらめかけていたのだから。でも、わたしにだってできることはある。それを彼に見せてやればいいのよ。簡単なことだわ。

それから三週間後、ミシェルは深い幸福に包まれていた。今や、事務処理は彼女がひとりで完全にとりしきるようになっている。そのおかげで、ジョンにはゆっくり過ごせる時間も増えた。彼はすでに、ミシェルがつけた帳簿の確認作業をやめてしまっていた。ただの一度もミスを発見したことがなかったからだ。ミシェルがオフィスで働くのは週に三日だけで、それ以外はジョンと一緒に馬に乗り、ともに時間を過ごすようになっていた。

ミシェルがずっとそばにいてくれるのも、なかなかいいものだ。最初のうちは彼女の身になにかあってはと不安を覚えていたジョンも、いつしかそう思うようになった。なにかうまくいかないことがあって悪態をつきたくなったときなど、彼女のほほえみを見るだけで心がなごむ。ミシェルは、ほこりも、暑さも、においも、まるで気にならないようだった。というより、自分だけの世界に浸っていて、外の世界で起きていることには無関心なようにさえ見受けられる。ジョンが知っているミシェルは、よく笑い、明るい冗談を言う、パーティーやダンスの大好きな社交的な女性だった。だが、最近のミシェルはめったに声をあげて笑わない。あのはじけるような笑い声は、いったいどこに消えてしまったのだろう。みんなの心をとりこにする、あの陽気な笑い声は……。

いくらミシェルの存在に慣れてきたとはいえ、ふたりがともに過ごすようになってからそれほど日もたっていないので、ジョンはなるべくほかの男たちをミシェルに近づかせないようにしていた。ふたりは毎夜、情熱的に求めあい、それでもなお欲望は衰えることを知らず、激しくなるばかりだった。

ある朝、ミシェルはひとり家に残ってオフィスで仕事をしていた。その日はやけに電話がよくかかる日で、いつも素早く受話器をとってくれるイーディーが買い物に行っていていないため、そのたびにミシェルは仕事を中断されて、いらだちがつのっていた。そこへまた、一本の電話がかかってきた。

「はい、ラファティーですが」

ミシェルがそう言っても、相手は無言のままだった。だが、かすかな息づかいだけは聞こえてくる。どうやら相手は、用心深く息を殺そうとしているようだった。といっても、わいせつないたずら電話とはどうも感じが違う。

「もしもし？　聞こえますか？」ミシェルは声をあげて尋ねた。すると、かちゃっと小さな音がして、電話は切れた。

今の電話の主が男であることは間違いないと、ミシェルは直感した。もしかしたら、どこかのティーンエイジャーの男の子が退屈しのぎにでたらめに番号を押して、電話をかけてきただけかもしれない。あるいは、単なるかけ間違いとか。でも……。ミシェルは全身に冷たいものが広がるのを感じた。

明白な理由もないのに、ここ三週間ではじめて、ミシェルはひとりでいることが心の底から怖くなった。背筋を走る寒気はいっこうにおさまる気配がない。突然、彼女は家のなかにいるのが恐ろしくなり、熱い太陽のもとへ飛びだしていった。ジョンに会わなければ。彼の姿を見るだけでも、荒っぽいののしり声を聞くだけでもいい。ジョンの熱さだけが、このなんともおぞましい寒気を吹き飛ばしてくれるはずだ。

二日後、電話のベルが鳴ってたまたまミシェルが出ると、またしてもそれは無言電話だった。彼女はふるえる手で受話器を握りしめ、静かな吐息に耳を澄ました。だが、すぐに受話器の置かれる音がして、電話は切れてしまった。ミシェルは気分が悪くなった。いったい誰が、こんないたずらを？

8

シルクのようにつややかな髪をなびかせながら、ミシェルは神経質な猫のように落ち着きなく部屋のなかを行ったり来たりしていた。

「わたし、行きたくないわ。どうして勝手に、ふたりで行くなんてアディーに約束してしまったの？」

「だって、行くかどうかきみにきいても、あれこれ理由をつけて行かないって言われるのがわかっていたからさ。ちょうど、今みたいに」

うろつきまわるミシェルを、ジョンはじっと見守っていた。いつもはしなやかな体の動きも、気持が乱れているせいか妙にぎこちない。ミシェルがこの家に移り住んで一カ月ほどたつが、自分の家にたまに戻る以外に、彼女はジョンの牧場の敷地から一歩も外へ出ようとしなかった。メルセデスのキーも渡してあるし、銀行に口座も開いてやったのに、ショッピングに出かけたことすら一度もないようだ。それに、これまでにも何度か週末に近所の人々が集まるパーティーに誘われたことがあったが、そのたびにミシェルはなにか言い訳を見つけて出席を拒んでいた。

はじめジョンは、もしかしたらミシェルは、うなるほど金がある大富豪でもなければ洗練されてもいないぼくのような男とつきあっていることが恥ずかしくて、人前に出たがらないのだろうか、と思った。だが、どうもそういうことではなさそうだ。ミシェルは財産の多寡で人を判断するような女性ではない。今のジョンにはよくわかっていた。もしも彼女にぼくとの生活を恥じる気持が少しでもあったら、あれほど大胆に、情熱的に、毎晩ぼくの腕に飛びこんでくるはずもない。

ほかにも、一緒に暮らしてみてはじめてわかったことがいろいろあった。ミシェルは決して、労働をくだらないものだとは思っていない。ただ、過保護なくらい大切に扱われてきたせいで、働く機会がなかっただけだ。ミシェル自身は、本当は働くことが好きなのだ。なのにぼくは最初ちっともわかろうとせず、彼女から仕事をとりあげて、金やもので幸福を与えようとした。彼女の父親のラングリーと同じように。

もしかするとミシェルは、結婚もしていないのに一緒に暮らしていることがうしろめたいのかもしれない。マイアミなどの大都市ではそんなカップルも珍しくないが、このあたりの田舎町では道徳観念もまだまだ保守的だ。ジョン自身は、どんな噂《うわさ》をたてられてもいっこうに動じなかった。彼は単に、ミシェルは自分のものだと思っているだけだった。その体を抱きしめ、ベッドの上で愛を交わすことで、ジョンは彼女を自分のものにした。

熱い抱擁をくりかえすたびに、ふたりの絆《きずな》は強くなった。

それはさておき、ミシェルがこの敷地から出ようとしない理由がなんであれ、こんな隠《いん》遁《とん》生活にはそろそろ終止符が打たれるべきだ、とジョンは思っていた。もしも彼女がいまだにふたりの関係を隠したがっているのなら、あいにくだがそれも今日までだ。ミシェルはもうぼくのものだということを、彼女自身にも認めさせなければ。

ジョンは、ミシェルがまだなにか彼に隠していることがあると感じていた。肉体的な距離はなくなったが、精神的に彼女はいまだに距離を置こうとしている。ときにミシェルは暗く沈んでしまい、ものも言わなくなることがあった。そんなとき、どうかしたのかと尋ねてみても、いつだって彼女はなんでもないとしか言ってくれなかった。

だがジョンは、ミシェルのすべてが欲しかった。体だけでなく、心のすべてでも。以前のように声をあげて笑ってほしい。怒りをむきだしにして皮肉のひとつも言ってほしい。そうじゃなきゃ、彼女らしくないじゃないか。彼女が変わってしまったのは、ぼくに借りがあると感じているからなのだろうか……。

ミシェルはベッドに座り、唇をとがらせてジョンをにらみつけた。「わたしは行きたくないの」

「でも、きみはアディーのことが大好きだっただろう？」ブーツを脱いだジョンは、シャツも脱ごうと立ちあがった。

「ええ、好きよ」

「だったら、どうしてパーティーには行きたくないなんて言うんだ？　だいたい、こっちへ戻ってきてから、まだ一度も会っていないそうじゃないか」

「だって、とても友達と会う気分じゃなかったのよ。あのあと突然父が亡くなったし、仕事だってとっても忙しかったし」

「今は、そんなに忙しくはないはずだ」

ミシェルの瞳が燃えるように光った。「出会ってからもう十年たつけれど、あなたのそういう強引さって、まるで変わっていないみたいね」

ジーンズを脱ぎ捨てるジョンの顔に、笑みが浮かんだ。そうとも。こんなふうに怒ってこそミシェルだ。「落ち着いて」ジョンはベッドに近づき、ミシェルの隣に腰をおろして、彼女の背中をさすりはじめた。「パーティーに来るのは、みんなきみの知っている連中ばかりだ。気楽な集まりだよ。きみは昔からパーティーが大好きだっただろう？」

この牧場から外へ出るのは不安でたまらない、などと言っても、ジョンには納得してもらえないだろう。理由を尋ねられるに決まっている。けれど、無言電話が二度かかってきたというだけでは、なんの説得力もない。それでもミシェルは、ジョンの目が隅々にまで行きとどいている聖域を一歩でも出たら、なにかとんでもないことが自分の身に起こるような気がして仕方がなかった。

・

たぶん、単なる間違い電話にここまで過敏に反応するほうがおかしいのだろう。これも、悲惨な結婚生活が心に残した傷のひとつというわけだ。ミシェルはため息をつき、ついにあきらめたように言った。「わかったわ。行けばいいんでしょ。パーティーは何時から始まるの？」

「あと二時間くらいかな」ジョンはミシェルにキスをした。彼女の体から緊張がとけていくのがわかる。だが、なおもミシェルは心を開こうとはしなかった。いったいなにが、彼女の心に引っかかっているのだろうか。

ミシェルはジョンの腕からすり抜け、頭を振りながら立ちあがった。「それなら、支度をする時間もまだたっぷりあるってわけね」

「シャワーを一緒に浴びる？」最後に下着を床に落として、ジョンが誘った。「少しくらい行くのが遅れても、ぼくはいっこうにかまわないよ」

引きしまったジョンのセクシーな姿に目を奪われ、ミシェルはごくりとつばをのみこんだ。「いいえ、いいわ。どうぞお先に」

行くことには同意したものの、ミシェルはまだ不安でたまらなかった。近所の人たちは、わたしが置かれている状況についてどこまで知っているのだろう。他人に同情されるなんてごめんだわ。ましてや、ジョンの家に住んでいることを物珍しげに噂されたりしたくない。だが、それほどいやな思いをすることもないだろう。このあたりの牧場主はみな善良な人ばかりだ。それに、今日のパーティーは、上は七十代から下は子供まで、さまざまな年齢の客が家族を連れてくる気さくな集まりのはずだもの。

ジョンに続いてシャワーを浴びたミシェルは、ぬれた髪を頭の後ろで小さくまとめ、バスルームから出てきた。化粧はほとんどしていない。白いTシャツをさらりと着て、その下には同じく白のルーズなコットンパンツ、足には質素なサンダルを履いていた。ほかの女性だったらだらしがなく見えてしまいそうな服装だが、ミシェルが着るとシックに映る。

「水着を持っていくのを忘れるなよ」今日のようなパーティーでミシェルがいつも楽しそうに泳いでいたことを思いだし、ジョンは言った。

ミシェルは目をそらし、ハンドバッグの中身をたしかめるふりをした。「今日は泳がないわ」

「どうして?」

「そういう気分じゃないから」ミシェルは抑揚のない声で答えた。

またか。ジョンはうんざりした気分になった。ぼくがミシェルの気持を探ろうとすると、いつだって彼女は感情を押し殺したような声になる。ジョンは眉根を寄せて、鋭い視線を彼女に向けた。それにしてもこのミシェルが、泳ぐ気分じゃない、などと言ったことが過去にあっただろうか。彼女の父ラングリーは、フロリダへ越してくるとまず最初に、娘のためにプールをつくった。彼女が結婚して家を出ていくと、やがてそれは使われなくなり、ついには水も抜かれてしまったが。

考えてみると、ぼくの家で暮らすようになってから、ミシェルは一度もうちのプールで泳いでいない。ジョン自身は仕事が忙しくて泳ぐ暇さえなかったが、八年前、この家を建てたときにプールをつくったのは、じつはミシェルのためだった。この家も、さまざまな家具や調度も、プールも、そしてあのメルセデスも、すべて彼女のことを念頭に置いて手に入れたものばかりだ。なのにミシェルは、どうしてプールや車を使おうとしないんだ？

いぶかしげな視線を向けられていることは感じたが、それ以上ジョンから問いつめられなかったので、ミシェルはなにも言わなかった。泳ぎたくない気分だという答えで、彼が納得してくれているといいけど。本当は、ミシェルは泳ぎたくてたまらなかった。ほてった肌に心地よい水の冷たさが懐かしい。けれどミシェルは、人前で水着姿になることだけはどうしてもできなかった。背中の傷あとは今ではほとんど目立たなくなっているのだが、もしかしたら誰かに気づかれてしまうかもしれないという強迫観念が、頭から離れなかった。

ジョンの前で服を脱ぐときでさえ、できる限りミシェルは背中を見せないようにしていた。いったんベッドに入ってしまえば、ベッドサイドの明かりがついていても部屋は薄暗いし、ジョンの気持は別のことに集中しているので傷あとに気づかれる心配はほとんどない。それでもミシェルは、ことがすむとできるだけネグリジェを着て寝るようにしていた。

傷あとを見られ、なにがあったのかときかれることが、彼女はなにより怖かった。

パーティーはミシェルの予想どおり、食べ物や飲み物がふんだんに用意された、なごやかな雰囲気のものだった。昔からの友人であるアディー・レイフィールドは、子供をふたり産んで少しふっくらしたようだったが、あたたかくて明るい人柄と話し好きの性格は今も変わっていない。彼女の夫のスティーブも、しゃべりだしたらとまらない妻の口をときおり手で覆うことで、会話に参加した。口をふさがれると、アディーは誰よりも大きな声で笑った。

「あれはね、結婚前からのふたりだけのジョークなのよ」ミシェルと一緒にタコスをつくりながら、アディーが言った。「デートのとき、ああでもしなければ、スティーブはわたしにキスもできなかったから。それにしても、ミシェル、ますますきれいになったじゃない！　きっと、背の高い誰かさんのおかげね。昔はわたしも、彼に声をかけられるだけでうっとりしたものだけど。でも、あなたったら、彼とはなんの関係もないわ、なんて言っていたくせにちゃっかりこんなことになるなんて、まったく嘘《うそ》つきなんだから！」

そんなふうに陽気にからかわれると、ミシェルも声を合わせて笑うしかなかった。

プールの反対側からふたりの姿を見つめていたジョンは、心から楽しそうに笑うミシェルを見て息をのんだ。熱いものがこみあげてきて体に変化が起きる。彼はあわてて遠くに見える牛の群れに視線を移して、高まりを隠すように脚を組み替えた。

来る前は不安だったが、ミシェルは今日のパーティーを楽しんでいた。仲間内だけの気楽な集まりが、じつはとても懐かしかったのだ。格式ばったディナー・パーティー、ヨット・パーティー、資金集めのパーティーなどは、正直言って苦手だった。それより、子供たちが駆けまわり、プールに飛びこみ、盛大に水しぶきをかけられても誰ひとり文句を言わないのんびりした集まりのほうが、はるかに楽しい。

こうしたパーティーのつねで、男性は男性同士でかたまって牛や天気の話をし、女性も同じように女性ならではのおしゃべりに興じた。そして、やがて子供たちが騒ぎ疲れ、大人もそこかしこに座りこんでようやく座が落ち着いてくるころになると、ジョンがミシェルの隣にやってきて背中に手をまわした。なにげない仕草だったが、きみはぼくのものだ、とみなの前で宣言されたかのようで、ミシェルは頬を真っ赤に染めた。

「そろそろ帰ろうか」情熱的なまなざしを向けて、ジョンがささやく。

「ええ、もう帰っちゃうの？」ジョンの言葉を耳にしたアディーは、ふたりを引きとめようとした。

その瞬間、遠くで雷鳴がとどろいた。

すると、さすがに牧場主の集まりらしく、全員が夜空を見あげて、嵐《あらし》の兆候を探しはじめた。そのとき、西のかなた、メキシコ湾上空の黒雲の合間から稲妻が走った。

老牧場主のフランク・キャンベルは、あわてたそぶりも見せずに言った。「そろそろ、まとまった雨が降ってほしいと思っていたところだ。ここひと月ばかり、いい天気が続いていたからな」

ミシェルはふと、父の死後、ジョンがはじめて彼女の家を訪れたときも激しい雨が降っていたことを思いだした。そして、ふたりがはじめて一緒にタンパへ行った帰り、すなわち、ふたりがはじめて結ばれた夜も……。ジョンの瞳がきらめくのを見て、ミシェルは彼も同じことを考えていると悟った。

まもなく西風が強くなり、冷気と潮の香りを運んでくる。みんなはすぐにあたりを片づけ、挨拶《あいさつ》もそこそこに、それぞれの家路を急いだ。

トラックをハイウェイに乗り入れたところで、ジョンが尋ねた。「行ってよかっただろう?」

ミシェルは稲妻が夜空に美しい模様を描きだすのをぼんやりと眺めていた。「ええ。楽しかったわ」

横風にあおられながら、ジョンは必死にハンドルを握った。ミシェルがぬくもりを求めて体を寄せてくると、腕に彼女の胸があたって気が散ってしまう。体の中心が熱くなり、ジョンは鋭く息を吸いこんだ。

その気配を感じたミシェルは、眠そうな声で尋ねた。「どうかしたの?」

ジョンは黙ってミシェルの手をとり、ジーンズの前のふくらみに押しつけた。彼女は小さな声をあげたが、やがて静かにジーンズのファスナーをおろしはじめた。やわらかくてあたたかいミシェルのてのひらが肌にふれたとたん、ジョンの口からうめき声がもれる。いけない。運転に集中しなくては。彼は奥歯をかみしめて、あまりにも甘い拷問に耐えようとした。

ああ、ミシェルが欲しい……今すぐに。大きな雨粒がフロントガラスをたたきはじめると同時に、ジョンはハンドルを切って路肩にトラックをとめた。

「どうしてとまるの？」

ジョンは無言でライトを消し、ミシェルのほうに身を乗りだした。

「だめよ、ジョン！　こんなハイウェイの真ん中で！　誰に見られるかわからないわ！」

「こんなに暗くて雨も降っているんだから、見えるはずないさ」ジョンは熱くささやきながら、素早くミシェルのコットンパンツを脱がしはじめた。

こんなことなら、いたずらにジョンの欲望をかきたてたりしなければよかった。家に戻るまでは我慢してくれると思っていたのに……。しかし、ひとたびジョンの手や唇で体に火をつけられると、ミシェルはもうなにも考えられなくなった。激しい雨が滝のように窓を流れ落ちていく。ジョンのささやく甘い言葉も聞こえないほど、雨音は強くなった。逆巻く嵐にとり囲まれ、みずからも官能の嵐に身を躍らせながら、ミシェルは彼のすべてを受け入れた。

しばらくすると嵐もおさまり、ふたりはようやくジョンの牧場に帰り着いた。ジョンは、歓《よろこ》びの余韻が残るミシェルを抱いて二階へあがり、そっとベッドに横たえた。そしてすぐさま熱いキスを植えつけ、彼女の胸やおなかをまさぐりはじめた。

「ぼくに脱がせてほしい？」

ミシェルはジョンの首筋に顔をうずめてささやいた。

「自分で脱ぐわ……でも、もう少し待って……まだ動けないの……」

彼女のおなかから下のほうへ手をのばしていったジョンは、ふと動きをとめた。「しまった。ぼくはさっき、なにもつけなかった……」

「大丈夫よ」ちょうど生理は終わったばかりだ。

「すまなかった、ミシェル。十代の若者みたいに、ひとりで勝手に暴走してしまって」

「いいのよ。きっと大丈夫だから」ミシェルはふたたびジョンを安心させるように言った。

彼女はジョンを深く愛していた。でも、それを言葉にすることはできない。もしも愛を口にしたら、ジョンがそれを重荷に感じて彼女を遠ざけるようになることが怖かった。ふたりの関係はいつか終わるものだとミシェルは覚悟してはいたが、できることなら一秒でも長く続いてほしいと願っていた。

それから数日間、ミシェルはパーティーの夜のことを思いだしては、幸せな気分で過ごしていた。不審な電話も、あれっきり一度もかかってこない。しだいに彼女も、おそらくあれはただの間違い電話だったのだろうと思うようになった。それでもミシェルは、人と会ったりショッピングに出かけたりするよりは家にいることを好んだが、ときにはジョンに用事を頼まれて、メルセデスに乗ってひとりで外出することもあった。

自宅にも何度か戻ってみたが、静寂に包まれた家に足を踏み入れるたびに、ミシェルは物寂しい気分になった。じつのところジョンはこっそり料金を払い、ふたたび電気が通じるようにしておいたのだが、彼女はその援助に甘んじて電気を使う気にはなれなかった。近ごろ、自宅に戻りたいとも言わなくなっていた。今はまだ、ジョンから離れたくない……。

ある月曜日の午後、ミシェルはまたジョンの用事を言いつかり、それをすませた帰りに自分の家に立ち寄った。大きな家のなかを順に歩き、水道管から水もれなどしていないか、なにか修理の必要な箇所はないか、ていねいに見てまわる。不思議なことに、もう自分の家のような気がしなかった。ジョンと暮らしはじめる前の生活がどんなふうだったか、今では記憶もおぼろげだ。悪夢にうなされることもほとんどなくなったし、もしも夜中に目覚めても、ジョンのたくましい腕に抱かれているとわかると安心して眠りにつけるようになった。徐々にミシェルは、ふたたび人を信頼できるようになっていた。

日が傾きはじめ、影も長くなってきたころ、ミシェルはドアにしっかり施錠して、車に戻ろうとした。だが、足を踏みだした瞬間、なにか冷たいものにでもふれられたかのように、全身に寒気が走った。あたりを見わたしたが、とくに変わったことはなさそうだ。いつものように鳥が鳴き、虫の声が聞こえている。そのとき、ミシェルはまた悪寒を感じた。

車に乗りこんだミシェルは、念のためにドアをロックしてから、自分をあざけるように笑った。単なる無言電話におびえていたと思ったら、今度はなにもない空気中におぞましい気配を感じてしまうなんて……。

ミシェルはバックミラーをほとんど見ずに、ジョンの牧場までの裏道を帰った。この道をほかの車が通ることはめったにない。突然左から追い越しをかけられ、ミシェルはようやくその車に気づいた。ミシェルがあわてて車を右に寄せ、道を譲ろうとすると、その車はあろうことか、ぐっと幅寄せしてきた。

ミシェルは小さく叫び、必死でハンドルを切った。金属と金属がぶつかりあう音がした次の瞬間、メルセデスの車体が右に振られた。彼女はとっさにブレーキを踏みこんだが、砂まじりの地面でタイヤがすべり、車はさらに道路から大きく押しだされた。

ハンドルと格闘するのが精いっぱいで、幅寄せしてきた車の運転手をののしる余裕はなかった。その車が走り去っていくと、ミシェルはメルセデスを道路の真ん中まで戻し、ふるえながらブレーキを踏んで車をとめた。だがそのとき、前方でタイヤが激しくきしむ音が聞こえた。さっきの車がUターンし、ふたたびこちらへ戻ってくる。

それは、大型のブルーのシボレーだった。運転しているのは男のようだ。頭は黒い目出し帽にすっぽり覆われているため、顔まではわからない。

ふたたびミシェルは悪寒を感じ、本能的にアクセルを踏みこんだ。小型のメルセデスは勢いよく発進する。そこへ、シボレーが猛スピードで向かってきた。ミシェルは大きくハンドルを切って正面衝突を避けた。よけきれた、と思った瞬間、後ろのバンパーが引っかかってメルセデスはスピンし、路肩に大きくはみだしていって松の木の幹をこすり、草むらにつっこんでとまった。

窓ガラスに頭を打ちつけたミシェルは一瞬意識を失いかけた。だが、強い恐怖がそれをとどまらせた。手探りでレバーを引いてドアを開ける。けれど、松の木がじゃまになって、運転席側からは出られなかった。そこですぐに彼女は助手席のほうへ身を乗りだしたが、今度はシートベルトにはばまれた。ふたたびシボレーが戻ってくるのではないかと何度も道路のほうを振りかえりながら、ミシェルはもどかしげにベルトをはずした。そして、助手席に乗り移ると同時にドアを開け、草むらの上に転がりでた。

車の陰に身を隠し、耳を澄ます。しかし、聞こえるのは自分の荒い息づかいと、心臓の鼓動だけだった。ミシェルは深く息を吸いこみ、そのまま息をとめた。ロジャーに暴力をふるわれたとき、いつもそうやって興奮を静め、気分を落ち着かせてきたのだ。しばらくそれをくりかえしているうちに、いつしか脈拍は正常に戻った。

そのころには、あたりはなんの物音もしなくなっていた。ミシェルは車の陰からこっそり顔をのぞかせて様子をうかがったが、ブルーのシボレーはどこにも見あたらなかった。どうやらシボレーはあのまま走り去ったようだ。よろめきながら立ちあがったミシェルは、道路の前方後方を確認して、ようやくほっとひと息ついた。

それでもまだ、ミシェルは今起きたことが信じられなかった。あのシボレーに乗っていた男は、一度ならず二度までも彼女の車にぶつかってきた。もしもメルセデスが松の木に直撃していたら、今ごろわたしは死んでいたはずだ。男の正体はわからないが、今の犯人は、大型のシボレーなら小型で軽いメルセデスを跳ね飛ばしても自分の身は安全だということを知っていたのだろう。

あの男はわたしを殺そうとした……。

それから五分後、またしても車が近づいてくる音がして、ミシェルはパニックに陥りかけた。だが、よくよく見てみるとそれは先ほどの車よりもずいぶん年季が入っていそうで、車種もシボレーではない。彼女は道の真ん中に出て、大きく腕を振ってその車をとめた。

今、ミシェルの頭に浮かぶのはジョンのことだけだった。ジョンのたくましい腕に抱かれたい。この恐怖をぬぐい去ってほしい……。ミシェルは声をふるわせながら、今とめた車に乗っている青年に向かって言った。「お願い……ジョン・ラファティーという人に連絡をとって……わたしが事故にあったことと、ここの場所を伝えてもらえないかしら……」

「おやすいご用です。あなたのお名前は？」

「ミシェル……」彼女は答えた。「ミシェルと言ってもらえればわかるわ」

青年は松の木のそばにとまっているメルセデスを見やった。「レッカー車も必要みたいだな。それで、あなたは大丈夫なんですか？」

「ええ……たいしたけがはしていないから。とにかく、急いで連絡して、お願い」

「わかりました」

それがジョンか青年かはわからないが、通報はされたようだ。ジョンがトラックで駆けつけてくると同時に、道の反対方面から保安官代理の車も現場に到着した。あれから十分もたっていないのに、あたりにはうっすらと闇《やみ》が迫っている。

トラックから飛びおりたジョンは、ふるえていて一歩も動けないミシェルに駆け寄り、けがをしているところはないか素早く全身に目を走らせた。どこからも血が流れていないのをたしかめてから、彼はミシェルを強く抱きしめた。「ああ、ミシェル、大丈夫か？」

ミシェルはジョンの体にしがみついた。「ええ。シートベルトをしていたから……」涙がひと筋、頬を流れ落ちていく。

「あの電話をもらったとき、ぼくは――」ジョンは唐突に言葉を切った。あの青年から、ミシェルが事故にあったと聞かされたときに感じた衝撃は、とても口では言い表せない。

彼女は大丈夫だと告げられても、この目で無事をたしかめるまでは生きた心地がしなかった。

ふたりのもとへ、保安官代理がクリップボードを片手に近づいてきた。「申し訳ないが、いくつか質問にお答えいただけますかね？」

ジョンはミシェルの体にまわしていた腕をおろしたが、そばにぴたりと寄り添いつづけた。保安官代理は、名前、年齢、免許証の番号など、ミシェルに簡単な質問をしたのち、事故はどんなふうに起こったのかと尋ねた。

すると、ミシェルの体は激しくふるえはじめた。「車が……ブルーのシボレーが……わたしの車を道路から押しだしたんです……」

保安官代理は、興味を引かれたように顔をあげた。「押しだした？　どんなふうに？」

「幅寄せしてきたんです」手のふるえをとめようと、ミシェルは両手をぎゅっと組みあわせた。「彼がわたしを、道路から押しだしたんです」

横からジョンが割って入り、ミシェルに尋ねた。「ほんの少し車を寄せられて、驚いたきみがハンドルを切りそこねたんじゃないのか？」

「違うわ！　彼に押しだされたのよ。わたしはブレーキを踏みこんで、なんとか車をとめたの。そうしたら、いったん行き過ぎたシボレーがUターンして戻ってきたのよ」

「戻ってきた？　それじゃ、男の名前をききましたか？」保安官代理は書類になにやら書きこんだ。事故を起こしておいて逃走するのは犯罪だ。

「いいえ。彼はわたしを気づかって戻ってきたわけじゃないもの。わたしの車にわざと突進してきたのよ。ハンドルを切ってよけようとしたけれど、結局後ろのバンパーが引っかかってスピンして、草むらにつっこんでしまったの」

ジョンは頭を振って保安官代理に合図し、ふたりだけでメルセデスのほうに歩み寄っていった。道路端にとり残されたミシェルには、ふたりがなにを話しているのかは聞こえなかった。聞こえてくるのは、こおろぎが奏でる安らかなメロディーだけ。だんだん暗くなっていくフロリダの夕景は、なんとも幻想的だった。こんな美しい場所で誰かがわたしを殺そうとしたなんて、どうしても信じられない。

車の傷をひととおり調べ終えたジョンと保安官代理は、ミシェルのもとへ戻った。かわいそうにミシェルは、薄暗い夕闇のなかでぼうっと浮かびあがるくらい、おびえた青白い顔をしている。もしかしたら彼女は、メルセデスのような高級車を壊してしまったことを心配しているのかもしれない。昔のミシェルなら、そんなことは気にもしなかっただろうに。もしもミシェルが車をちょっとぶつけても、ラングリーがすぐに修理に出してくれるか、新しい車を買ってくれたことだろう。もちろんジョンは車が壊れたことを幸せだとは思っていなかったが、もともと車には深い思い入れもなかった。これが馬だったら、話は違っていたかもしれない。だが今、彼は、ミシェルがけがを負わずにすんだことを感謝する気持でいっぱいだった。

「車のことは気にしなくていい」ジョンはミシェルの腕をとり、トラックへと導いた。「ちゃんと保険がかかっているから。それより、きみの体が無事でなによりだったよ」

ミシェルは彼の腕をつかんだ。「でも——」

「いいんだって」ジョンはミシェルにキスをして、肩をやさしくなでさすった。「ぼくは怒ってなんかいない。だから、言い訳もしなくていいんだよ」

ミシェルをトラックの助手席に座らせてから、ジョンはふたたび保安官代理のほうへ歩いていった。どうやらジョンも保安官代理も、わたしの話を信じてはくれなかったらしい。前にも同じようなことがあった。あのハンサムで魅力的なロジャー・ベックマンが妻に暴力をふるう男だとは、誰も信じてくれなかった。とうてい信じられない話だからだ。父のラングリーでさえ、ただの夫婦げんかをわたしが大げさに言っているだけだと思ったほどだ。

気温はまだ三十度以上あるようだったが、ミシェルは急に寒気を感じた。ようやくわたしはジョンを信頼しはじめ、いつでも自分の味方になってくれる人だと思えるようになった矢先だったのに……。そのとき、彼女の胸に寒々しい孤独感がよみがえった。父はわたしになんでも買ってくれたけれど、醜い現実をまっこうから受けとめてわたしを守ってはくれなかった。ロジャーだって次から次へと高価なプレゼントをくれたけれど、それはわたしに対するひどい仕打ちの埋めあわせでしかなかった。そして今、わたしに住む家を与え、食事を与え、肉体的な歓びを与えてくれたジョンも、救いを求めるわたしから顔をそむけようとしている。それとも、こんな現実離れした話は、信じろと言うほうが無理なのかしら。誰かがわたしを殺そうとしたなんて……。

男の正体こそわからないが、誰かがミシェルを殺そうとしたのはまぎれもない現実だった。だとすると、あの二度の無言電話も無関係とは言えないかもしれない。なんとも不気味なあの感覚は、決してまぼろしではなかったのだ。犯人は、ずっとわたしの家を見はっていたのだろうか。そしてこっそりあとをつけてきたのだろうか。犯人は今、いったいどこに隠れているのだろう。向こうはわたしの顔を知っているのに、わたしは彼の顔を知らない。ミシェルの恐怖はさらにふくれあがった。

それからまもなく、黄色いライトを点滅させたレッカー車が到着した。つぶれたメルセデスが松の木の横から運びだされていく光景を、ミシェルは表情ひとつ変えずに見守っていた。ジョンはわたしが運転を誤って車を壊し、それを隠すためにでたらめな話をでっちあげたと思っているようだ。保安官代理もそう思っているのだろう。本当なら車体にこびりついているはずのブルーの塗料が、松の木肌にこすれたせいか、土で汚れたせいか、あるいはあたりが暗すぎるせいか、見のがされてしまったのだ。

ふたりはようやく現場から解放され、ジョンのトラックで家に帰った。途中、ミシェルはひとことも口をきかなかった。家に着くと、心配顔のイーディーが飛びだしてきて、トラックの助手席側にまわってミシェルを迎えた。

「ああ、ミシェル、なにがあったの？　体はなんともないの？　ジョンときたら、ミシェルが事故にあった、とだけ言い残して一目散に駆けだしていってしまったから、わたしはもう心配で心配で……」

「わたしは大丈夫よ」ミシェルは弱々しい声で答えた。「ただ、ゆっくりお湯につかりたいだけ。寒気がして、体のふるえがとまらないから」

いぶかしげに眉を寄せ、ジョンはミシェルの肌にふれた。氷のように冷たい。大きなけがこそしていないが、彼女は今ショック状態にあるのだろう。

「熱いコーヒーをいれてくれ」ジョンはイーディーに指示を出し、ミシェルを二階へ導いた。「今すぐぼくが、バスタブの用意をしてあげるからね」

冷静な表情を浮かべ、ミシェルはゆっくりとジョンから身を引いた。「自分でできるわ。それより、少しわたしをひとりにしてくれないかしら？」

その夜はじめて、ミシェルはジョンの求めに応じられなかった。ミシェルの体がなんともないことを身をもってたしかめるため、そしてふたりの絆をいっそう強くするため、ジョンは必死で彼女の気分を盛りあげようとした。だが、いくら彼がいつもより時間をかけてやさしく肌をなでても、ミシェルの体はこわばるばかりだった。

とうとうジョンはミシェルをその気にさせることをあきらめ、小さな体をそっと抱きしめると、彼女の髪をやさしくなではじめた。いつしかミシェルは体の力を抜いて眠りに落ちていったが、その横でジョンは全身を熱く燃えあがらせながら、いつまでも起きていた。

ああ、ぼくはもう少しでミシェルを失うところだった！

9

受話器を握りしめて辛抱強く話を聞いていたジョンは、たまりかねてついに口を開いた。

「あれから三カ月しかたっていないじゃないか！　なのにどうして、そこまでめちゃくちゃにできるんだ？」

帳簿に数字を書きこんでいたミシェルは、ジョンの怒鳴り声に驚いて顔をあげた。

「わかったよ。明日そっちへ行くから。ああ。でも、この前みたいにパーティーなんかに出かけていたら、ぼくは即刻帰るからな。それじゃ」ジョンは受話器をたたきつけ、悪態をついた。

「今のは誰だったの？」ミシェルが尋ねる。

「母だよ」いらだちもあらわにジョンは答えた。

ミシェルは目をみはった。「お母さま？」

彼女を見つめかえしたジョンの口もとが小さくゆがみ、皮肉っぽい笑みが浮かんだ。

「そんなにびっくりするなよ。ぼくだって、ごく普通の方法でこの世に生まれてきたんだから」

「でも、これまで一度もそんな話はしてくれなかったじゃない。だからわたし、てっきりお母さまは亡くなったんだとばかり思っていたわ」

「ずっと昔に、ぼくらを捨てて出ていったんだ。牧場生活が性に合わなくて。マイアミの夜景やパームビーチでの豪勢な暮らしが好きな人だったから」

「あなたがいくつのころ？」

「六歳か七歳のころだ。妙なものだが、母が出ていったときぼくは、それほど落ちこんだりしなかったし、母が恋しくて寂しいとも思わなかった。たぶん、お金がないからこんなに古くて狭い家にしか住めないのよ、という不平を聞かされつづけて、子供心にうんざりしていたんだろう。それにぼくは、学校に行っているとき以外はずっと父にへばりついていて、母にはあまりなついていなかったしね」

　ミシェルは、先日ジョンから、若いころ結婚していたという話を聞かされたときと同じ気持になった。彼はいつも、どうでもいいようなことは話してくれるが、普通なら人生の一大事とも言うべき肝心な話はなかなかしてくれない。まるで、そうしたことには人生を左右されたりしなかったかのようだ。もっとも、鋼鉄の意志を持つ働き者のジョンにとっては、母親の家出や妻との離婚より、牧場のほうがはるかに大切な関心事なのかもしれないが。

今日までジョンは、じっと座って助けを待っているだけの人に対しては、指一本動かそうとしなかった。しかし、みずから努力を重ねる人にならば誰にでも救いの手を差しのべてきた。だからこそ、ジョンの下で働く者はみな、ボスに忠誠をつくそうとするのだろう。努力を怠ると、すぐに牧場から追いだされてしまうからだ。

「前にあなたがマイアミへ行ったのも、お母さまに会うためだったのね？」ミシェルが尋ねた。

「ああ。金づかいの荒い母は、資金ぐりに行きづまると決まって助けを求めてくるんだよ。少なくとも、年に二回はね。電話さえかければ、そのたびにぼくがマイアミへ飛んできてすべてを清算してくれると思っているらしい」

「当然あなたは、いつもそうするんでしょう？」

ジョンは肩をすくめた。「あまり仲のいい親子とは言えないが、あれでもぼくを産んでくれた母親だからね。そう邪険にもできないさ」

「今度は、絶対に、電話をしてね」ミシェルは言葉を明確に区切りながら、ジョンに釘《くぎ》を刺した。

一瞬うなるように声をあげてから、ジョンは航空会社に電話をかけて、翌朝の便に予約を入れた。その途中、ふいに彼は受話器の送話口をふさいで、ミシェルのほうを振りかえって尋ねた。「きみも一緒に来る？」

ミシェルは激しくかぶりを振った。「いいえ、遠慮するわ。片づけなきゃならない書類が山のようにあるから」

それはまったく薄っぺらな言い訳だった。たまっている仕事はおそらく、まる一日もあれば終わってしまうだろう。しかしジョンはミシェルをじっと見つめただけで、それ以上なにも言わず、送話口を覆っていた手をはずして航空会社の予約係に告げた。「では、ひとりぶんで……。いや、往復ではなくて片道にしてください。帰りがいつになるか、まだわからないから……。ええ……それじゃ」

ジョンはメモ用紙に便名と出発時刻を書きつけ、受話器を置いた。あの事故以来、ミシェルは牧場から一歩も出ていない。三日前に修理から戻ってきたメルセデスは、ガレージにしまわれたままだ。事故にあうと、それ以後車の運転を怖がるようになる人は少なくないが、ミシェルの場合はなにかもっと別の理由でこの牧場に引きこもっているのではないか。ジョンはそう感じていた。

ミシェルは元帳に書き写した数字を合計しはじめた。ジョンの視線は、下唇をかみ、きまじめな顔で計算に没頭するミシェルのほうへ漂っていった。今やこのオフィスは、完全に彼女のものだった。ときにはジョンのほうから尋ねなければ、今なにがどうなっているのかさっぱりわからないこともある。こんなふうに、牧場の仕事に関して自分が直接把握できなくなるのがいいことかどうかはわからないが、おかげでゆっくり過ごせる夜が増えたことは、たしかにありがたかった。

明日からの数日間はひとり寝の夜が続くことに気づいて、ジョンは眉をひそめた。以前は、寂しさをまぎらすためにマイアミで出会った女性と夜を過ごしたこともあった。しかし、今はまったくほかの女性に興味が持てない。ぼくが欲しいのはミシェルだけだ。ぼくの腕にぴったりとおさまる女性、そばにいるだけでこんなにも幸せを感じさせてくれる女性は、ほかにいない。わざとからかって怒らせると、ミシェルはむきになってつっかかってくる。そんな顔を見るのが、ぼくは好きだ。それより好きなのは、彼女とベッドで熱く燃えあがることだ。母のせいでその楽しみが奪われると思うと、なんともいやな気分になってくる。

そのときジョンは、ミシェルを置いて数日家を離れるのがいやなのは、彼女とベッドをともにできなくなるせいだけではないと気づいた。ミシェルが妙に沈んでいるからだ。できることなら彼女を抱いて、いったいなにを恐れているのかききだしたい。だが、きっとなにも話してくれないだろう。

そう。あの事故以来、なにかがおかしくなった。車が壊されたことを怒ってなどいないといくら言っても、ミシェルは自分の殻に引きこもってしまうばかりだ。大きくなったふたりの心の距離を、ジョンはどうしても埋められないでいる。肉体的なつながりのほうは、事故当夜以外は前とさほど変わっていない。ミシェルは相変わらず彼の腕のなかで、甘く情熱的に燃えた。だが、ぼくは彼女のすべてが欲しい。もしかしたら一瞬の事故でミシェルを失ってしまう可能性だってあると思い知った今は、彼女を求める気持もますます強くなっている。

ジョンは手をのばしてミシェルの頬にそっとふれた。すぐに彼女が顔をあげ、ふたりの視線がからみあった。するとミシェルは、無言のまま元帳をぱたんと閉じて立ちあがり、振りかえることもなく優雅に部屋を出ていった。ジョンはシャツのボタンをはずしながら、足早にあとを追った。ベッドルームに入ると、ベッドの上でミシェルが待っていた。

目がくらむほどまぶしい太陽が照りつけるなか、熱気に包まれて、ミシェルはゆったりと過ごしていた。こうしていると、すべてはただの白日夢で、実際にはなにも起こらなかったのではないかという気がしてしまう。二度の無言電話も、目出し帽の男が乗った車に殺されかけたことも、すべてはまぼろしだったのかもしれない。現実の世界では、イーディーが鼻歌を歌いながら家事をこなし、馬はいないないて跳ねまわり、牛はのんびりと草をはんでいるだけ……。

でも、あれは決して夢ではなかった。ジョンはわたしの話を信じてくれなかったけれど。それでも彼は、ミシェルの恐怖をとりのぞき、安心感を与えてはくれた。ジョンの目が行き届いたこの牧場で、ジョンの使用人に囲まれている限りは、守られていると思うことができた。ただし、夜になるとそこはかとなく不安が押し寄せてくる。そのせいで眠りも浅くなりがちなので、日中ミシェルは、自分ひとりで牧場を切り盛りしていたころのように肉体を酷使して働き、体を疲れさせてベッドに入った。

いつものように、ミシェルには絶対に肉体労働をさせるな、とボスから命じられていたネヴは、またしてもジレンマに陥っていた。どうすればミシェルをおとなしくさせておけるかわからない。彼女はネヴに、この仕事をやってもいいかと許可を求めることなく、勝手に仕事を始めてしまうからだ。それにミシェルは、体を動かす仕事を必要としているように見えた。おそらく、ボスのいない寂しさをまぎらしたいのだろう。そう考えて、ネヴは口もとに笑みを浮かべた。このままボスとミシェルの関係がずっと続いてくれたらいいのだが……。

四日間働きづめに働いて、ミシェルの疲れはほぼピークに達していた。それでもまだミシェルは眠ろうとせず、オフィスで仕事を続けた。今すぐベッドに入っても、神経が高ぶって寝つけないまま夜を明かすことになるか、さもなければ悪い夢を見てうなされるだけだと思ったからだ。

絶えず入ってくる売り買いの注文や山積みになった請求書は、この牧場が成功していることを物語っている。もちろん、そうした書類の処理が一日二日遅れたところで、業務にはさして支障はない。しかしミシェルは、ジョンが戻ってくるまでに、すべてをきれいに片づけておきたかった。明日にはジョンも戻ってくる……。今回は彼も毎日電話をかけてきて、帰宅の予定をあらかじめ教えてくれた。ジョンとの会話は、なによりミシェルの心を落ち着かせてくれた。あとひと晩だけ耐えれば、ふたたび彼と一緒に眠ることができる。

午後十時には仕事を終え、ミシェルはベッドルームに引きあげた。この時間になっても気温はまだ高く、湿気も多い。ふわっと軽いコットンのネグリジェに着替えた彼女は、シーツ一枚かけずにベッドの上に横になると、すぐさま眠りに落ちていった。

ジョンが家に戻ってきたのは、その夜の午前二時近くだった。本当は翌朝午前八時の便で帰る予定にしていたのだが、ミシェルと電話で話したあとどうにもたまらなくなって予定を変更し、最終便で戻ることにしたのだ。

ジョンは手早く荷物をまとめ、母親の額にキスをして言った。「それじゃ、今後はもう、あまり無駄づかいをしないようにしてくれよ」

年齢を重ねてもうわべの美しさは衰えていないジョンの母は、息子にそっくりの黒い瞳で彼を見つめ、真っ赤な口紅をぬった唇の片端を少し持ちあげてほほえんだ。「あなたはなにも言ってくれないけれど、この街にいても噂《うわさ》は耳にするのよ。最近、あなた、ラングリー・カボットの娘さんと一緒に暮らしはじめたんですって？　ラングリーってたしか、破産して財産をすべて失ったんでしょう？」

一刻も早くミシェルのもとへ帰りたい一心で、ジョンは母親の無礼な物言いをたしなめる余裕もなかった。「すべてを手放したわけじゃないさ」

「まあ。それじゃ、噂は本当なのね？　彼女はあなたと一緒に住んでいるの？」

「ああ」

母親はまじまじと息子を見つめた。十九歳で結婚し、すぐに離婚して以来、ジョンは数多くの女性とつきあってきたが、一緒に暮らすところまでいった女性はひとりもいなかったはずだ。どんなに遠く離れていても、いや、それだからこそなのかもしれないが、母親には息子の暮らしぶりがよくわかっていた。ジョンはやすやすと女性の誘惑に乗ったりしない。だから、もしもミシェル・カボットがジョンの家に住んでいるのが事実なら、それはひとえに、彼自身が望んだ結果なのだろう……。

静寂に包まれた家に帰り着いたジョンは、足音を忍ばせて暗い階段をのぼっていった。部屋に近づくにつれて期待に胸が高鳴り、心臓が力強く鼓動しはじめる。ミシェルを揺り起こすつもりはなかったが、とにかく彼女のなめらかな肌にふれ、その甘い香りを吸いこみたくてたまらなかった。

ジョンは暗い部屋に歩み入り、静かにドアを閉めた。ミシェルはぐっすり眠っているようだ。彼は荷物を置いてバスルームへ行き、数分後、明かりをつけたままバスルームを出た。戸口からもれる薄明かりが、暗がりに横たわるミシェルのなまめかしい寝姿を映しだす。彼女はうつぶせになっていて、コットンのネグリジェはお尻の上までめくれあがっていた。それを見た瞬間ジョンは、全身の筋肉がこわばり、額に汗が浮かぶのを感じた。たちまち熱い思いがこみあげてきて、体の一部がそそり立つ。一定のリズムを刻んで安らかな寝息をたてているミシェルとは対照的に、ジョンの息は荒くなった。一瞬たりとも彼女から目を離さず、彼は急いでシャツのボタンをはずしにかかった。もう我慢できない。ミシェルの体はしっとりとあたたかい芳香を放ち、ジョンを誘っていた。ああ、ぼくのミシェル……。

床に服を脱ぎ捨て、ジョンはミシェルの体をそっと仰向けにした。彼女の口から眠たげな声がもれる。まだ夢うつつの状態のようだが、今の彼には丹念な愛撫《あいぶ》でミシェルを完全に目覚めさせている暇はなかった。欲求につきあげられるまま、ジョンは彼女の熱くしめったひそやかな部分に押し入っていった。

低いうなり声をあげてジョンが果てると、ミシェルは細い体をしならせてささやいた。

「ああ、愛してるわ……」

ミシェルの意識はまだ夢のなかにあるらしく、おぼろげな声だった。だが、それを聞いた瞬間、ジョンは稲妻に打たれたかのような衝撃を受けた。今のはぼくに向けられた言葉なのだろうか。それとも、夢のなかの誰かに向けた言葉だったのか。ああ、もう一度聞きたい。ぼくの瞳を見つめて、はっきりと言ってほしい。矢も盾もたまらなくなって、ジョンはふたたびミシェルのなかに体を沈め、その首筋に唇を寄せて、苦しげにささやいた。

「ミシェル……」

ミシェルは手をのばしてジョンを抱きしめた。深い眠りに落ちていたせいか、意識はたゆたうようにゆっくりとしか戻ってこない。だが、夢のなかでもミシェルはジョンの熱い体にすぐさま反応し、彼を受け入れた。ジョンに対する愛情はあまりに強く、この世のすべては色あせてしまう感じがした。

まだ半分眠っている体に火のように熱いものがつきつけられると、ミシェルの全身も燃えあがった。深く、奥まで、ジョンが入ってくるのを感じると、彼女は野生の動物のように声をあげ、たくましい彼の下で悩ましく身もだえした。

やがて、熱い蜜《みつ》をたたえたミシェルのやわらかい部分にふるえが走ると、自分を包みこむあまりに心地よい感触にジョンもわれを忘れ、甘く狂おしい別世界へと吹き飛ばされていった。

ああ、なにがあっても、ぼくは絶対にミシェルを手放したりしない。いったんことが終わっても、ジョンは彼女を抱きしめたままだった。そしていつしか、限りのない深い欲望を少しでも満たすかのように、三たびミシェルに体を重ねて、愛のリズムを刻みはじめた。

美しいグリーンの瞳をうるませて、ミシェルはジョンにしがみついた。ジョンの動きはさっきよりもゆったりしていて、情熱の渦に巻きこんで性急に絶頂を迎えさせるのではなく、ゆっくりとやさしくミシェルを悦楽の高みへと導いていった。それでももちろん、ミシェルが感じた歓《よろこ》びは、同じように大きかった。

ぐったりと疲れきったふたりがそっと抱きあってベッドに横になったのは、すでに夜明けも近くなってからだった。まぶたが落ちる寸前、ミシェルはふと思いだしたようにささやいた。「予定よりずいぶん早く帰ってきたのね」

「きみに会いたくてたまらなかった。あとひと晩だって待てない気分になってしまったんだよ」ミシェルにまわした腕に軽く力をこめ、ジョンは言った。もしもそれ以外に手段がなかったとしたら、彼は歩いてでもミシェルのもとへ帰ってきたことだろう。

翌朝、なかなか起きてこないふたりをじゃまする者はいなかった。明るい陽光があふれんばかりに部屋に差しこんでくるころまで、ふたりは互いに腕をからめあって眠った。ジョンのトラックがいつもの場所に戻っているのを見て仕事の指示を仰ぎに来たネヴも、やぼなまねはやめておきなさい、と言わんばかりの目でイーディーににらまれ、くるりときびすを返して去っていった。

午後一時過ぎ、ベッドに日差しが直接あたって暑くなり、ジョンは目を覚ました。髪の生え際や口ひげは、すでにしっとりと汗ばんでいる。ミシェルを起こさないよう気をつけながら、彼はそっとベッドを抜けだして、冷たいシャワーを浴びに行った。床にミシェルのネグリジェが落ちているのを見つけて、口もとに満足げな笑みが浮かぶ。ゆうべは無我夢中だったせいで、そのネグリジェを脱がせたことも、投げ捨てたことも、ジョンは覚えていなかった。

シャワーに打たれて人心地がつくと同時に、ジョンはなぜか落ち着かない気分になった。〝愛してるわ……〟というミシェルの小さな声が、耳にこびりついて離れない。彼女は夢を見ていたのだろうか。それとも、相手がぼくだとわかったうえでの言葉だったのか。ミシェルが愛を口にしたのは、あとにも先にもそれっきりだった。言いしれない不安がナイフのように鋭くジョンの胸につき刺さった。もしかしたらミシェルは、ほかの男を愛しているのかもしれない。ベッドでは熱く反応しながら普段はなるべく心の距離を置こうとしているのも、そう考えたら納得できる。財産のほとんどを失った今、手の届かない存在になってしまった有閑階級の誰かを彼女がひそかに愛しつづけていることだって、充分ありうる。その思いが、ジョンをひどく苦しめた。遠く離れた場所にいる人を何年も愛しつづけることは不可能ではないと、誰よりもよくジョンは知っていた。

頭を激しく振って水気を切ったジョンの顔に、ひきつった表情が浮かんだ。愛……。ああ、ぼくは最初からミシェルを愛していたのに、そんな自分に嘘《うそ》をついて、十年ものあいだ彼女を避けていた。再会を果たしてからも、ミシェルに対する感情はただの肉体的な欲求、強い欲望の表れだと思いこもうとしつづけてきた。愛していることを認めるのが怖いばかりに。赤ん坊のように無防備に、心をさらけだすことを恐れるあまりに。

以前のジョンは、女性から女性へと渡り歩く愛のならず者だった。だがそれは、誰も彼を満足させてくれなかったからだ。心から愛せる相手にめぐりあえなかったせいだ。今ぼくは、ついにミシェルの体を手に入れた。でも、心はまだ……。タオルを握りしめる手がふるえた。ああ、どうすればミシェルの心をぼくのものにすることができるのだろう。彼女をずっと手の届くところに置いておくために、いったいなにをすればいいのだろう。

愛している、とぼくが告げたら、ミシェルは居心地が悪くなってここから逃げだしてしまうだろうか。ジョンは、多くの女性から愛していると言われ、ずっとそばにいてほしいとすがりつかれたときのことを思いだした。そうした愛の言葉は、彼を困惑させ、いらだたせるだけだった。相手の女性に対して、哀れな気持を抱かせるだけだった。だめだ！　愛を口にしてミシェルに哀れまれるなんて、ぼくにはとうてい耐えられない。

意志が強くて、優柔不断なところがいっさいなく、いつでも自信に満ちているジョンが、これほど不安に駆られるのははじめてのことだった。厳しく命じるだけで他人を意のままに動かしてきた彼は、自分の感情もミシェルの感情も決して思いどおりにコントロールできないことが怖くてたまらなかった。いつだったか、〝愛は男を弱くする〟と、なにかの本で読んだことがあるが、それがどういう意味なのか今ようやくわかった。弱くなるどころか、今やジョンは恐怖と不安で押しつぶされそうだった。

ジョンは裸のままベッドルームへ戻り、下着とジーンズを身につけた。そうするあいだも、ベッドに横たわるミシェルは、磁石のように彼の視線を吸い寄せて放さなかった。透けるような金色の髪が日差しを浴びて光るさまは、なんと美しいのだろう。肌も内側から輝いているようだ。ミシェルはうつぶせになり、枕《まくら》の下に手をつっこんで眠っていた。長い脚と形のいいヒップ、そして、なだらかな背中が、なんとも女らしくていとおしい。このままそっとしておいたら、彼女はいつまでも眠りつづけるつもりなのだろうか。

ジョンはベッドに近づいていき、腰をおろしてミシェルの背中をなではじめた。「そろそろ起きたらどうだい、怠け者さん。もう二時になるよ」

ミシェルは気だるげにのびをして、さらに深く枕に顔をうずめた。「だから?」

目を閉じたまま唇に笑みを浮かべるミシェルを見て、ジョンはくすくすと笑った。「だから、そろそろ起きてくれ。きみがそんな格好で寝ていたんじゃ、ぼくはおちおち服も着ていられ……」そこでジョンの言葉はとぎれた。ミシェルの肩口にある小さな白い傷あとが目に入ったからだ。明るい太陽のもとでなければほとんどわからないくらいうっすらとした傷だが、目をこらしてみると、背中からお尻、腿の裏にまで、無数の傷あとがある。それを指でなぞったとたん、ジョンはミシェルの体が凍りつくのを感じた。

ジョンは息をのみ、めまぐるしく頭を回転させた。この傷はいったいなんなんだ? なにかにぶつかってできた傷なら、こんなふうに形や大きさがそろっているはずはない。それに、たとえばガラスの破片かなにかを浴びてけがをしたのだとすると、傷はもっと深かったはずだ。万が一これらの傷が、偶然の事故によるものではないとしたら……。

「いったい誰が、きみにこんなことを?」

ジョンの恐ろしい形相を見て、ミシェルの顔は青ざめた。身をこわばらせたまま動こうとしない彼女を無理やり起こして、ジョンは鼻と鼻がふれあうほど顔を近づけた。

「誰にやられたんだ?」

ミシェルは唇をふるわせて、ジョンを見つめかえした。「これはその……なんでもないのよ……」

「誰がやった?」怒りのあまり首筋に血管を浮きあがらせて、ジョンは大声で問いつめた。

絶望感と恥ずかしさに心を引き裂かれ、ミシェルはぎゅっと目をつぶった。閉じたまぶたのあいだから涙があふれだす。口もとがこわばり、言葉もうまく出てこない。「ジョン……やめて……」

「誰なんだ!」

正直に告白するまでは絶対に自由にしてもらえないと悟り、ミシェルはついにその名を告げた。「ロジャー・ベックマンよ。離婚した夫の……」名前を口にするだけで、彼女は自分がひどくけがれた存在になった気がした。醜い過去は闇《やみ》へと葬り、誰にも知られないようにしてここまで生きてきたのに。

ジョンはひとしきり悪態をついたのち、ミシェルを膝に抱えて椅子に座った。部屋はあたたかいのに彼女がぶるぶるふるえているのを感じて、ジョンはベッドからシーツをはぎとり、その体に巻きつけてやった。やさしく膝を揺すり、背中をさすりながら、なんとかミシェルを落ち着かせようとする。しかし彼の頭のなかは、ミシェルに暴力をふるった男への憎しみでいっぱいだった。できることなら、この手でその男を殺してやりたいくらいだ。

恐怖におびえ、華奢《きゃしゃ》な体をふるわせながら、床に這《は》いつくばって痛みに耐えるミシェルの姿を想像するだけで、胸が張り裂けそうになる。だからこそ、ぼくがミシェルとはじめてベッドをともにしたとき、彼女は〝痛くしないで……〟と訴えたのだ。そんなひどい仕打ちを受けたミシェルが、ぼくの手をはねつけるどころか、情熱的な反応を見せてくれただけでも奇跡的だ。

ジョンはミシェルの髪に顔をうずめ、しっかりと彼女を抱きしめた。言葉にならない言葉がやがて彼女の心を静め、やさしいぬくもりが体を満たした。

しばらくしてから、ミシェルは小さく身じろぎしてジョンの腕を離れ、バスルームへ消えていった。あとを追って、いったんはドアのノブをつかんだジョンは、今はひとりになりたいのだろうと思いなおし、彼女が出てくるのをじっと待った。ふたたびベッドルームに現れたミシェルはまだいくぶん青ざめてはいたが、シャワーを浴びたおかげで体のふるえはとまったようだった。

「大丈夫かい?」

「ええ」ミシェルの声は消え入りそうだった。

「ちゃんと話をしよう」

「今はだめ。話なんかできないわ」

「わかった。それじゃ、話はあとでもいい」

その夜ふたりは闇に包まれて愛を交わした。ジョンはたっぷりと時間をかけて、ミシェルを恍惚《こうこつ》の世界へ導いた。それからしばらく沈黙の時が流れ、ついにミシェルは自分から話を始めた。

「ロジャーは嫉妬《しっと》深い人だったの。パーティーの席でわたしがほかの男性とちょっと話をしただけでも、逆上してわけがわからなくなるのよ。はじめのうちは、ただ怒鳴りつけるだけだった。きみはぼくを裏切っている、ほかの男を愛しているんだろう、って。でもしだいに、ロジャーはわたしに暴力をふるうようになっていった。そうしておいて、あとで涙ながらに謝るのよ。きみを愛している、二度とこんなことはしない、と言って。もちろん、そんな約束が守られるわけもなかったけれど……」

ジョンのなかに大きな怒りがこみあげてきて、全身が緊張するのがわかった。ミシェルはそっとジョンの頬をなで、いきりたつ彼をなだめようとした。

「それで一度、ロジャーを訴えたことがあるの。でも、彼の両親がお金をばらまいて、なにもなかったことにされたわ。次にわたしは、黙って彼のもとから逃げだした。そうしたら、追いかけてきたロジャーにつかまって、今度ぼくから逃げようとしたらきみの父親を殺してやる、と脅されたの」

「そんなばかげた話を信じたのか？」ジョンの声には怒りがあふれていた。

「当然じゃない」ミシェルは悲しそうに小さく笑った。「今でも彼は本気だったと思うわ。ベックマン家という名家の看板があれば、人をひとり殺したって、たぶん罪に問われることすらないもの」

「でも、きみはやつのもとから逃げだした」

「ええ。うまい方法を見つけたから」

「というと？」

ミシェルは声をうわずらせて話を続けた。「背中の傷よ。この傷をつけられたとき、ロジャーの両親はヨーロッパに行っていて不在だったから、先手を打って証拠を消すこともできなかった。そこでわたしは、裁判を起こすのに必要な書類や写真を集めておいて、ふたりにかけあったの。離婚が成立したのち、ロジャーが二度とわたしに近づかないよう彼らが見はっていてくれるなら、それらの証拠は公にはしないと。ふたりとも、社会的地位や名声をひどく重んじる人たちだから……」

「名声なんかくそくらえだ」ジョンは必死で怒りの爆発をこらえようとしていた。

「もっとも、彼らはもう死んでしまったんだけど」

そう聞かされても、ジョンはふたりが気の毒だとは思わなかった。うら若い女性が暴力をふるわれているというのにそれより家名を大事にするような連中なら、この世からいなくなってくれていっそありがたいくらいだ。

それっきりミシェルは口をつぐんでしまった。こちらから尋ねない限り、彼女のほうからはもう話したくもないのだろう。だが、ジョンはもっともっとミシェルのことが知りたかった。どうしていまだにぼくと距離を置こうとするのか、頭のなかで本当はなにを考えているのか、なぜ心を開いて打ち明けてくれないのか、離婚してからぼくと再会するまでのあいだになにがあったのか……。

ジョンは指先でやさしくミシェルの背中をなでた。「アディーのパーティーへ出かけたとき、泳ぐ気分じゃないと言いはったのは、この傷のせいだったんだね？」

ミシェルはジョンの肩に頭を預け、くぐもった声で言った。「ええ。傷あと自体はもうほとんど目立たなくなっているけれど、でも、もしも誰かに気づかれて、傷の理由をきかれたらと思うと……」

「どうしてもっと早く教えてくれなかったんだい？　ぼくときみはもう、他人ではないのに」

他人どころか、ジョンはミシェルにとってかけがえのない存在だった。心を揺さぶられる唯一の男性、ずっと愛しつづけてきたただひとりの男性だった。世界じゅうの誰より大切な人だからこそ、ジョンにはこの醜い現実を知られたくなかった。

「自分がけがれているような気がして、恥ずかしかったの」ミシェルはささやいた。

「とんでもない！」ジョンは肘をついて上半身を起こし、ミシェルのほうへ身を乗りだした。「きみは少しも悪くないのに、なにを恥じることがある？　きみは被害者じゃないか」

「頭ではわかっていても、心ではそう簡単に割りきれないものよ」

ジョンはミシェルの唇をとらえ、長く、熱いキスをした。思いのすべてを舌先で伝えるかのように、丹念に愛撫をくりかえした。ついにミシェルの体が反応を示すと、ジョンは彼女の腕をとって自分の首に巻きつけさせ、ほっそりした体を抱きしめた。ミシェルは今、なにも身につけていない。ふたりのあいだにはもう秘密は存在しなかった。

だが、ミシェルを抱くジョンの腕には、まだ緊張が残っていた。ミシェルはゆっくりと彼の胸に手を這わせ、肩のあたりにキスをした。「リラックスして。もう終わったことなんだから」

「でも、ロジャーの行動を見はっていた両親が死んだのなら、やつはまたきみに近づこうとするんじゃないのかい？」

ロジャーからかかってきた電話を思いだすと、ミシェルの体にふるえが走った。「家に二回、電話があったわ。でも、顔を合わせたことはまだないの。もう二度と会いたくもないけれど」

「家というのは、きみの家のことか？　いつごろの話だ？」

「あなたがここへ連れてきてくれる少し前よ」

「一度、やつに会っておいたほうがよさそうだな」静かだが、すごみの感じられる声だった。

「お願いだからむちゃなことはしないで。彼は……正気じゃないんだから……」蒸し暑い夜気に包まれて横たわっているうちに、ミシェルはうとうととまどろみはじめた。しかしジョンは、まだ彼女を寝かせてくれなかった。

「やつはなにできみを傷つけたんだ？」ミシェルがぱっと体を離すと、ジョンは自分にひそかな罵声《ばせい》を浴びせてから、彼女をまた抱き寄せた。「教えてくれないか？」

「そんなこと、話しても仕方がないわ」

「知りたいんだ」

「傷あとを見ればわかるでしょう？」ミシェルの目に涙が光った。「とくに珍しいものじゃないわ」

「ベルトか」

ミシェルは喉の奥で息をつまらせた。「彼はそれを……ベルトの革のほうを手に巻いて……」

思わずジョンはうなり声をあげ、大きな体をびくりとふるわせた。ミシェルのやわらかい肌にベルトのバックルが打ちつけられる光景を思い描くと、激しい殺意さえ覚えた。ロジャー・ベックマン、ぼくは決しておまえを許さない！

そのときジョンは、ミシェルが腕にしがみついてくるのを感じた。

「お願い、ジョン、もういいでしょう？　そろそろ眠りましょう」

だが、ジョンにはあとひとつだけ、どうしてもたしかめておきたいことがあった。「なぜきみは、お父さんに助けを求めなかったんだ？　ラングリーなら、ベックマン家に負けない人脈もあっただろうから、なにがしかの手を打ってくれたはずだ」

ミシェルは苦いものが入りまじった笑い声をあげた。「話したけれど、信じてもらえなかったの。娘がそんな悲惨な目にあっていると思うより、ちょっとした夫婦げんかを大げさに言っているだけだと思うほうが、父にとっては楽だったんでしょうね」

ミシェルは、ロジャーを心から愛したことはなかったという事実だけは、最後まで胸にしまっておいた。ジョンを愛しながらロジャーと結婚したことが、すべての過ちのもとだったということだけは。

10

「電話よ、ミシェル」キッチンからイーディーが呼んだ。

ミシェルはちょうど家に戻ってきて、シャワーを浴びに二階へ向かいかけていた。階段をあがらずにオフィスへ行って電話に出ることにする。頭のなかは自分の牧場の牛のことでいっぱいだった。そろそろ充分に肉もついてきたので、売りに出せることになったからだ。手配はすべてジョンがやってくれる。牛が売れればわたしもようやく破産状態からごく普通の貧乏人に昇格できるわ、と冗談を言ったら、ジョンにはいやな顔をされたけれど……。

「もしもし?」心ここにあらずの状態で、ミシェルは受話器をとった。

沈黙が返ってくる。

ミシェルの背筋に冷たいものが走った。「もしもし?」彼女は大声で相手に呼びかけた。受話器を握る手に力がこもり、頭のなかが真っ白になった。

「ミシェル……」

ささやくような声だったが、ミシェルには相手の正体がわかった。「やめて」ごくりとつばをのみこんでから、きっぱりと告げる。「二度と電話しないでって言ったでしょう？」

「どうしてきみは、ぼくにこんなひどい仕打ちをするんだい？」

「わたしのことはもう、ほうっておいて！」ミシェルは叫び、受話器をたたきつけるようにして電話を切った。膝ががくがくふるえる。彼女はデスクに寄りかかり、乱れた息を整えようとした。なぜロジャーに、わたしがここにいることがわかったのだろう。彼がまたわたしに電話をかけてきたことを知ったら、ジョンはどんな反応を示すだろうか。怒りにわれを忘れ、なにかとんでもないことをしでかすかもしれない。もしもロジャーがまた電話をかけてきて、ジョンが出てしまったら？　ロジャーはわたしを電話口に呼んでくれと言うのかしら。それとも、ただ黙っているだけ？

　そのときふいにミシェルは、前の二本の無言電話もロジャーがかけてきたものだと確信した。どうしてあのとき、ロジャーはなにも言わなかったのだろう。なぜわたしは、もっと前に気づかなかったのだろう。ロジャーほどの財力や人脈があれば、わたしの居場所をつきとめることなど簡単だ。病的なまでの嫉妬《しっと》心に駆られている人なのだから、それくらいのことはすると予想しておくべきだった。ロジャーが怒りおかしくなる様子が頭をよぎり、ミシェルは吐き気をもよおした。あのロジャーなら、彼がライバルと見なす男性からわたしを奪いかえし、彼の考える〝ミシェルにふさわしい場所〟へとわたしを連れて帰ろうと考えても不思議ではない。

別れてから二年以上もたつのに、いまだにわたしはロジャーから自由になれない……。裁判所に申したててロジャーが近づくことを禁ずる強制命令を出してもらおうかしら？　でも、そうなるとジョンにも内緒にはしておけなくなる。ミシェルは、ジョンにだけはまた電話があったことを知られたくなかった。激怒したジョンが荒っぽい手段に出て、かえって危険な目にあうのではないかと心配だから。

だが結局、内緒にしておくことなどできなかった。イーディーから、ミシェルあてに電話があったと聞いてすぐさまぴんときたらしく、ジョンがオフィスに駆けこんできたのだ。彼は、ショックで青ざめた顔をしているミシェルに鋭い視線を投げかけてから、デスクの上の電話を見た。あと五分だけ長く、ジョンが厩舎《きゅうしゃ》に残っていてくれたらよかったのに。そうしたらわたしはシャワーを浴びて頭をすっきりさせ、ことを荒だてないですむうまい方法を考えつけただろうに。

「今の電話はロジャーからだったんだな？」ジョンは率直にきいた。

わなにとらえられた兎《うさぎ》のような目で、ミシェルはジョンを見かえした。ジョンは素早く彼女に近づいて、大きなあたたかい手でその肩をつかんだ。

「やつはなんて言った？　また脅されたのか？」

ミシェルはぎこちなく首を振った。「いいえ。脅されはしなかった。なにを言われたわけでもないの。ただ、わたし、あの人の声を聞くだけで……」言葉につまり、彼女は顔をそむけようとした。

しかしジョンはミシェルを片手で抱き寄せて、受話器をとった。「やつの番号は？」

たちまちミシェルはとり乱し、ジョンから受話器を奪おうとした。「やめて！　あなたが電話なんかかけたって、なんの解決にもならないわ！」

ジョンは険しい表情を浮かべ、ミシェルを制した。「ここへ電話をかけつづけるなら、ぼくが相手になってやると、ロジャーにはきつく言っておいたほうがいい。きみはまだ、彼の家の番号を覚えているか？　きみが教えてくれなくても調べようはあるんだから、どうせなら今すぐ教えてくれ」

「電話帳には載っていないわ」ミシェルはなんとかジョンを思いとどまらせようとした。

「それでも、調べる方法はあるさ」

ジョンはいったん心を決めたらなにがあってもやり抜く人だ。そうなったら、彼より弱い者にできるのは、せいぜい彼のじゃまをしないことだけだろう。ミシェルは無駄な抵抗をやめ、番号を教えた。

電話がつながると、ジョンはいきなり相手に告げた。「ロジャー・ベックマンにつないでくれ」だが、電話に出た相手の話を眉をひそめて聞いたのち、簡単な礼を言ってすぐに受話器を置いた。ミシェルをわきに引き寄せ、渋い顔で言う。「ハウスキーパーが言うには、ロジャーは休暇で南フランスに行っていて、いつ戻るかわからないそうだ」

「でも、今さっき、わたしと話したばかりなのよ！　フランスにいるはずなんてないわ。あれは絶対に海外からかかってきた電話じゃないもの」

ジョンはミシェルを放してやると、考えこむような表情のままデスクの向こう側にまわりこんで、椅子に腰をおろした。「きみは先にシャワーを浴びておいで。ぼくもすぐに行くから」

またしてもミシェルの全身は冷たいものに覆われた。どうしてジョンは、わたしの話を信じてくれないの？　先ほどロジャーからかかってきた電話は、絶対に国際電話ではない。雑音などまったく聞こえない鮮明な声だった。でもジョンは、ブルーのシボレーに車をぶつけられた話を信じてくれなかったのと同じように、わたしの言うことには耳も貸してくれない。ミシェルはこみあげてくる涙をこらえ、背中をふるわせながらオフィスを出ていった。


ミシェルが出ていくと、ジョンはロジャー・ベックマンに関する情報を集めるにはどうすればいいかと頭をひねった。そして、協力を求めるのに格好の人物を思いだした。

昨年の夏、ダイヤモンド・ベイで、友人のレイチェル・ジョーンズという女性が銃撃される事件があった。あのときに見た地獄のような光景は、今でも忘れられない。悲愴《ひそう》な表情で、撃たれたレイチェルを胸にかき抱いていた恋人、サビンの心痛は、当時のジョンには計り知れなかった。だが、ミシェルを失うかもしれないという恐怖と不安にさらされてみると、サビンの苦悩が痛いほどよくわかる。その後レイチェルは回復し、この冬、黒い瞳の戦士サビンと結婚した。

その事件のとき知りあったのが、元麻薬取締局捜査員のアンディ・フェルプスだ。現在は保安官代理の職についているあの男なら、ミシェルの身を守るために、ロジャーに関する情報収集に協力してくれるに違いない。ジョンはさっそく番号を調べ、アンディに電話をかけた。

「やあ、アンディ、ジョン・ラファァティーだ。ちょっと内密に調べてほしいことがあるんだが、お願いできるかい？」

麻薬取締局以外にもさまざまな秘密の情報ルートを持っているアンディは、声をひそめてききかえした。「どういうことなんだ？」

ジョンが手短にことのあらましを話すと、アンディはすぐに興味を示した。

「すると、ミシェルに電話をかけてきたのはロジャーに間違いないんだな？　なのに、ハウスキーパーはロジャーはフランスにいると答えた、と」

「ああ。だがミシェルは、あの電話は海外からかかってきたものではないと言っている」

「それだけでは不充分だな。ロジャーがミシェルにいやがらせをしているという確固たる証拠があれば、立件することも可能だが。話を聞く限りでは、どうやら彼は巧妙にアリバイをつくっているようだし」

「だから、ロジャーが本当に出国しているのかどうか、確認してくれないか？　もしやつが本当にアリバイ工作をしているのなら、なにか後ろめたいことをたくらんでいる証拠じゃないか」

「まったく、きみも疑い深い男だな」

「それだけの理由はあるさ」ジョンの声が冷たくなった。「ロジャーがミシェルの背中につけた無数の傷あとを、ぼくはこの目で見たんだ。もう二度と、やつを彼女に近づかせたくない」

暴力がからむ事件だとわかると、アンディの声色も急に変わった。「そんなことがあったのか。それできみは、そいつがフロリダに来ていると思うのか？」

「家にはいない、フランスにも行っていない、となれば、当然その可能性は高いと思うね」

「じゃあ、さっそく調べてみるよ。とりあえず、きみは電話に録音装置をとりつけたほうがいい。ロジャーがまた電話をかけてきたら、テープが証拠になるからな。それじゃ――」

「話はまだ終わっていないんだ」ジョンはいらだたしげに額をこすった。「三週間ほど前、ミシェルは交通事故にあった。そのとき彼女は、ブルーのシボレーに幅寄せされて道路から押しだされたと証言した。だが、ぼくも、現場に駆けつけた保安官代理も、運転を誤って車を壊したことを責められるのがいやでミシェルがとっさに話をでっちあげたんだろうと思ったんだ。目撃者はいなかったし、彼女が乗っていた車にもブルーの塗料がこすれたあとなんて見あたらなかったからね。しかし、今になって思いかえすと、ミシェルはあのとき、シボレーはいったん通り過ぎていったのち、ふたたび引きかえしてぶつかってきた、とも言っていたんだ」

「とっさにでっちあげたにしては、ずいぶん妙な話だな」アンディは鋭く指摘した。「ほかにはなにか言っていなかったか?」

「いや。あれ以来ミシェルは、事故の話題にはまったくふれようとしないから」

「それできみは、その事故もロジャーのしわざだと思っているんだね?」

「確証はないが、違うとも言いきれないからね」

「わかった。とにかく、二、三、心あたりを探ってみるから。ミシェルから目を離すなよ」

受話器を置いてからも、ジョンはしばらくそこに座っていた。ミシェルを目の届くところに置いておくことは難しくない。あの事故以来、彼女は自分の家にさえ一度も行っていないのだから。しかし、その原因がこんなことだったとは……。ジョンは内心、ロジャーに向けたのと同じくらい激しい怒りをもって自分をののしった。あのときミシェルの話を信じていれば、ブルーのシボレーはとっくに発見されていたかもしれない。今となっては遅すぎるだろうが。

幸い、今のところミシェルはあの犯人をロジャーとは結びつけていないようだった。それなら、その可能性を口にして、いたずらに彼女の恐怖をあおりたくはない。不気味な電話がかかってきただけで、充分にミシェルはおびえているのだから。

さしあたって自分にできるのはアンディからの連絡をじっと待つことだけだと思うと、ジョンのなかに激しい怒りがこみあげた。もしもロジャーがこのあたりにいるのなら、草の根を分けてでも彼を捜しだし、今度ミシェルに手を出したら承知しないと思い知らせてやりたい。

その夜、ジョンのかたわらでベッドに横になっていたミシェルは、ずっと眠れずに考えていた。

あれはロジャーだった。

あのブルーのシボレーを運転していたのは、彼に間違いない。わたしを殺そうとしたのはロジャーだった。ロジャーはフロリダまでやってきて、ひそかにわたしの行動を監視し、ひとりになったところを見計らって襲ってきたのだ。

おそらくロジャーは、おしゃべりなビッツィー・サムナーからジョンの話を聞いたのだろう。甘ったるい声で笑いながら話すビッツィーの姿が、目に浮かぶようだ。ミシェルは今、ハンサムでセクシーな牧場主とつきあっているのよ……。

そんな話を聞いてロジャーは逆上し、わたしを連れ戻しに来たに違いない。だが、わたしがジョンと暮らしていることがわかると、怒りのあまり正気を失って、わたしを殺そうとしたのだ。結婚していたあいだも、わたしがずっとジョンを愛しつづけていたことを悟って、嫉妬におかしくなってしまったのだろう。

最後の電話でロジャーが言った言葉を、ミシェルは思いだした。〝どうしてきみは、ぼくにこんなひどい仕打ちをするんだい？〟

ロジャーは今もどこか近くにいて、わたしを見はっている。そう思うと、ミシェルはパニックに襲われた。警察に行っても、証拠がなければロジャーを逮捕してはもらえない。それにミシェルは、そもそも警察を信用していなかった。フィラデルフィアの警察や裁判所がロジャーの両親に金をばらまかれて証拠を握りつぶしたように、フロリダの警察だってわいろをつかまされて証拠をもみ消してしまうかもしれない。両親の遺産を相続した今のロジャーになら、自分の手を汚すことなく、誰かに殺人を依頼することだってできるだろう。いったいわたしは誰を警戒すればいいのかしら……。

その後数日、ミシェルはずっとロジャーのことが頭から離れず、食欲もなくすほどだった。どれだけまわりに人がいても、孤独感がつきまとった。

このことについてジョンと話をしようとも思った。だが、やはり黙っていた。電話のことも事故のことも信じてもらえなかったのだから話しても無駄だという気がする。ジョンは電話に録音装置をとりつけたが、なぜそうしたのかは説明してくれなかった。彼女のほうからもなにも尋ねなかった。ただの気休めのつもりでそんなことをしてくれたのなら、理由など聞かないほうがましだった。

ロジャーが最後に電話をかけてきた日から、ふたりの関係は変わってしまった。ジョンはどこかよそよそしくなった。もしかしたら彼は、わたしにあきはじめたのかもしれない。ミシェルはそんな不安に駆られたが、ベッドの上での彼は、相変わらず情熱的に彼女を求め、燃えあがらせた。

ある暑い朝、ミシェルはついに、ロジャーの影におびえながら日々を過ごすことに我慢できなくなった。誰がどこで様子をうかがっているかわからないせいで、安心して町へ買い物にも行けない生活なんて、もううんざりだ。これでは、牢獄《ろうごく》に閉じこめられているのと変わらない。こんな生活には、今日を限りに別れを告げよう。

今もミシェルは、ロジャーとの離婚を可能にしてくれた証拠の書類や写真を自宅の金庫に保管していた。彼の両親が亡くなった以上、それらの書類にあまり意味はないが、少なくとも過去にロジャーが暴行を働いた証明にはなる。あれを手もとに置いておかなくては。

無人の家の金庫にしまっておいて、万が一誰かに盗まれてしまったら、わたしにはなにも証明できなくなってしまう。

ミシェルはイーディーに、ちょっと馬に乗ってくると告げて、自分の牧場へ向かった。放牧地を駆け抜け、家に近づくにつれて、この前ここに戻ってきたときロジャーが乗ったブルーのシボレーに殺されかけたのだという恐怖の記憶がよみがえってきた。彼女はみぞおちのあたりをぎゅっとしめつけられたような気分になった。

母屋の前に着くと、ミシェルは周囲に目を光らせながら馬をおり、裏口のほうへまわった。あたりの景色には特別変わった様子はない。ドアや窓もぴったり閉まっていて、壊された形跡はなかった。そこでようやくミシェルは家のなかに入り、オフィスの金庫へと急いだ。しまっておいた茶封筒をとりだし、中身をたしかめる。すべての書類や写真がそろっているのを確認して、彼女は安堵《あんど》のため息をついた。それからすぐに金庫の扉を閉めて、茶封筒を着ているシャツの内側にすべりこませた。

ずっと閉めきられたままになっている家のなかには、むっとするような熱気がこもっていた。ミシェルは立ちあがった拍子に軽いめまいと吐き気を覚えた。急いで裏のポーチから出て外壁にもたれ、新鮮な空気を胸いっぱいに吸いこむ。神経がもうぼろぼろになっているようだ。この緊張感にいつまで耐えられるかわからない。だがミシェルは、今は待つことしかできないとわかっていた。ロジャーがふたたび電話をしてくるまで、脅迫めいた彼の言葉を録音テープにおさめるまでは、彼女にできることはごくわずかだ。

ミシェルは裏口のドアに鍵《かぎ》をかけ、ジョンの牧場へと一目散に逃げ帰った。厩舎に戻ると、彼が雇っているカウボーイのひとりが駆けだしてきて、心底ほっとしたような顔で言った。

「ああ、ミシェル、無事でよかった！　さっきからボスが血眼になってきみを捜していたんだよ！」

「どうして？」ミシェルは驚いて尋ねた。馬に乗ってくるとイーディーにはちゃんと言い残していったのに。

「さあ、そいつはわからないが。とにかくぼくはひとっ走りして、ミシェルが見つかったとボスに伝えてくるよ」カウボーイはミシェルの手から手綱を受けとり、彼女をおろすと、その馬に乗ってどこかへ消えていった。

家に入ったミシェルは、イーディーの姿を見つけて尋ねた。「ねえ、どうしてジョンはわたしを捜しているの？」

「わたしにもわからないわ。近寄って理由を尋ねるのもはばかられるような形相をしていたから」

「馬に乗ってくると言って出かけたこと、ジョンは知らないのかしら？」

「知っているわ。わたしがそう伝えたら、ジョンは血相を変えてあなたを捜しはじめたのよ」

急な注文でも入って、今ではミシェルにしかわからない書類のありかを知りたかったのだろうかと思い、彼女はオフィスをのぞいてみた。だが、伝票や帳簿はきちんと整理されたままだ。ミシェルはシャツの下から茶封筒をとりだし、ジョンの金庫にそれをしまった。そうしてはじめて、彼女は心から安心できた。自分の身は安全だと思えた。

数分後、トラックが猛スピードで家に向かって走ってくる音を聞きつけ、ミシェルは外に出てジョンを迎えた。ドアを勢いよく開けて、彼が運転席から飛びだしてくる。その手にはライフルが握られていた。黒い瞳に怒りの炎をたぎらせ、彼はミシェルに駆け寄ってきた。

「いったいどこに行ってたんだ?」ほえるようにジョンが尋ねた。

「馬に乗りに行っただけよ」ミシェルの視線はライフルに引きつけられた。

ジョンはミシェルの腕をとり、家のなかへと引きずっていった。「だから、馬でどこへ行っていた? みんな総出で、きみを捜していたんだぞ!」

「ちょっと用があったから、家へ帰っていたの」なぜジョンがこれほど怒っているのかわからなかったが、一方的に怒鳴りつけられて、ミシェルはだんだん腹がたってきた。「自分の家に帰るのに、あなたの許可がいるとは知らなかったわ」

「これからは、どこへ行くときも、まずぼくの許可をとってからにしてくれ。いいね」ジヨンはそう言って、ライフルをキャビネットにしまった。

「それじゃまるで、わたしは自由を奪われた囚人じゃないの」ミシェルの声は氷のように冷ややかだった。

「とんでもない」ミシェルの姿がどこにも見あたらないとわかったときのなまなましい衝撃が、ジョンは忘れられなかった。ロジャーの居所をつきとめるまでは、なにがなんでもミシェルを安全なこの家に閉じこめておかなくてはならない。「きみのことが心配でたまらなかっただけだよ。なにか危険なことに巻きこまれているんじゃないかと思って」ジョンは穏やかな口調で言った。

「それだけの理由で、ライフルまで持ちだしてわたしを捜していたわけ？」信じられないと言いたげにミシェルは尋ねた。「馬であたりをひとまわりするあいだに、いったいわたしがどんな危険な目にあうって言うの？　この牧場には、あなたの許可なしにわたしにかみつく蛇すら一匹もいないはずよ」

憂いを含んだ表情を浮かべ、ジョンはミシェルを見おろした。こんなふうに怒りをあらわにしてくれるほうが、自分の殻に引きこもってしまわれるよりはずっといい。「きみは、怒っているときのほうが魅力的だね」ジョンはそう言って彼女をからかった。

ミシェルは、かっとして反撃の言葉を口にするかに見えたが、突然、陽気な声で笑いはじめた。急にいとおしさがこみあげてきて、ジョンは彼女に腕をまわし、その口をキスでふさいだ。

しばらくしてから、ジョンはようやく顔をあげてささやいた。「さっきは、心配のあまり心臓がとまりそうだったよ」

「見たところ、心臓はとまっていないようよ」ミシェルはそう言ってジョンを笑わせた。

「だが、さっき言ったことは冗談でもなんでもない。これからは、どこかへ出かけるときは必ずぼくに行き先を知らせておいてほしいんだ。それと、ひとりで家に戻るのも避けたほうがいいな。あそこはここしばらく無人になっているから、どこにどんなやつがひそんでいるかわかったものじゃない。犯罪が起きるのは、大都市だけとは限らないんだからね。お願いだから、ぼくの心の平和のために、ひとりで勝手に出かけたりしないと約束してくれ」

ジョンからなにかを懇願されるのははじめてだったので、ミシェルは唖然《あぜん》として彼を見つめかえすことしかできなかった。もっとも、いくら口では下手に出ていても、その態度は相変わらず尊大で、彼女が命令に従うことを当然のように期待しているようだった。だが、とりあえず今のところは、ミシェルとしても行動には充分気をつけることに異存はなかった。

その翌日、ミシェルはまた軽いめまいと吐き気に襲われ、一日じゅうベッドのなかで過ごした。なにか悪い病気にかかったのでなければいいけれど……。不安のあまり、彼女は体のこと以外はなにも考えられなくなった。

　その次の朝にはいくらか気分はよくなり、食欲も少し戻ってきたが、まだまだつらそうなミシェルの顔を見て、ジョンは言った。

「明日になっても完全によくならないようなら、医者に診てもらいに行こう」

「きっとただの夏かぜよ。わざわざ診てもらうほどのことはないわ」

「胃薬だけでももらってきたほうがいい」

「でも、もう治りかけているもの。それより、あなたにうつったら大変だわ」

「かまわないさ。そうしたらきみは、ずっとそばにいて看病してくれるんだろう？」ジョンは笑いながら言った。

　翌日、めまいや吐き気はほとんどおさまったが、まだ馬に乗る気分にはなれなかったので、ミシェルはオフィスでパソコンの入力作業をした。あれ以来、ロジャーからの電話はかかってきていない。だが、彼がこの近くのどこかに身をひそめていることはわかっていた。ロジャーの影にいつまでもおびえていては、ひとりで牧場から出ることもままならない。自由な生活をとり戻すために、わたしはいったいどうすればいいのだろう。

　考えをめぐらせているうちに、ミシェルはふとあることを思いついた。ロジャーはどこからかわたしを見はっている。それなら、わざとわたしがひとりになる機会をつくり、彼をおびきだせばいい。

昼食をとりに家に戻ってきたジョンに、ミシェルはなにげない口調で切りだした。「これから、町へちょっと買い物に行こうと思うんだけど、あなたはなにか欲しいものはない?」

ジョンは驚いて顔をあげた。あの事故以来ハンドルにふれようともしなかったミシェルが、なぜ急に出かける気になったのだろう。以前は、ミシェルがふさぎこんで牧場から一歩も外へ出ないことを心配していたジョンだが、今は逆に彼女をどこへも行かせたくなかった。「なにを買いに行くんだい?」

「シャンプーとか、コンディショナーとか……」

「どの店へ行って、何時ごろ戻るつもりだ?」

「ジョン、あなた、仕事を間違えたわね。牧場主より刑務所の看守のほうが向いているんじゃない?」

「冗談はいいから、教えてくれ」

車を使わせてもらえなくなっては困るので、ミシェルは素直に答えた。「ドラッグストアに行くつもりよ。三時までには帰ってくるわ」

黒い髪をかきあげながら、ジョンはため息をひとつついた。「それじゃ、気をつけて行くんだぞ」

「心配しないで。もしもまた車を壊したりしたら、牛を売ったお金で弁償するから」ミシエルはそう言って、テーブルから立ちあがった。

久しぶりにしっかりおしゃれをして家を出ていくミシェルを見送り、ジョンは頭を抱えた。どうしよう。彼女のあとをつけるべきだろうか。いやそれより、アンディに連絡して、ロジャーについてなにかわかったかきいてみよう。

ジョンが電話をかけると、期待もむなしく、アンディはまだたいした情報を入手していなかった。今のところわかっているのは、ロジャー・ベックマンという名の人物がフランス行きの飛行機に乗った形跡はないということだけだ。直行便で行ったとは限らないから、すべてを調べるにはもう少し時間がかかるらしい。ジョンは電話を切り、次に打つべき手を考えた。いっそのこと、ぼくが恐れているシナリオをミシェルに話し、ひとりでは外出しないよう説得すべきだろうか？　だが、もしも本当にあの事故がロジャーとは無関係だったとしたら、ミシェルにしなくてもいい心配をさせることになる。ただでさえ不安を抱えているミシェルの恐怖心をあおるようなまねは、どうしてもできない。

ミシェルは周囲に気を配りながら買い物をすませて家に戻ったが、その間、誰かにあとをつけられている気配は感じなかった。翌日も、さらにその次の日も同じ行動をとってみたが、結局なにも起こらなかった。もしかするとロジャーは、町へ行く道ではなくて、ことわたしの牧場を結ぶ道に隠れて見はっているのかもしれない。もしそうなら、書類をとりに行ったとき、車で道路を通る代わりに馬で放牧地をつっきっていったのは正解だったのだろう。そのおかげで、証拠書類を持ちだしたことはロジャーに知られずにすんだからだ。

ジョンからは家にひとりで戻ることは避けるように言われていたが、ミシェルはどうしてもあの道をたどってみなければ気がすまなくなった。誰もいない家のなかに入るわけじゃない。あの道を走ってみて、もしもロジャーの姿を見かけたら、こっそりあとを追ってみるだけだもの……。

11

わたしの頭はどうかしている……。ミシェルにはそれがわかっていた。今もっとも避けたいのはロジャーと顔を合わせることなのに、しかも、ロジャーがわたしを殺そうとした犯人であると確信しているのに、わざわざ自分から彼を捜しに行くなんて、どう考えてもばかげている。だが逆に、犯人はロジャーだと確信しているからこそ、なおのこと彼を捜しださなければいけないのかもしれない。危険はもちろん避けたいが、それ以上に、今の状況にきっちりけりをつけたかった。さもないと、いつまでたっても普通の生活に戻れない。

普通の生活と言うときミシェルが思い浮かべるのは、これから先もずっとジョンとともに暮らすことだった。とはいえ、ふたりの関係が永遠に続くと期待するほど、彼女は愚かではない。ベッドの上以外ではよそよそしさが感じられる彼の最近の態度は、ふたりの生活もそろそろ終わりに近いことを物語っているようだ。

その日ミシェルは、朝食をひと口も食べる気にならず、じりじりした気分でジョンが仕事に出ていくのを待っていた。今日は自分の牧場までの道を走ってみるつもりだったが、彼にはなにも言わなかった。どこかへ出かけると言えばジョンの質問攻めにあうことはわかりきっていたからだ。でも、あの道を行って戻ってくるだけ、ほんの三十分家を離れるだけなのだから、きっとなにも起こらない。

車に乗ったミシェルは、高ぶる神経をなだめようとしてラジオをつけた。そして、大西洋上で発生したハリケーンがキューバに接近しているという天気予報を耳にして愕然《がくぜん》とした。ここしばらくニュースもまともに見聞きしていなかったけれど、もうハリケーンのシーズンになっていたのね。蒸し暑さがまだ残るなか、季節はすでに夏から秋へと変わろうとしていた。

ミシェルは道の両わきに視線を走らせながら運転していったが、茂みの裏に隠されている車らしきものは見つからなかった。道行く車は一台もない。彼女はなんだかあてがはずれた気分になって、Uターンして今来た道を戻りはじめた。

そのとき急にミシェルは激しいむかつきを覚え、あわてて車を少しわきに寄せてとめた。ドアを開け、外に身を乗りだして、胃のなかのものを吐きもどそうとする。だが、朝食をまったく口にしていなかったせいで、なにも出てこなかった。やがて彼女はハンドルに顔をうずめ、弱々しい息をついた。ただの夏かぜにしては、吐き気が妙に長引いている。ひょっとすると、これは……。気持のいいそよ風に頬をなでられた瞬間、ミシェルは悟った。

これは、あと九カ月続く夏かぜなのかもしれないわ。

シートの背にもたれかかったミシェルの口もとに笑みがこぼれた。妊娠。そうよ、今までわからなかったのが不思議なくらいだわ。このところ別のことに神経がいっていたせいで、生理が遅れていることにも気づかなかった。いつ自分が身ごもったのか、彼女にはわかっていた。ジョンが二度めのマイアミ行きから帰ってきた夜だ。あのとき彼は、まだ眠っていたわたしに覆いかぶさってきて、避妊のことなど考える余裕もなく夢中で愛してくれた。

ジョンの赤ちゃん……。この大切な命は、すでに五週間もわたしのなかで育っていたことになる。そっとおなかに手をあててみると、現在自分が置かれているみじめな状況をすべて忘れさせてくれるほどの幸福感がミシェルを満たした。子供ができたとわかったらなにがしかの問題が持ちあがるだろうが、それはまだ先の話だ。今はもう少しだけ、この幸せにひたっていたい……。

ミシェルは声をあげて笑いだした。今になって思いかえすと、ずっと気分が悪かったのもこれが原因だったわけだ。そういえば以前、なにかの雑誌で、つわりの時期、起き抜けにすぐ吐き気を感じる女性は流産する確率が比較的低い、と書かれた記事を読んだことがある。それが本当なら、この子は大丈夫ね。そのときまた胃のむかつきが戻ってきたが、今のミシェルにとってはそれも幸せのあかしだった。

「赤ちゃん……」くしゃくしゃの黒髪とつぶらな黒い瞳をした、甘い香りのする小さな赤ん坊を思い浮かべ、ミシェルはささやいた。ジョンの子供なら、きっとわんぱくで元気な子に育つだろう。

いつまでも細い道のわきに車をとめておくわけにもいかないので、ミシェルはふたたびエンジンをかけてギアを入れ、細心の注意を払いながらゆっくりと運転して家に戻った。ずっと具合が悪かった理由がやっとはっきりした。家に着いたら、さっそく産婦人科医に予約を入れなくちゃ。

トーストと薄めにいれた紅茶を口にすると、胃のむかつきは少しおさまった。そこでミシェルは、これから先の問題について考えはじめた。

最大の難関は、ジョンに妊娠の事実を打ち明けることだった。彼がどんな反応を示すのか、まるで想像がつかない。しかしミシェルは、ジョンが手放しでこの妊娠を喜んでくれるとは思えなかった。そうでなくとも、最近ジョンの態度はよそよそしくなってきている。子供ができたなどと言ったら、よけい重荷に感じて、わたしのことをうとましく思うかもしれない。

ミシェルはベッドに横たわり、複雑な気持や感情を整理しようとした。ジョンには知る権利があるはずだし、好むと好まざるとにかかわらず、父親として当然の責任もあるはずだ。その一方でミシェルは、赤ん坊を利用してジョンの自由を束縛するようなことだけはしたくなかった。もしもジョンが別れを望んでいるのなら、わたしは甘んじて身を引かなくては。それほどまでに、ミシェルは彼を愛していた。はじめてふたりが結ばれた夜から無意識のうちに彼女は、いつ別れ話を切りだされてもいいように、心の準備を整えてきた。

でも、もしもジョンが、赤ん坊ができたのなら結婚しようと言いだしたら？　ジョンは責任感の強い男性だ。子供のために、結婚したくもない女性に結婚を申しこむことだってないとは言えない。そうなったらわたしは、子供に向けられる愛情のおこぼれにでもいいからあずかりたいと思うのかしら。それとも、自分がいちばん欲しいものをきっぱりと断る勇気が持てるのかしら……。近ごろ涙もろくなっているミシェルの目に、またしても熱いものがこみあげてきた。彼女はすすりあげ、あふれた涙を手でぬぐった。

今はなにも決められない。からだ。だったら、ひとりであれこれ思い悩むのは時間の無駄というものだろう。この問題は、ふたりでよく話しあって解決するしかない。

そのとき、カウボーイたちがひどく興奮した声で叫びながら、馬を駆って家のほうへ近づいてくる気配がした。いつものことだと気にもとめずにいると、すぐに階下からイーディーの呼ぶ声がした。

「ミシェル、誰かがけがをしたみたいなの。今、運ばれてくるけど……まあ、大変、ジョンだわ！」

ミシェルはたちまちベッドから跳ね起きた。どうやって階段を駆けおりたのかは覚えていないが、気がつくと彼女はポーチの前でイーディーに抱きとめられていた。ネヴとカウボーイたちがジョンを馬からおろし、両わきから支えて家のなかへジョンを運び入れた。ジョンの顔の半分は血まみれのタオルで覆われ、手や腕やシャツも真っ赤に染まっている。

ミシェルは声にならない叫びをあげ、女性にしては力の強いイーディーの腕から必死にのがれて、ジョンに走り寄った。

ジョンはかたわらのネヴを追いやり、ミシェルを片腕で抱き寄せた。「ぼくは大丈夫だ。見た目ほどひどいけがじゃないから……」

「すぐ医者に行ったほうがいい、ボス」ネヴが忠告する。「その傷口はちゃんと縫ってもらわないと」

「ああ。わかったから、きみはみんなを連れて、さっさと仕事に戻ってくれ」よけいなことは言うなと言わんばかりに、ジョンはミシェルの肩越しに、片目でネヴをにらんだ。

「なにがあったの?」ミシェルはとり乱しながらも、ジョンの体をしっかり支えてキッチンへ連れていった。肩にまわされた彼の腕がずしりと重い。ジョンのけがは彼が言うよりずっとひどい証拠だ。

「トラックのハンドルをとられて、木につっこんだんだ。そのとき、顔をちょっと打っただけさ」

「ちょっと見せて」ミシェルは、ジョンの顔の半分を覆っていたタオルを慎重にとりのぞいた。思わずうめき声がもれそうになったが、彼女は唇をかみしめてこらえた。ジョンの左のまぶたは大きくはれあがり、頬骨が折れているのが血まみれの肉の上からもわかった。眉のあたりと頬は皮下出血してすでに黒いあざができている。額には長い切り傷があり、ほかにも小さな傷がいくつもあった。ミシェルは深く息を吸いこんでから、イーディーに向かって冷静に指示を出した。「氷を細かく砕いて袋かなにかに入れて、まぶたを押さえてあげて。少しでもはれが引くかもしれないから。わたしは、バッグと車のキーをとってくるわ」

「待ってくれ。医者に行く前に着替えたいんだ」ジョンがミシェルを引きとめた。

「格好なんか気にしている場合じゃないでしょう」

「けがはそんなにひどくないんだ。さあ、いいから、このシャツを脱がせてくれ」

着替えるまでは、ジョンはてこでも動かないつもりのようだ。ミシェルは仕方なくシャツのボタンをはずしてやり、傷口にさわらないようにしながらそれを脱がせた。胸にも大きな打ち身のあとがあるのがわかった。あと二、三時間もすれば痛みが増して、動くことさえできなくなるだろう。

椅子からゆっくりと立ちあがったジョンは、シンクに近づき、手や腕を洗い流した。ミシェルはそのあと、ぬれた布でそっと胸や背中をふきながら考えた。彼の髪にも血はついているが、頭を洗うのは医者に診てもらってからでいい。

ミシェルは二階に駆けあがってきれいなシャツをとってくると、それをジョンに着せてやった。イーディーが砕いた氷をタオルでくるんだ即席のアイスパッドを左のまぶたにあてがわれると、ジョンは顔をしかめたが、文句は言わなかった。

ミシェルはジョンを助手席に乗せ、近くの救急病院へ急いで車を走らせた。ジョンは大けがをしている。その事実が、ミシェルを動揺させた。岩のようにたくましくて頑丈なジョンは、疲れ知らずで、病気やけがとも無縁の男性だと勝手に思いこんでいたからだ。だが、こうして血だらけの顔で肩を落としているその姿は、まぎれもなくひとりの弱い人間にすぎない。それでもジョンは、決して自分を失うことなく、気丈に痛みに耐えていた。

病院に着くと、ジョンはまっすぐ治療室へ通され、手あてを受けた。額にできた傷口は洗浄され何針か縫われたが、そのほかの顔の傷は縫うほどのことはなかった。ただし、左のまぶたの傷だけは別だ。

医者は念入りに傷の具合をたしかめてから、ジョンに告げた。「タンパにある病院を紹介しますから、そちらで眼科の専門医の治療を受けてください」

「こんなけがくらいで、タンパまで行っている暇はぼくにはありません」

「失明する危険があるんですよ」医者は淡々とした声で説明した。「あなたは、頬骨が折れるほどの強い衝撃を受けているんですから――」

「もちろん、治療は受けさせます」ミシェルが横から口をはさんだ。ジョンは怒りの目をミシェルに向けた。だが、彼女はひるむことなく、まっこうからその視線を受けとめた。そのとき、ジョンは微妙な変化に気がついた。相変わらず青ざめた顔で心配そうに彼を見つめるミシェルの顔に、わずかながら神々しさのようなものを感じたのだ。彼女はいつだって美しいが、その美しさをこれからもずっと愛《め》でるためには、やはり片目より両目のほうがいいだろう。

そう考えて、ジョンはうなるように言った。「仕方がないな」ぼくがタンパ行きを承諾した本当の理由を、ミシェルは知るよしもないだろう。とにかくジョンは、今はできるだけ彼女を牧場から遠ざけておきたかった。ぼくがタンパに行けば、ミシェルもついてきてくれる。そうして彼女の身の安全を確保したうえで、トラックに銃弾を撃ちこんできた犯人について、アンディに調べてもらおう。

その銃撃犯がロジャー・ベックマンであることを、ジョンは今や確信していた。ミシェルの車に幅寄せしてきただけなら、本当に殺意があったとは言えないが、事故や偶然で銃弾がトラックのフロントガラスに命中することはほぼありえない。

あのとき、いつものようにミシェルがそばにいなくて本当によかった。はじめジョンは、銃弾は明らかに彼に向けられたものだと思っていたが、今ではミシェルをねらったものだったのかもしれないと思いはじめていた。なぜなら、銃弾はジョンの体を大きくはずれて、右側の助手席を撃ち抜いたからだ。

銃弾がフロントガラスを貫通した瞬間、ジョンはハンドルのコントロールを失い、トラックは露にぬれた丘をすべるようにおりていってオークの木に頭からつっこんだ。その衝撃で彼の体は前に投げだされ、気を失うほど強くハンドルに打ちつけられた。数分後に意識をとり戻したとき、ジョンは、今さら銃弾が飛んできた方向に男たちを走らせても遅いとわかっていた。犯人はもう、すっかり行方をくらましているに違いない。ここから先は、アンディ・フェルプスに任せたほうがいい。

「それでは、救急車を手配してきますので」

そう言って治療室を出ていきかけた医者を、ジョンが引きとめた。「その必要はありません。ミシェルが車を運転してくれますから」

医者はため息をもらした。「ミスター・ラファティー、あなたは脳震盪《のうしんとう》を起こしたんですよ。横になっていなくちゃだめなんです。それに、体を折り曲げて振動の大きな車に乗るのは、目の傷のためにも絶対によくない。タンパまで行くなら、救急車のほうが安全です」

「ミシェルも同乗してかまわないのなら、それでもいいんですが」なにがあってもジョンは、ミシェルひとりであのメルセデスを運転させるわけにはいかなかった。

「でも、わたしはいったん家に戻って、着替えや身のまわりのものをとってこないと」

「だめだ」ジョンはミシェルに言ってから、医者のほうを向いた。「少し時間をくだされば、ここに着替えを届けさせ、ぼくらが乗ってきた車も家に戻すよう手配します」そしてまたミシェルのほうに向きなおった。「きみがぼくと一緒に救急車に乗らないのなら、ぼくはタンパへは行かない」

ミシェルはどうしていいかわからず、ジョンの顔を見つめた。やけに素直にタンパへ行くことに応じたと思ったら、今度は頑固なまでにわたしを一緒に連れていこうとするのね。なぜなのかしら？　それに、メルセデスを牧場に戻してしまったら、タンパからの帰りの手段に困ることになるのに。ミシェルは疑問に思ったが、答えを出している暇はない。ジョンを専門医に診せるために救急車に同乗することがどうしても必要なら、そうするしかないだろう。

ジョンはミシェルがうなずいたのを同意と受けとり、必要なものを持ち運転手をひとり連れてここまでくるようネヴに連絡してくれ、と彼女に指示した。そして、ミシェルが治療室を出たのを見届けてから、医者に尋ねた。「ほかにも電話はありますか？」

「ここにはありません。それに、あなたはまだ、歩きまわったりしてはいけませんよ。もしも緊急に連絡をとるべきところがあるのなら、奥さんに頼んで電話をかけてもらいなさい」

「彼女には知られたくない話なんです」医者はミシェルのことを妻だと勘違いしているよ

うだったが、ジョンは訂正しなかった。「先生、保安官事務所に連絡をとって、アンディ・フェルプスという保安官代理に、ぼくが会いたがっていると伝えてくれませんか？フェルプス以外の人物には、絶対に詳しい話をしないでください」

医者はまじまじとジョンを見つめ、うなずいた。「わかりました。その代わり、ちゃんと寝ていてくださいよ。むちゃをして、一生、片目が見えない状態で暮らすはめになったら、どうするんです？」

ジョンは口ひげをわずかに持ちあげ、冗談めかして笑った。「もう手遅れかもしれないな」左目の視力を失うくらい、ミシェルの命を奪われることに比べたらなんでもない。

「とにかく、強い衝撃を受けている以上は精密検査を受けたほうがいいということであって、もしかしたらなんのダメージもないかもしれません。だが、神経が切れていたり、水晶体がずれていたり、網膜が剥離《はくり》している可能性もある。眼球のまわりの薄い骨、つまり眼窩《がんか》の骨が折れていれば手術の必要だってあるかもしれない。専門外なので、わたしには詳しいことはわかりませんがね。ちゃんと検査をしてもらうまでは安静にしていてください」

ジョンは両手を頭の後ろで組み、診療台の上に横になった。体の痛みも、顔半分が麻痺《まひ》していることも、頬骨が折れていることも、まるで気にならない。顔にひどい傷あとが残ろうと、片目の視力を失おうと死にはしないが、万が一ミシェルを失ってしまったら、自分は生きていけないだろう。

　頭のなかでジョンは今回の銃撃事件のことを何度も何度も思いかえし、潜在意識に刻みこまれたごくささいな情報まですべて引きだそうとした。銃弾がフロントガラスを貫通するほんの一瞬前、ぼくはたしか、どこかでなにかがきらりと光るのを見たはずだ。もしかしたらそれが、ロジャー・ベックマンのいた場所を指し示しているのではないだろうか。やつが、広い牧場を歩いてあそこまで来たとは考えにくい。どこかで馬を手に入れるのも難しいだろう。レンタカーと違って、馬はおいそれと借りられる代物ではないからだ。だとすると、やはり車か……。ロジャーが車でやってきたのなら、誰にも見られずあそこまでたどりつくには、いったいどのルートを通ったのだろうか……。

　アンディ・フェルプスは、ネヴが到着するほんの少し前に、救急病院へ駆けつけてきた。沈んでいるミシェルの気分を少しでもやわらげようと、アンディは冗談を言った。「ジョンのハンサムな顔が大変な災難にあった」

　そこへネヴが入ってきたので、ジョンは今後のことについて詳しく指示を出し、いくつか質問に答えた。話が終わると、ジョンはミシェルに向かって言った。

「ミシェル、ネヴが持ってきた荷物の中身を確認してきてくれないか？　なにか足りないものがあったら、またネヴに頼んで、タンパまで持ってきてもらえばいいから」

　一瞬ミシェルは、部屋を出ていくことをためらった。ジョンはわたしをこの場から追い払おうとしている……。背の高い、物静かな保安官代理をそっと見やり、またジョンに視線を戻す。そしてなにも言わずにネヴと連れだって荷物を見に行ったが、なにかがおかしいと気づいていた。

それに、ネヴの様子もどうも変だ。なぜわたしと目を合わせようとしないのかしら。おそらく彼は、ジョンの身に本当はなにがあったのかを知っていて、ミシェルには知らせるな、とボスから口どめされているのだろう。

だいいち、一度こうと決めたらあとには引かないジョンが、タンパの病院へ行くことをああもあっさり受け入れたのはじつに奇妙だ。もちろん、視力を失う恐れがあるというのは、彼の心を変えるに充分な、重大な理由ではあるけれど……。

そのときミシェルの頭にある考えがひらめいた。保安官代理のアンディは友人であるジョンのけがを聞きつけて単に見舞いに来たわけではない。

あらためて考えてみると、おかしなことはいくらでもある。そもそも、ジョンがハンドルをとられて木に激突したことからして不自然だった。少年のころから牧場でトラックを乗りまわしていた彼が、そう簡単に運転を誤るはずもない。ミシェルが知っているなかでも、もっとも反射神経にすぐれた安全運転の人だった。ハンドルをとられて木にぶつかったというのも、わたしが襲われたときと状況が似すぎている。

ロジャー……。

ああ、わたしはなんて愚かだったんだろう！　ロジャーがつけねらっているのはわたしだとばかり思っていたけれど、あれだけ嫉妬心《しっと》の強い人なら、ジョンに攻撃の矢を向けるのも当然だ。浅はかにもわたしがロジャーをおびきだそうとしていたころ、彼はこっそりジョンの隙《すき》をうかがっていたのだ。ミシェルはこぶしを握りしめた。もちろんロジャーは、面と向かって勝負したのではジョンにかなわないことくらい承知しているだろう。それで、背後からふいをついて襲うようなまねをしたに違いない。

イーディーがつめてくれたというふたつのボストンバッグの中身を見てから、ミシェルは額に手をあててネヴに言った。「ごめんなさい、ネヴ。わたし、なんだか気分が悪くなってしまったの。ちょっと失礼して、トイレを拝借してくるわね」

ネヴは心配そうな面持ちでミシェルの顔を見おろした。「看護師さんを呼んできますか？　なんだか顔色も悪いですね」

「いいえ、大丈夫。すぐによくなるわ」ミシェルはわざと力なくほほえみ、嘘《うそ》をついた。「わたし、昔から、血が苦手で」

ミシェルはネヴをその場に残し、ついたてをまわりこんでトイレのほうへ近づいていった。だが、なかには入らず、じっと息をひそめてネヴが背を向けて座るのを待ってから、治療室の並ぶ廊下へと進んでいった。ジョンのいる部屋のドアは閉まっているが、診療台の位置はドアから離れているから、少しくらい開けても気づかれる心配はないだろう。ミシェルは音をたてないよう慎重にノブをまわしてドアをほんの少しだけ開け、ジョンとアンディの会話を盗み聞いた。

「たぶん、銃弾はぼくのいた位置から見て左側の、小さな丘のほうから飛んできたと思うんだ」ジョンが言った。「ネヴが場所を知っているよ」

「それじゃ、そのあたりを捜せば薬莢《やっきょう》が見つかるかもしれないな。航空会社のほうの調べでは、今のところ彼が出入国したという記録はあがってきていない。だが、もうひとつ、別の角度から調べてみようと思うことがあってね。もしもロジャーがタンパへ飛行機で来たのなら、空港でレンタカーを借りたのかもしれないだろう？　そちらの記録に名前が残っていれば、車のナンバーがわかるはずだ」

「ブルーのシボレーに注意するんだ。それで、捜査の対象もある程度しぼられるだろう」

「この州だけでいったい何台のブルーのシボレーがあるのか、見当もつかないよ。だがまあ、ミシェルをタンパに連れていくというのはいいアイディアだ。二、三日もあれば、きっとやつのしっぽをつかんでみせるさ。もしも必要なら、タンパにいるぼくの仲間に連絡して、きみの病室を監視するようにしてもいいが、どうする？」

「ここの医者が黙っていてくれて、カルテやなにかもちょっと見つかりにくいところに置いておいてくれれば、ぼくらがタンパにいることはやつには知りようがないさ」

「わかった。それはこっちで手配する」

ミシェルはそれ以上聞いていられなくなって、静かに廊下をたどり、ネヴのもとへ戻った。雑誌を読んでいたネヴがぱっと立ちあがり、同情するようにきいた。「気分はどうです？」

どう答えたのかミシェルはよく覚えていなかったが、ネヴはそれで納得してくれたようだった。彼女は少し呆然《ぼうぜん》として、よろめくように椅子に腰をおろした。案の定、ジョンの〝事故〟にはロジャーが関係しているようだ。だが、それがわかったことよりもミシェルにとってショックだったのは、ジョンがブルーのシボレーの犯人をロジャーだと思い、内密に捜査を依頼していたらしいことだった。これでようやく、ジョンが急にわたしの外出先についていて口うるさくなった理由がわかった。態度が急によそよそしくなったのも、わたしにあきたからではなく、つねに大きな緊張を感じていたせいなのだろう。ジョンは、わたしの事故の話も電話の話も信じてくれていただけでなく、ひそかにわたしを守ろうとしてくれていたのだ。愚かにもわたしが、ジョンには内緒でロジャーをおびきだそうとしているあいだも……。

考えてみればジョンは、最初からわたしに手を貸し、守ろうとしてくれていた。ときにはわたしの意志を無視してまでも。過酷な肉体労働からわたしを解放し、わたしの牧場の運営資金ができるまで自分のお金や人をつぎこんで面倒を見てくれたうえ、愛と慰めを与えてくれ、赤ん坊まで授けてくれた。それでもまだわたしはジョンを完全には信頼できず、すべてを打ち明けられずにいたなんて。

ジョンがわたしに内緒でアンディにロジャーのことを探らせていたのは、わたしにいらない心配をさせないためだったに違いない。いかにもジョンらしい配慮だ。ジョンがこの世で大切にしているものや人はそう多くないけれど、ひとたび心を決めたら、彼はとことん守ろうとする。そして、いったん手に入れたものは、二度と手放したりしない。

アンディがふたりのほうへやってくると、ミシェルはネヴに相手を任せて、ジョンのいる部屋へ行った。救急車もつい先ほど到着したようだ。ということは、タンパへ出発する時間も近づいている。

ミシェルがドアを開けて入っていくと、ジョンは頭を動かして右目で彼女の姿をとらえた。「足りないものはなかったかい?」

包帯に覆われた血の気のないジョンの顔を見たとき、ミシェルのなかに激しい怒りがこみあげた。ジョンをこんな目に合わせたロジャーを、できることならこの手で抹殺してやりたい。細胞のひとつひとつまでが、ロジャーへの憎しみでいっぱいになった。だが、そんな感情は押し隠して、ミシェルは静かにジョンに近づき、その手を握りしめた。「あなたが無事でいてくれるなら、荷物なんか足りてなくたってかまわないわ」

「ぼくは大丈夫だ」ジョンの声は深い自信に満ちていた。失明の恐れはあるが、それでも彼は打ち負かされていなかった。ジョン・ラファティーは全身全霊が鋼でできているような男だからだ。

タンパまでの長い道のりを、ミシェルはジョンの手を握りしめたまま、救急車で運ばれていった。彼の顔から目が離せなかった。眠っているせいか、あるいは、そうしているほうが楽なせいかはわからなかったが、ジョンはずっと目を閉じていた。ふたりのあいだでは、ほとんど言葉も交わされなかった。

目的の病院にたどりつくと、ジョンはようやく右目を開けた。すると、ひどくやつれたミシェルの顔が視界にぼんやり浮かびあがった。彼女のほうが、このぼくよりもベッドを必要としているように見える。左目がこんな状態でなかったら、そして、ミシェルを牧場から遠ざけておくという口実がなかったら、ぼくはとっくに家に戻って仕事を再開していただろう。

こんなことなら、最初にロジャーがあやしいと気づいた時点で、ミシェルをどこか安全な場所に隠しておくんだった。でもぼくは、自分の目が届かない場所に彼女を置いておくことができなかった。ミシェルがどれほどぼくを必要としてくれているのか、まだわからないからだ。だが、こうしてけがをしてはじめて、ジョンはミシェルの気持を知ることができた。

血まみれのジョンを見たときに彼女の顔に浮かんだ表情はまさに、いとしい者の身を心から案じるそれだった。ミシェルがどこまで自分のことを思ってくれているのかはわからないが、ジョンはもう二度と彼女を手放す気はない。ロジャーのことが一段落したら、ミシェルに結婚を申しこもう。ミシェルにはなにが起こっているのかわからないくらいの手際のよさで、彼女をぼくのものにしてしまおう。

ミシェルが入院の手続きをとっているあいだに、ジョンは三人もの看護師につきそわれて診察室へ消えていった。あんなひどいけがを負っていても、ジョンの全身から発散される魅力は女性を惹《ひ》きつけてしまうらしい。

それから三時間、ミシェルはジョンに会えなかった。やきもきしながら待っているうちにまた胃がむかむかしてきたので、彼女はカフェテリアへ行って、湿気たクラッカーを無理やり口にした。これから少なくとも二日間、わたしはジョンから離れずに過ごすことになる。そうなったら、わたしが妊娠していることはすぐに見抜かれてしまうだろう。物事の微妙な変化にも目ざといジョンのことだもの。

だけど、どこからどう話を切りだせばいいのかしら……。ミシェルは目を閉じ、考えはじめた。ジョンには知る権利がある。わたしとしても、ジョンには知っておいてほしい。この大きな喜びをふたりで分かちあいたい。けれど、ロジャーがわたしを事故にあわせたとき、わたしだけでなくおなかの子の命まで危険にさらされたのだと知ったら、ジョンは怒りにつき動かされて、なにかとんでもない行動に出てしまうかもしれない。

ミシェルは冷静に考えようとした。ここにいる限り、わたしたちの身は安全だ。そのためにジョンは、来たくもないタンパの病院まで来ることに同意したのだから。その間に、あのアンディ・フェルプスがロジャーの居所をつきとめてくれるはずだ。

だけど、もしもジョンの退院までにロジャーがつかまらなかったら？　だいたい、すべてがロジャーのしわざだったという物的な証拠はなにひとつない。あのブルーのシボレーはとっくに修理されてしまっただろうし、録音装置をとりつけてからは、脅迫めいた電話すら一度もかかってきていない。

だからといって、これ以上逃げるわけにはいかないわ。ロジャーの影におびえながら暮らしていたわたしに生きる喜びを与えてくれたジョンのもとを離れることなんて、絶対にできない。ここは勇気を振りしぼって、ロジャーと対決しなくては。ジョンのために。そして、ふたりの赤ちゃんのために。

ミシェルはジョンが入院する病室に向かい、そこで彼を待つことにした。三十分後、車椅子に乗ったジョンが運びこまれた。

ベッドに移されたジョンは、ミシェルとふたりきりになったとたん、声をひそめて言った。「今度あのドアから誰かが入ってきて、別の検査に連れていこうとしたら、ぼくはそいつを窓から投げだしてやるつもりだ」ジョンは慎重に体を動かして枕《まくら》の位置を整えてから、リモコンのボタンを押してベッドを起こした。

ジョンの機嫌の悪さにはかまわず、ミシェルは尋ねた。「眼科のお医者さまには診てもらえたの?」

「ああ、入れ替わり立ち替わり三人もね」ジョンは答え、手をのばしてミシェルをそばに呼び寄せようとした。「こっちへおいで」

「ジョン・パトリック・ラファティー、あなたはまだ、そんなことをするほど回復してはいないわ」

「そんなことって、なんだい?」

ミシェルはジョンの下半身から目をそむけたまま、きっぱり言った。「体を揺り動かすことよ」

「そんなつもりは最初からないさ。キスしてほしいだけだよ」ジョンは満面に笑みを浮かべた。「気持はそうしたくても、体がついていかないからね」

ミシェルはジョンのほうに身をかがめて、やさしく唇にキスをした。

「ぼくが、針を刺されたり、棒をつっこまれたり、レントゲンをとられたり、また棒をつっこまれたりするのを待つために寒い廊下に寝かされていたあいだ、きみはなにをしていたんだい?」

「わたしのほうは、なかなか快適だったわよ。四つ星の高級カフェテリアで、今までに食べたこともないような湿気たクラッカーをいただいていたの」今の言葉の裏に隠された真実をジョンはまだ知らないと思いながら、ミシェルは笑った。

ジョンはジョンで、ミシェルのような育ち方をした女性は、もちろん湿気たクラッカーなど口にしたこともないのだろうと思いながら笑った。彼女が甘やかされて育ったことを非難したこともあったが、今のジョンには自分が彼女を誤解していただけだとわかっていた。ミシェルはキャビアやミンクを買いあさる趣味など持っていない。高級なポルシェでなく、おんぼろのトラックに乗ることだっていとわない。シルクのドレスは大好きで、年ごろの女性らしくさすがに衣装持ちではあったが、たとえコットンのシャツにジーンズしか着るものがなくても、それならそれで満足できるのだ。

「この横にきみ用の簡易ベッドを運び入れてもらうよう、頼んでくれ」ジョンが命じた。

「きみがぼくのベッドで一緒に寝たいというなら話は別だけど」

「そんなこと言ってると、看護師さんにしかられるわよ」

「ドアに鍵《かぎ》はかかる?」

ミシェルは声をあげて笑った。「いいえ。残念ね」

ジョンは恋人がするようにやさしく、ミシェルのヒップをなでた。「ねえ、話があるんだ、ミシェル。もしもぼくがこの目の視力を失ったら、ぼくのことなど嫌いになってしまうかい?」

そのときまでミシェルは、もしかしたらジョンの目が見えなくなってしまうかもしれないことを忘れていた。はっと息をのみ、思わずジョンの手を握りしめる。だが、右目で熱く見つめかえされ、彼女はなにがいちばん大切なのかを悟った。

「あなたのために、ぜひともその目は治ってほしいと願っているわ。だけど……たとえあなたが視力を失おうと、わたしは変わらずあなたを愛するわ」

ついにミシェルは、ずっと胸の奥にしまってきた言葉を口にした。告白するつもりではなかったけれど、今の言葉をとり消すつもりもない。

ジョンの右の瞳に情熱的な炎が宿る。夜の闇《やみ》のように黒く美しいその目を見つめ、ミシェルは小さくほほえんだ。

「もう一度、言ってくれないか」

心臓がどきどきしてとまらないので、ミシェルは大きく深呼吸してからようやく口を開いた。

「愛しているわ、ジョン。だからといって、あなたに重荷に感じてほしくはないんだけど、でも、これがわたしの正直な気持――」

ジョンはミシェルの唇にそっと指をあて、彼女を黙らせた。「その言葉をずっと待っていたんだ」

12

「幸運でしたね、ミスター・ラファティー」ドクター・ノリスは眼鏡越しにジョンを見つめて言った。「頬骨が衝撃をほとんど吸収してくれたおかげで、眼窩《がんか》の骨は無傷でした。眼球そのものにも異常はありません。視力も大丈夫です。つまり、目のまわりに大きなあざができた程度ということですね」

ミシェルがほっと息をついて手を握りしめてくると、ジョンは右目でウインクしてみせてから、低い声で医者に言った。「その程度のことで、ぼくは四日間も入院するはめになったわけですね」

ドクター・ノリスはにやりと笑った。「まあ、ちょうどいい休暇だったと思ってください」

「それなら、休暇はもう終わりだ。今日限りでぼくはホテルからチェックアウトさせてもらいます」

「いいでしょう。だが、くれぐれもしばらくは安静にしているように。額の傷は縫ったばかりだし、頬骨にもまだひびが入っている。軽い脳震盪《のうしんとう》まで起こしていたんですからね」

「わたしがよく見はっておきますから」ミシェルはジョンをにらみ、警告の意味をこめて答えた。家に帰ったら、彼はすぐにでも馬の背にまたがる気でいるに違いない。

ふたりきりになると、ジョンは手を頭の後ろで組んで、輝く黒いふたつの瞳でミシェルを眺めた。四日もたつとさすがに左のまぶたのはれはだいぶ引き、うっすら目を開けられるようになった。青や紫のあざのせいでまだひどい状態だが、とにかく目に異常がなかったのはなによりだ。「長い四日間だったね。家に帰ったら、まっすぐベッドへ連れていってあげるよ」

ミシェルは熱い血潮が体じゅうを駆けめぐるのを感じた。いつからわたしは、ジョンの声を聞くだけでこんなふうに反応するようになったのだろう。最初から心はジョンに奪われていたけれど、彼の赤ちゃんをおなかのなかに宿した今、体にも少しずつ変化が表れはじめている。肌は敏感になり、軽くふれられるだけで感じるようになった。そして乳房は、彼の手と唇を求めているかのようにうずく。

だがミシェルは、当分ジョンには赤ん坊のことを黙っているつもりだった。彼の視力はまだ完全には回復していない。この四日間も、痛みに耐えるのが精いっぱいで、彼女の微妙な変化には気づかなかったようだ。ミシェルは吐き気を抑えるためにクラッカーを立てつづけに食べ、その代わりコーヒーは一滴も飲んでいなかった。

ミシェルが、愛しているわ、と言ったとき、ジョンはとても満足そうな表情を浮かべたが、すぐに言葉を返してはくれなかった。愛の言葉をささやく代わりに、彼はむさぼるような熱いキスで口をふさいだ。そしてあの夜、明かりの消えた病室の簡易ベッドに横たわるわたしに、低くくぐもった声で呼びかけてきた。

〝ミシェル……〟

ミシェルは頭をあげ、暗がりにぼんやりと浮かぶジョンの顔を見つめた。〝なあに？〟

〝愛しているよ〟ジョンは静かに言った。

その瞬間、ミシェルの体にふるえが走り、目からぽろぽろと涙がこぼれた。だがそれは喜びの涙だった。〝うれしいわ〟彼女はようやくそれだけ言った。

闇《やみ》のなかに、ジョンの笑い声が響いた。〝こんなふうにベッドにしばりつけられて、じらされるのはたまらないよ。早くここを出て、たっぷりきみと愛しあいたいな〟

〝その日が待ち遠しいわ……〟

そして今、ジョンは健康をとり戻し、ふたりは家へ帰ろうとしている。ネヴに迎えに来てほしいと病室の電話から連絡し、受話器を置こうとしたとき、ミシェルは手にじっとり汗をかいていることに気づいた。彼女はその手をスラックスでぬぐい、顎をあげた。「ジョン、アンディがもうロジャーのしっぽをつかんだかどうか、聞いている？」

着替えをしていたジョンがはじかれたようにミシェルのほうを向き、彼女を見つめた。

ジョンはジーンズのファスナーをあげ、ベッドをまわりこんで近づいてくると、彼女を脅かすように見おろした。ミシェルは自分が、小さくよるべない存在になった気がしたが、目はそらさなかった。顎もさげなかった。

ジョンは口ひげの下で唇を真一文字に結び、ミシェルのほうから口を開くのを待っていた。

「つい、会話を盗み聞いてしまったのよ」ミシェルは落ち着いた声で話しはじめた。「あの電話と、わたしを道路から押しだした犯人とのあいだにつながりがあることは、わたしにはとっくにわかっていたわ。でも、あなたはどうして気がついたの？」

「頭に引っかかることがたくさんあったからね」ジョンは答えた。「最初、ロジャーは本当にフランスに行ったのだろうかと疑問に思った。それでアンディに調べてもらったんだが、どの航空会社の乗客名簿を捜しても、やつの名前は見つからなかった。その時点で、疑惑は大きくふくらみはじめたんだ」

「でも、あなたはわたしの話を信じてくれなかったじゃない。あの、ブルーのシボレーの話を」

ジョンはため息をついた。「そうだね。悪かったと思っているよ。きみを傷つけようとしているやつがこの世にいるなんて、最初はなかなか信じられなかったんだ。でも、きみが不安がっているのはわかっていた。なにしろきみは、あれ以来、牧場から一歩も外に出ようとしなかったんだからね。ぼくにはなにも話してくれなかったけれど。でも、それでかえってきみが怖がっていたことがわかったんだ」

「おびえきっていたという言葉のほうが適切だわ」暗く陰ったグリーンの瞳で、ミシェルは窓の外を見やった。「それで、アンディから連絡は？」

「まだない。ロジャーが見つからない限り、ここには連絡してこないだろう」

ミシェルは身ぶるいし、表情をこわばらせた。「ロジャーはあなたを殺そうとした。わたしがもっと早く気づいてなにか手を打っておけば……」

「きみになにができた？」ジョンは厳しい口調で尋ねた。「もしもあの日きみがぼくと一緒にいたら、銃弾はきみにあたっていたかもしれないんだぞ」

「嫉妬《しっと》のあまり、彼は頭がおかしくなってしまったのよ」ロジャーのことを考えただけで気分が悪くなり、ミシェルは胃のあたりを手で押さえた。「彼は、わたしがほかの男性としゃべっただけで怒りおかしくなる人だったんだもの。わたしがあなたと一緒に暮らしていると知ったら……」ミシェルはその先が言えなくなった。汗がうっすらと顔ににじむ。

ジョンはやさしくミシェルを引き寄せ、なだめるように髪をなでた。「でも、ぼくらが一緒に暮らしていることが、どうしてわかったんだろう？」

「ビッツィー・サムナーよ。彼女は、わたしが知っているなかでいちばんのおしゃべりだもの」

「なるほど。それで、きみの浮気を心配しすぎて嫉妬におかしくなっていたロジャーは、ぼくこそが長年彼を悩ませつづけた憎むべき浮気相手だと思いこんだわけか」

ミシェルは引きつった笑い声をもらした。「ええ。だって、そのとおりだったんだもの」

「なんだって?」

ミシェルはジョンから離れ、落ち着きなく髪をかきあげた。「わたしはずっと、心の底ではあなたを愛しつづけていた。妻としてロジャーを愛すべきだったのに、どうしてもあなたが忘れられなかったの。なぜか彼は、それに感づいていたのよ」

ジョンはミシェルの顎に指を添えて上を向かせた。「でもきみは、出会ったときからぼくのことを毛嫌いしていたじゃないか」

「自分を守りたかっただけよ。あなたはいつも女性に囲まれていた。わたしよりずっと経験豊かで美しい女性たちにね。わたしはまだ十八歳だったから、そんなあなたにおびえてしまった。はじめて目が合った瞬間に、あなたはわたしの手には負えない人だってわかったわ。ふたたび熱い視線を向けられたら、自分がどうにかなってしまいそうだった」

「ぼくがきみを見つめたのは一度や二度じゃなかった」とがめるような口調でジョンが言った。「でも、そのたびにきみは、鼻持ちならない態度でぼくのことをあしらった。だからぼくも、わざときみには冷たい態度をとってきたんだ。心のなかではきみを求めつづけていたのに。あの家を建てたのもきみのためだ。昔の家より、きみには住みやすいと思ったからさ。泳ぎの好きなきみのためにプールまでつくった。なのにきみは、どこかの大金持の息子とさっさと結婚してしまった。あのときは、せっかく建てた家を全部ぶち壊してやりたくなったほどだよ」

　ミシェルは唇をふるわせた。「あなたとつきあえないなら、結婚する相手は誰でもよかったのよ。わたしは、一時的なベッドのパートナーとしてあなたとつきあうなんて耐えられなかった。すべてを手に入れられないのなら、いっそなにもないほうがましだと思ってしまったの。わたしは幸せな家庭を築いて一生を終えるのが夢だったけど、あなたは絶対に家庭に落ち着くタイプには見えなかったし……」彼女は肩をすくめ、かすかな笑みを浮かべた。「でも、今はもう、そんなことどうでもいいわ」

「ひとりで勝手に結論を出さないでくれ」

　そう言うなりジョンは、ミシェルの唇を奪った。この四日間、ずっと我慢してきた情熱的なキスだった。たくましい手で彼女の肌をまさぐり、力強く腰を押しつける。ミシェルもそれに応《こた》え、大胆に身をそらせた。だが、ジョンはふいに彼女から体を離した。ここでは、いつ看護師がのぞきに来るかわからない。ミシェルと愛を交わすなら、誰にもじゃまされない場所で、心ゆくまで愛しあいたい。

「ネヴはもうすぐ来るんだろうな」ジョンはぶっきらぼうに言って、最後にもう一度だけ唇を重ねた。

まだ外が暗いうちに、ミシェルは服を手に持ってこっそりベッドルームを抜けだした。なかで着替えて、ジョンを起こしたくなかったからだ。彼が眠っているあいだにロジャーを見つけなければ。目を覚ましたジョンが医者の言いつけを守っておとなしくしているとは思えない。きっと、さっそく今日から外に出て働こうとするだろう。でも、おそらくロジャーは、この次は絶対に失敗しないと心に決め、どこからかジョンを見はっているはずだ。

ゆうべ、ジョンはアンディに連絡をとったが、それまでに調べがついていたのは、ブルーのシボレーを借りたのはロジャーに似た体格の男だということだけだった。男は、エドワード・ウォルシュという名前で車を借りだしたという。

それを聞いたとき、ミシェルはぞっとした表情で言った。〝エドワードはロジャーのミドル・ネーム、ウォルシュというのは彼の母方の姓よ……〟

ジョンはしばらく呆然《ぼうぜん》とミシェルを見つめていたが、はっとわれに返って、その情報をアンディに伝えた。

そのときミシェルは、二度とロジャーにジョンを傷つけさせたりしない、と心に誓った。自分が危ない目にあうかもしれない、などとは少しも考えなかった。ジョンのために、おなかに宿った新しい命のために、今度こそロジャーに立ち向かわなくては。

暗闇で目覚めたミシェルには、どうやってロジャーを見つければいいかわかっていた。具体的な場所はわからないが、彼は絶対どこか近くにいるはずだ。ならば、えさを置いて彼が現れるのを待てばいい。ただひとつの問題は、そのえさがわたし自身だということだ。

ミシェルはキッチンテーブルにジョンへの書き置きを残し、胃を落ち着かせるためにクラッカーを食べた。念のために、クラッカーの袋をひとつ持って、裏口からそっと外へ出る。

一度キーをひねっただけで、メルセデスのエンジンはすんなりかかった。ギアを入れ、ヘッドライトは落としたまま、静かに車を発進させる。イーディーやカウボーイたちが物音に気づいて起きださなければいいのだけれど。

ミシェルの牧場はしんと静まりかえっていた。古い家は、大きなオークの枝に守られるように音もなく眠っている。鍵《かぎ》を開けて家に足を踏み入れたミシェルは、どんな物音も聞きのがすまいと耳を澄ました。あと三十分で夜明けだ。イーディーが起きて書き置きを見つけ、ジョンを起こしてしまうまでに、ロジャーをおびき寄せるえさとわなを仕かけなければ。

ホールの明かりをつけたとき、指先がふるえた。家具や調度がいきなり目の前に飛びだしてきたようで、光と影のパターンが見慣れた形に戻るまで、しばらく時間がかかった。その後彼女は、リビングルーム、オフィス、ダイニングルーム、キッチンと、順にまわり、次々と明かりをつけていった。さらにカーテンを大きく開けて、なかの光が灯台のように外を明るく照らすようにした。

洗濯室の明かりもつけ、その昔、この家にまだ人を雇う余裕があったころにハウスキーパーが使っていた小部屋の明かりもつけた。それからミシェルは二階にあがり、自分のベッドルームにも明かりをともした。ジョンとはじめて結ばれた思い出の部屋だ。

そうやって、一階も二階もすべての照明をつけ終えると、ミシェルは階段のいちばん下の段に座って待った。もうすぐ誰かがやってくるはずだ。もしもそれがジョンだったら、きっとかんかんに怒っているだろう。でも、わたしにはわかる。やってくるのは、ロジャーだ。

ゆっくりと数秒が過ぎ、そして数分が過ぎていった。やがて空が明るくなりはじめたころ、ついにドアが開いてロジャーが入ってきた。

車の音は聞こえなかった。つまり、ロジャーが近くにいるはずだという勘はあたっていたわけだ。ポーチの階段をあがってくる足音も聞こえなかったが、突然ドアを開けられてもミシェルは少しも驚かなかった。

「いらっしゃい、ロジャー」ミシェルは穏やかな声で彼を迎えた。最後に会って以来、ロジャーは少し太ったようだ。髪もわずかに薄くなっている。だが、それ以外は昔のままだった。真剣で、どこか常軌を逸したようなまなざしも変わっていない。ロジャーは表向き、社会的な地位があって礼儀もわきまえた男だ。だがその仮面の裏には、平気で人を殺そうとするような狂気がひそんでいる。

ロジャーは脚のわきにだらりと垂らした右手にピストルを持っていた。にこやかに客を迎えるようなミシェルの態度に、少しとまどっているようだ。

「やあ、ミシェル、相変わらずきれいだね」こんなときでもロジャーは礼儀を忘れず、彼女をほめた。

ミシェルはうなずいた。「ありがとう。コーヒーでもいかが？」キッチンにコーヒー豆が残っていたかどうか覚えていなかったが、とりあえずミシェルはそう言った。ロジャーのとまどいを長続きさせられれば、それだけ状況は彼女にとって有利になる。イーディーが起きだしてあの書き置きを見つけ、あわててジョンを起こしに行くまで、もうそれほど時間はかからないはずだ。ジョンがここにやってくるまでは、たぶんあと十五分ほど。それくらいなら、なんとかひとりでもロジャーの相手はできる。

これだけ煌々《こうこう》と家の明かりがともっているのだから、ジョンはなにかがおかしいと気づいてくれるだろう、とミシェルは願っていた。いきなりなかに踏みこんできてロジャーを驚かせ、引き金を引かせるようなまねはしないはずだ。たしかにこれは賭《かけ》だ。今のところは成功しているが……。

ロジャーは熱に浮かされたようなぎらぎらした目でミシェルを見ていたが、ミシェルの問いかけに意表をつかれた様子だった。「コーヒーだって?」

「ええ。わたし、コーヒーが飲みたいんだけど、あなたはどうする?」本当はコーヒーなんて考えただけで胃がむかついてしまう。でも、今はとにかく時間を稼ぐことが大切だった。

「ああ、もちろんいただくよ。ありがとう」

ミシェルは立ちあがってほほえんだ。「それじゃ、コーヒーができるまでのあいだ、キッチンでお話ししましょう」

ミシェルはロジャーの先に立ってキッチンに入った。キャビネットを探ってみると、コーヒーの缶が見つかった。まだ半分入っている。たぶんまずくて飲めないくらい古くなっているだろうが、かまわずコーヒーメーカーをセットした。旧式のものだから、ポットが満たされるまでに十分はかかる。ぽこぽこ、しゅうしゅうという音が、心を落ち着かせてくれた。

「どうぞ、座って」ミシェルはキッチンテーブルの椅子を指し示した。

ロジャーはゆっくりと椅子に腰をおろし、ピストルをテーブルの上に置いた。ミシェルはそれを見ないようにしながら、キャビネットからマグをふたつとりだした。そして自分も腰をおろし、さっき明かりをつけてまわったときにテーブルに置いていったクラッカーの袋から、一枚つまんだ。またしても胃がむかつきはじめていた。つわりのせいというより、緊張のせいだろう。

「クラッカーはいかが？」ミシェルは礼儀正しく勧めた。

だが、ロジャーは激しい感情に揺れる悲しげな目でミシェルを見つめ、ささやいた。

「愛しているんだ。ぼくはこんなにきみを必要としているのに、どうして出ていったんだ？　帰ってきてくれ、ミシェル。そうすれば、なにもかもうまくいくはずだったのに。なのに、なぜきみはあんな野蛮なカウボーイなんかと暮らしはじめたんだ？」彼はしだいに声を荒らげていった。「どうしてそんなふうに、ぼくを裏切らなきゃいけなかったんだ！」

突然変わったロジャーの口調に、ミシェルは飛びあがるほど驚いた。彼の顔は、今や憎しみにゆがんでいる。心臓が激しく鼓動しはじめ、彼女は一挙に気分が悪くなってきた。それでも、さも意外そうな声をつくって言った。「でも、ロジャー、ここは電気が通じなくなっていたのよ。まさかあなた、このわたしに、電気も水もないところに住めっていうわけじゃないでしょう？」

ふたたびロジャーは予期せぬ言葉にとまどったようだが、それも一瞬だった。彼は頭を振った。「そんな嘘《うそ》は通用しないよ、ダーリン。だって、電気が通じても、いまだにきみはあの男と暮らしているじゃないか。どうしてなんだ？　ぼくのほうがはるかに贅沢《ぜいたく》な生活をさせてやれる。なのにきみは、ぼくのもとから、汗まみれで牛や馬のにおいがするろくでもない男のもとに逃げていったんだ」

ロジャーから〝ダーリン〟と呼ばれたとたん、全身に悪寒が走った。だがミシェルは、襲ってくるパニックと必死で闘おうとした。ここでとり乱してしまえば、ロジャーをコントロールすることなど不可能になる。でも、あと何分耐えればいいの？　七分、それとも八分？

「あなたが本当に戻ってきてほしいと思っているのかどうか、よくわからなかったの」ミシェルは口のなかがからからになり、言葉がなめらかに出てこなかった。

ロジャーはゆっくり首を振った。「いや、わかっていたはずさ。きみはただ、ぼくよりもあの汗くさいカウボーイに抱かれるほうが好きだったんだ。ああ、ダーリン、あんな男がきみの肌にふれたなんて、へどが出そうだ！」

激しい言葉を吐き捨てることによって、ロジャーは自分自身を追いつめようとしていた。嫉妬をかきたて、暴力という形で怒りを爆発させようとしているのだ。わたしは、ゆがんだいつわりの愛ではなく、ジョンのたくましい男らしさや土の香りのする情熱のほうを望んでいる。ロジャーにだってそれがわかるはずなのに。

あとどれくらい？　六分？

「あなたの家に電話したのよ」ミシェルはロジャーをなだめようと、大胆な嘘をついた。「ハウスキーパーから、あなたはフランスにいるって言われたわ。わたしをさらいに来てほしかった。わたしだって、あなたのところへ帰りたかったのよ」ロジャーは驚きの表情を浮かべた。顔から怒りの色が消え、別人のように見える。

「本当かい？　きみは本当に……」

ミシェルはうなずいた。「あなたが恋しかったの。一緒に暮らしていたころは、あんなに楽しかったんだもの」悲惨な結婚生活も、たしかに最初のころは楽しかった。ロジャーはいつも笑っていて、やさしかった。この人ならジョンのことを忘れさせてくれるかもしれない、と思ってしまうくらいだった。

あと五分？

そのころの楽しさを、ロジャーも思いだしたようだ。口もとに笑みが浮かんだ。「きみは、ぼくがそれまでに出会ったなかでも、いちばん美しい女性だったよ。きみがほほえんでくれると、天にものぼる気持になった。ぼくはきみに、世界を丸ごとあげたかった。きみのためなら、誰かを殺すことさえいとわなかっただろう」笑いながら、ロジャーは手をピストルにのばした。

そのときミシェルは、ロジャーの心が病に冒されていることを悟った。ただしそれは、どんな医者でもどんな薬でも治せない病だ。彼はもう、二度とこちら側の世界には戻ってこられない。

「わたしたち、まだ子供だったのよ」笑うのが好きだったロジャーを思いだしながら、ミシェルはつぶやいた。心に彼への哀れみが広がっていく。

あと四分？

ロジャーは笑い声をあげた。明るい幸せな日々に思いをはせているようだ。

「コーヒーができたみたいね」ミシェルは立ちあがって、ふたつのマグにコーヒーをついだ。

悲しげに笑っていたロジャーの瞳に涙が浮かんだ。「きみを心から愛しているんだ。あんな男には、指一本ふれさせるべきじゃなかった」彼はピストルをつかみ、ゆっくりと銃口をミシェルに向けた。

その瞬間、いろんなことが同時に起こった。裏口のドアが蹴《け》り破られ、ロジャーが驚いてそちらを振り向き、ピストルを発射する。狭いキッチンに耳をつん裂くような銃声が響き、ミシェルは大声で叫んだ。そこへ、ふたりの男が別のドアから飛びこんできた。大きいほうの男がロジャーにタックルしてテーブルに押さえつけた。怒声や罵声《ばせい》が飛び交い、木の裂ける音も聞こえる。もう一発、銃声が彼女の耳をつん裂き、あたりに火薬のにおいがたちこめた。見ると、ロジャーとジョンが床を転げまわりながら、どちらもピストルに手をのばそうとしている。だがすぐにピストルは床の上をすべっていき、ジョンがロジャーに馬乗りになって、顔を殴りはじめた。

こぶしが打ちつけられる鈍い音に、ミシェルはまた絶叫した。ばらばらになった椅子をどけて、ふたりのほうへ駆け寄る。アンディ・フェルプスともうひとりの保安官代理も、すかさずジョンをとめにかかった。しかしジョンは、愛する人を殺そうとした男に対する怒りと憎悪に満ちた顔でアンディたちの手を振りほどき、なおもロジャーに殴りかかろうとした。ミシェルは泣きながらジョンの背中にしがみつき、必死に訴えた。

「ジョン、やめて、お願い。彼は病気なのよ！」

突然、ジョンの動きがとまった。ミシェルの声でなければ聞こえなかっただろう。こぶしをおろしてゆっくり立ちあがると、ジョンはありったけの力でミシェルを抱きしめた。うなだれた彼の口から彼女の耳もとへと、怒りの言葉と愛の言葉が一緒になって流れでた。

保安官代理たちがロジャーを立たせ、両手を後ろにまわして手錠をかけた。ピストルはビニール袋に入れられ、きちんと封をされた。血まみれの顔をしたロジャーは、ぼんやりと宙を見つめていた。自分がどこにいるのか、目の前にいるのは誰なのか、まるでわからない様子だった。

ジョンはミシェルを胸にかき抱き、保安官代理たちがロジャーを連行していくのを見送った。なぜミシェルは、正気を失った人間とテーブル越しに向かいあっていながら、あんなに落ち着いていられたのだろう。あいつのことを考えただけで、ぼくは怒りにわれを忘れそうになるというのに。

だがもう、ミシェルは安全だ。世界じゅうの誰より大切な彼女は、ぼくの腕のなかにいるのだから。以前のぼくは、多くの女性を泣かせるハートブレイカーだと言われていたが、真のハートブレイカーは彼女のほうだ。太陽みたいにまばゆい金色の髪と、夏草のようなグリーンの瞳で、男の心をとりこにする女性。これまでぼくは、一瞬たりとも彼女を忘れたことがなかった。最高の女性だ。もしもミシェルが二度とフロリダへ戻ってこなかったとしても、ぼくは生涯彼女のことを思いつづけていただろう。そんな意味では、あのロジャーの気持もわからないではない。もしもミシェルを失ってしまったら、ぼくも正気ではいられないだろう。

「あの書き置きを見たときは、寿命が二十年は縮まったよ」ジョンはミシェルの髪に顔をうずめたまま、うなるように言った。

「思っていたより早く来てくれたのね。イーディーがいつもより早く起きたのかしら?」

「いや、早く起きたのはぼくさ。きみがベッドから姿を消したことに気づいて、あわてて飛び起きたんだ。イーディーに起こされるまで寝ていたら、間に合わないところだった」

裏口からふたたび入ってきたアンディがため息をつきながらキッチンの惨状を見わたし、なぜか無事だったコーヒーメーカーを見つけると、キャビネットからマグを出してついだ。そして、ひと口飲んで顔をしかめた。「こりゃひどいな。いつもオフィスで飲んでいるコーヒーみたいな味だ。だが、まあ、ジョンから電話があったときは驚いたよ。あわてて着替えたから、このズボンの下にまだパジャマのズボンをはいているくらいだ」

ふたりはそろってアンディを見た。いつもの制服姿ではなく、ジーンズとTシャツ、素足にランニングシューズというでたちだ。でもミシェルは、たとえアンディが猿の着ぐるみをかぶっていたとしてもかまわないと思った。

「きみたちふたりには証言してもらう必要があるんだが」アンディが言った。「裁判で証言台に立つ必要まではないと思う。ぼくの見たところ、ロジャー・ベックマンがまともな判断能力のある人間として裁かれることはなさそうだからね」

「ええ」ミシェルはかすれた声で同意した。「たしかに彼は正気ではないわ」

「事情聴取というのは、今しないといけないのかい？」ジョンが尋ねた。「とりあえず、ミシェルを家に連れて帰りたいんだが」

アンディはふたりを見た。ミシェルは青ざめた顔をしているし、ジョンも疲れきっているようだ。顔面をハンドルに打ちつけたときのあとも、まだくっきりと残っている。「いいよ。午後にでも保安官事務所のほうへ来てくれ」

ジョンはうなずき、ミシェルを連れて外に出た。自分が乗ってきたネヴのトラックまで、やさしい足どりで彼女を導いていく。メルセデスはあとで誰かにとりに来させればいい。

ふたりは無言のままジョンの家まで帰った。ミシェルは、すべてが終わったことがまだ信じられないでいる様子でトラックをおりた。ジョンはたくましい両腕に彼女を抱きかかえ、まっすぐ二階のベッドに向かった。

「すぐに結婚しよう」ミシェルをベッドに横たえるやいなや、ジョンは欲望にかすれた声で宣言した。「ぼくはきみにたいした贅沢をさせてやれないかもしれない。でも、きみを幸せにするよう努力するよ。愛しているんだ、ミシェル。きみがいなくなったら耐えられない」

「いなくなるなんて、わたし、言ったかしら?」そうききかえしながら、ミシェルはジョンの言葉を頭のなかでくりかえした。結婚ですって? ジョンはわたしに、結婚を申しこんでくれたの? やがて彼女は輝くようなほほえみを浮かべた。

その笑顔を見て、ジョンは息がとまりそうになった。「ずっとここにいるとも言わなかったじゃないか」

「そんなことが言えると思う? ここはあなたの家よ。わたしが決めることじゃないもの」

「ぼくは、きみがここにいて本当に幸せなのかどうかと思って、気がどうにかなりそうだったんだよ」

「幸せに決まってるじゃない。あなたはわたしに、お金には代えられないほど大切なものをくれたんだもの。もっとも、あなたのプレゼントはときどき吐き気の原因になるけど」

ミシェルは顔をあげ、意味ありげにジョンを見つめた。

一瞬ジョンはぽかんとした表情になったが、しばらくすると、おそるおそる視線を下のほうへ落とした。「それじゃ、きみのおなかには……」

「ええ。あなたが二度めにマイアミから帰ってきた夜からね」

その夜のことを思いだし、ジョンは右の眉だけをあげた。顔の左半分はまだ少しはれていて、うまく動かせなかった。ゆっくりと、口もとに笑みが浮かぶ。「たしかに、あのときは無我夢中だった……。神さまは、ぼくが本当は子供好きだってことをお見とおしだったのかもしれないな。子供はできれば四人ほど欲しい。きみは何人欲しい？」

「何人でも。それと、わたしが欲しいのはあなたの愛だけよ。高価なものなんてなにもいらない。牧場の仕事も大好きだから、結婚しても自分の牧場の経営は続けたいわ。そのうえ、あなたの赤ちゃんが産めるなんて、天国にいるみたいな気分よ」

ジョンはミシェルの髪に頬を寄せ、書き置きを読んだときの恐怖を思いだした。もう彼女をどこにも行かせはしない。ミシェルだけを生涯の伴侶《はんりょ》として、これからの人生を生きていこう。きっとこれからもぼくはミシェルを甘やかそうとし、彼女のほうはぼくの命令を無視しつづけるだろう。それでも、ぼくらの人生は穏やかに続くはずだ。声をあげてはしゃぐ子供たちに囲まれ、懸命に働きながら。

それこそが幸せというものだ。

ミシェルはドレスに着替えながら、こみあげてくる笑みを抑えられずにいた。結婚式の当日に、祭壇に並ぶ前に花婿と花嫁が顔を合わせると不吉だという迷信が本当なら、ふたりはこれからみじめな生活を送らなければならないだろう。そんな迷信など気にしていないので、ミシェルは昨夜だけは別の部屋に彼女を追いやろうとしたジョンを言い負かし、結局彼の隣で眠った。わたしはこれからもずっとあなたのそばで眠る、あなたの隣がわたしの場所だ、と言って。だいいち、ロジャーをつかまえた朝以来、片ときもわたしのそばから離れようとしなくなったのはジョンのほうだ。

あの朝、父親になることを一見冷静に受けとめたかに見えたジョンだったが、じつはそうではなかった。あのときは、あまりにいろんなことが起きて、ショック状態にあったのだろう。その晩ミシェルは、喜びのあまり興奮したようにつぶやくジョンの声で夜中に目を覚ました。〝赤ん坊だ……信じられない……赤ん坊なんだ〟

もっとも、その翌朝、ひどいつわりに襲われたミシェルの背中をずっとさすりつづけるはめになって、ジョンもようやくこれは現実だと信じたようだ。

ひどく具合の悪い朝もあったし、比較的楽な朝もあった。今朝はまだ目も開かないうちに、ジョンがクラッカーを口に入れてくれた。だからミシェルは、目をつぶって彼の腕に抱かれたまま〝朝食〟をとった。

花婿はやさしく、ゆっくり時間をかけて花嫁を愛した。そのせいでふたりは今、自分たちの結婚式に遅れそうになっていた。

「そっちが終わったら、このファスナーをあげるの、手伝ってね」ミシェルが言った。

ジョンはカフスをとめながら口もとに笑みを浮かべ、黒い瞳を輝かせた。「そのままでも、きみは魅力的だよ。食べてしまいたいくらいさ」

「それじゃ、結婚式は明日に延期する？」

ジョンの笑みがさらに広がった。「いや、ここはぐっと我慢して、今日じゅうに結婚式をあげよう。ほら、向こうを向いて」

ミシェルが選んだドレスと帽子は、ともに淡いイエローだった。その色が美しい金色の髪をいっそう引きたてている。だが、彼女の頬が赤らみ、瞳がきらきらと輝いて見えるのは、ドレスや帽子のおかげではない。それは、情熱に満ちた愛の行為、いや、ふたりでいられることの幸せのせいかもしれない。

ジョンはデリケートな布地を傷つけないよう注意しながらファスナーをあげたのち、スカートの裾《すそ》をふわりと整えてやった。彼がジャケットを着ているあいだにミシェルは口紅を塗り、長いリボンのついた帽子を頭にのせた。

「さあ、準備はいいかしら？」

「いいよ」ジョンは、少し緊張ぎみのミシェルを元気づけるように言って、その手をとった。友人たちはパティオのほうで待っている。母親もマイアミから飛んできてくれた。彼にしてみれば驚きだったが、うれしいことに変わりはなかった。

ロジャーの影を感じなくなったミシェルは、短期間で花がほころぶように明るくなった。ずっと彼女を苦しめていた心の重荷から解放されたからだろう。ロジャーと対決することで自分の過去とも向きあい、それを乗り越えて、ふたたび人を信頼できるようになったのだ。

とはいえ、いまだにミシェルはロジャーのことを思うと心が沈んだ。彼女の強い要望に応えて、あのあとジョンとアンディは、ロジャーがすぐに精神鑑定を受けられるよう手配してくれた。その結果、彼は進行性の脳の病に冒されていたことがわかった。病状はゆっくりと悪化していく一方で、いずれ自分が誰かもわからなくなって死に至るのだという。ミシェルはそんなロジャーが哀れで仕方がなかった。

ミシェルを抱きしめたジョンは、彼女の瞳が曇っていることに気づいた。おそらく、ロジャーのことを考えているのだろう。彼自身はロジャーに同情など感じなかった。いつかきっと、銃口が彼女に向けられたときのことを忘れられる日も来るだろう。たぶん、何世紀かあとには。

ジョンはミシェルの顔を上に向かせ、口紅をにじませないよう気をつけながら、そっとキスをした。「愛しているよ」

すると、ふたたびミシェルの瞳に太陽が戻った。「わたしも愛しているわ」

ジョンはミシェルの腕をとって、友人たちの待つパティオへと向かった。「さあ、結婚しよう」

前日まで迷走するハリケーンのせいで黒雲に覆われていた空は、雲ひとつない青空に変わっていた。これから先、ふたりの生活にも嵐《あらし》が訪れることがあるだろう。でも、ミシェルは少しも心配していなかった。ジョンという男性とうまくやれるのだから、わたしの手に負えないものなんてひとつもないわ。

訳者あとがき

作家になっていなかったらアメリカ大統領になっていたかもしれない、というリンダ・ハワードのモットーは、〝やってみなくちゃわからない。失敗しても、なにもやらないよりはまし〟だという。彼女の描くヒロインたちもそのモットーに従って、『炎のコスタリカ』ではジャングルの奥地から脱出を図り、『ダイヤモンドの海』では正体不明の男性の命を救おうとした。本書『瞳に輝く星』に登場するヒロイン、ミシェルもまた、十万ドルもの借金を背負いながら、荒れ果てた牧場を守るために行動を起こす。

リンダの作品はヒーローが魅力的なことで定評があるが、その魅力は、恋心をかきたてられるすばらしいヒロインがいてこそ引きだされると言えるだろう。人はしかるべき相手を愛することによってのみ、強さやさしさを発揮できる——それが、リンダが身をもって体験し、読者に伝えようとしているメッセージではないだろうか?

はじめて出版社に原稿を送ったときの心境を、リンダは〝ポストに自分の赤ん坊を裸のまま投げこんだような気分で、返事を待つあいだに十キロ近く痩《や》せてしまった〟と語っている。しかし、文学という〝しかるべき相手〟に自分の持てる力のすべてをぶつける勇気を持てたからこそ、リンダは作家としての才能を開花させることができ、今なおすばらしい物語で読者を魅了しつづけているわけだ。まさに〝やってみなくちゃわからない〟を地でいっている。

他の作家とは一線を画すリンダの特徴として、ロマンティックという言葉の定義が独特である点があげられるかもしれない。彼女は自らを〝一風変わったロマンティスト〟と称し、人生をロマンティックなものにするには、花束やバレンタインの贈り物に大騒ぎするのをやめて、日常的でさりげない愛情表現を高く評価することが大切だと述べている。本書のヒロイン、ミシェルは、スイスの高級リゾートでスキーを楽しみ、パリで買い物をする典型的なお嬢さまだった。そんな彼女が豪華な花束やチョコレートさえかすんでしまいそうな優雅な生活から一転、数々の苦難や危険の末に手にするものは……。

リンダの描く愛はなにげないがゆえに、さまざまな形がある。本書を読めば、また次の作品でふたたび新しい愛に出会うのが、今から待ち遠しくなるのではないだろうか。

二〇〇三年三月

米崎邦子

＊本書は、2003年7月にMIRA文庫より刊行された『瞳に輝く星』の新装版です。

mira

瞳《ひとみ》に輝《かがや》く星《ほし》

2022年2月15日発行　第1刷

著　者　リンダ・ハワード
訳　者　米崎邦子《よねざきくにこ》
発行人　鈴木幸辰
発行所　株式会社ハーパーコリンズ・ジャパン
東京都千代田区大手町1-5-1
03-6269-2883（営業）
0570-008091（読者サービス係）
印刷・製本　中央精版印刷株式会社

定価はカバーに表示してあります。

ISBN978-4-596-31904-3

mirabooks

忘却のかなたの楽園

マヤ・バンクス
小林ルミ子 訳

所有する島の購入交渉に来たラファエルと恋に落ちたブライアニー。契約を交わすと彼との連絡は途絶える。妊娠に気づき訪ねると、彼は事故で記憶を失っていて…。

忘れたい恋だとしても

マヤ・バンクス
藤峰みちか 訳

会社経営者ライアンと婚約し幸せの絶頂にいたケリーは、ある日彼の弟との不貞を疑われ捨てられた。半年後、彼の子を身ごもるケリーの前にライアンが現れ――

いつか想いが届くまで

マヤ・バンクス
深山ちひろ 訳

若き実業家デヴォンから夢見たとおりのプロポーズをされ、幸せの絶頂にいた花嫁アシュリー。世間知らずの彼女は、それが政略結婚だと知るはずもなく…。

心があなたを忘れても

マヤ・バンクス
庭植奈穂子 訳

ギリシア人実業家クリュザンダーの子を宿したマーリーは、彼にただの〝愛人〟だと言われ絶望する。しかも追い打ちをかけるように記憶喪失に陥ってしまい…。

後見人を振り向かせる方法

マヤ・バンクス
竹内　喜 訳

イザベラが10年以上も片想いをしているのはギリシア富豪一族の次男で後見人のセロン。だがある日、彼がどこかの令嬢と婚約するらしいと知り…。

一夜の夢が覚めたとき

マヤ・バンクス
庭植奈穂子 訳

楽園のような島のホテルで職を得たジュエルはその日、名も知らぬ男性に誘惑され熱い一夜を過ごす。だが彼こそがオーナーのピアズで、彼女は翌日解雇され…。

mirabooks

囚われのイヴ
アイリス・ジョハンセン
矢沢聖子 訳
死者の骨から生前の姿を蘇らせる復顔彫刻家イヴ・ダンカン。ある青年の死に秘められた真実が、新たな事件を呼びよせ…。著者の代表的シリーズ、新章開幕!

慟哭のイヴ
アイリス・ジョハンセン
矢沢聖子 訳
殺人鬼だった息子の顔を取り戻そうとする男に追われ、極寒の冬山に逃げ込んだ復顔彫刻家イヴ。満身創痍の彼女に手を差し伸べたのは、思いもよらぬ人物で…。

弔いのイヴ
アイリス・ジョハンセン
矢沢聖子 訳
殺人鬼だった息子の顔を取り戻すためイヴを拉致した男は、ついに最後の計画を開始した。決死の覚悟で挑む闘いの行方は…? イヴ・ダンカン三部作、完結篇!

野生に生まれた天使
アイリス・ジョハンセン
矢沢聖子 訳
動物の声を聞ける力を持ったがため、数々の試練にさらされてきたマーガレット。平穏な日々も束の間、謎の男によって過去の傷に向き合うことになり…。

永き夜の終わりに
アイリス・ジョハンセン 他
矢沢聖子 訳
10年前、盲目のケンドラに視力を与えた奇跡のプロジェクト。突然失踪した恩人の医師をアダムと追ううち、その裏側にうごめく闇があらわになっていく。

月光のレクイエム
アイリス・ジョハンセン 他
瀬野莉子 訳
20年の盲目状態から、驚異の五感を獲得したケンドラ。その手で処刑場へと送り込んだ殺人鬼が地獄から舞い戻り、歪んだ愛でケンドラを追い詰める…。

瞳に輝く星

リンダ・ハワード
米崎邦子 訳

HEARTBREAKER
by Linda Howard
Translation by Kuniko Yonezaki

mira

HEARTBREAKER

by Linda Howard

Published by K.K. HarperCollins Japan, 2022